RUTH RENDELL

Mord am Polterabend

Buch

»Es war die Woche unmittelbar vor dem 21. Mai, die Wexford interessierte. Am 22. Mai hatte Hatton fünfhundert Pfund auf sein Bankkonto eingezahlt. Und am 21. hatte er seine Zahnprothese in Auftrag gegeben.« Charlie Hatton war also zu dem Zeitpunkt entweder schon im Besitz einer größeren Geldsumme, oder er wusste genau, wann der warme Regen auf ihn niedergehen würde. Denn von da an hatte Charlie förmlich mit dem Geld um sich geworfen. Ausgerechnet Wexford findet die Leiche des Fernfahrers. Erschlagen mit einem Stein. Und das am Polterabend von Jack Pertwee, Charlies bestem Freund. Wexford und Burden gelingt es rasch, den möglichen Tathergang zu rekonstruieren. Nur eines passt nicht ins Bild: der plötzliche Reichtum von Charlie Hatton ...

Autorin

Ruth Rendell wurde 1930 in South Woodford/London als Tochter eines Lehrerehepaares geboren. Nach der Schule arbeitete sie zunächst als Journalistin, bevor sie sich ganz dem Schreiben widmete. Seitdem hat sie an die dreißig Romane veröffentlicht. Dreimal schon hat sie den Edgar-Allan-Poe-Preis erhalten; außerdem wurde sie zweifach mit dem »Goldenen Dolch« der *Crime Writer's Association* für den besten Kriminalroman ausgezeichnet. Ruth Rendell, die auch unter dem Pseudonym Barbara Vine bekannt ist, lebt heute abwechselnd in Suffolk und London.

Von Ruth Rendell außerdem im Goldmann Verlag erschienen:

Alles Liebe vom Tod (43813) · Das geheime Haus des Todes (42582/5927) · Der Krokodilwächter (43201/5952) · Der Kuß der Schlange (43717) · Der Liebe böser Engel (42454/5994) · Der Tod fällt aus dem Rahmen (43814) · Die Besucherin (43962) · Die Brautjungfer (41240) · Die Werbung (42015/5853) · Flucht ist kein Entkommen (43815) · Eine entwaffnende Frau (42805) · Mord ist des Rätsels Lösung (43718) · Mord ist ein schweres Erbe (42583/5961) · Phantom in Rot (43610/5278) · Schuld verjährt nicht (43482) · Der Herr des Moors (44566) · Die Herzensgabe (44363) · Die Tote im falschen Grab (43580/5269) · Die Verblendeten (43812) · Leben mit doppeltem Boden (44590) · Mancher Traum hat kein Erwachen (44664) · Urteil in Stein (44225) · Wer Zwietracht sät (44672) · Stirb glücklich. Stories (41294/5843) · Lizzies Liebhaber. Stories (43308)

Als gebundene Ausgabe bei Blanvalet:

Der Sonderling (50) · Das Verderben (52)

Ruth Rendell

Mord am Polterabend

Ein Inspektor-Wexford-Roman

Aus dem Englischen von
Ilse Bezzenberger

GOLDMANN

Die englische Originalausgabe erschien 1969 unter dem Titel
»The Best Man to Die«
bei Hutchinson Ltd., London.

Umwelthinweis:
Alle bedruckten Materialien dieses Taschenbuches
sind chlorfrei und umweltschonend.
Das Papier enthält Recycling-Anteile.

Neuveröffentlichung November 2000

Umschlaggestaltung: Design Team München
Umschlagfoto: Wolf Huber
Satz: DTP Service Apel, Hannover
Druck: Elsnerdruck, Berlin
Krimi 5382
Lektorat: Julia Eisele
Herstellung: Max Widmaier
Made in Germany
ISBN 3-442-05382-X
www. goldmann-verlag.de

1 3 5 7 9 10 8 6 4 2

1

Morgen früh würde Jack Pertwee heiraten, und der Darts-Club von Kingsmarkham versammelte sich im *Dragon*, um ihm, wie George Carter es nannte, das ›letzte Geleit‹ zu geben.

»Das hör ich nicht gern, George«, sagte Jack, »schließlich werde ich geehelicht, nicht beerdigt.«

»Das kommt aufs Gleiche heraus.«

»Besten Dank! Dafür spendier ich dir noch einen Drink.« Er wollte zum Tresen hinübergehen, aber der Vorsitzende des Darts-Clubs hielt ihn zurück.

»Das ist meine Runde, Jack. Kümmer dich doch nicht um George. Marilyn ist ein wundervolles Mädchen, und du bist ein glücklicher Mann. Ich weiß, ich spreche für uns alle, wenn ich sage, dass es hier keinen Einzigen gibt, der morgen nicht gern in deiner Haut steckte.«

»In seinem Pyjama wohl eher«, meinte George. »Und den solltet ihr mal sehen! Schwarzes Nylon, Karate-Kimono, oh, là, là!«

»Halt die Klappe, George!«

»Also, was darf's denn sein, die Herren?«, fragte der Barmann geduldig. »Das Gleiche noch mal?«

»Das Gleiche noch mal, Bill, und für dich selbst auch eins. Nein, Jack, der Mensch ist ein monogames Tier, und es gibt auf Erden keine Partnerschaft, die an eine glückliche Ehe heranreicht. Vor allem, wenn man zum richtigen Zeitpunkt startet, wie du und Marilyn. Bisschen Geld auf der Bank, hübsche kleine Wohnung und nichts, was ihr euch vorzuwerfen hättet.«

»Ach, meinst du?« Jack hatte es eilig, die Sache mit dem ›richtigen Zeitpunkt‹ und ›nichts vorzuwerfen‹ als komisch abzutun, denn die Predigt des Vorsitzenden erinnerte ihn an die kurze – und immer noch zu lange – Unterredung, die er und Marilyn vor zwei Tagen im Büro des Vikars hatten über sich ergehen lassen müssen. Er kippte sein Bier hinunter und blickte unbehaglich in die Runde.

»Die ersten zehn Jahre sind die schlimmsten«, hörte er jemanden sagen, und er fuhr, plötzlich gereizt, herum.

»Ach verdammt, ist ja gut«, sagte er. »Ihr seid mir vielleicht eine schadenfrohe Bande. Und wie ich sehe, sind es die Junggesellen, die kein gutes Wort fürs Heiraten übrig haben.«

»Das stimmt«, kam ihm der Vorsitzende zu Hilfe. »Ein Jammer, dass hier nicht ein paar Ehemänner mehr sind, um mir den Rücken zu stärken, was, Jack? Charlie Hatton zum Beispiel. Das ist hier 'n richtiger … äh – na, wie heißt doch das Wort, das ich suche?«

»Frag mich doch nicht. Und was, zum Teufel, soll das auch? Du immer mit deinen Worten. Dies hier soll doch ein Männerabend sein und keine Jahresvollversammlung. Was wir brauchen, ist jemand, der ein bisschen Schwung in die Bude reinbringt.«

»Einer wie Charlie zum Beispiel. Was meinst du, wo der steckt?«

»Er hat gesagt, er würde spät kommen. Er kommt mit dem Laster von Leeds herunter.«

»Vielleicht ist er zuerst nach Hause gefahren.«

»Das macht der bestimmt nicht. Das Letzte, was er am Mittwoch zu mir gesagt hat, war: ›Jack‹, hat er gesagt, ›ich schaff das zu deiner Jubelfeier am Freitag, und wenn ich das Letzte aus der Karre rausholen muss. Hab Lilian schon gesagt, sie soll mich erwarten, wenn sie mich sieht.‹ Nein, der kommt als Erstes gleich hierher.«

»Ich hoffe bloß, ihm ist nichts passiert, das ist alles.«

»Und was?«

»Na, schließlich ist er mit seinem Laster ja schon zweimal überfallen worden, stimmt's?«

»Bist 'n altes Waschweib, George«, sagte Jack, aber auch ihm war mittlerweile ein bisschen mulmig. Es war halb zehn, bloß noch eine Stunde, bis der *Dragon* zumachte. Charlie sollte sein Trauzeuge sein. Eine wundervolle Hochzeit gäbe das, wenn man seinen Trauzeugen um Mitternacht irgendwo in den Midlands mit eingeschlagenem Schädel auffinden würde!

»Los, trinkt mal«, sagte der Club-Witzbold, »und ich erzähl euch das Ding von dem Mädchen, das den Matrosen heiratet.«

»Kenn ich schon«, meinte Jack verdrossen.

»Nein, diesen bestimmt nicht. Das Gleiche noch mal, Bill. Also, da ist dieses Mädchen, wisst ihr, und am Abend, bevor sie heiratet, sagt ihre Mutter: ›Also, was du auch tust, lass ihn bloß nicht …‹«

»Krieg dich ein, Kumpel. Hier kommt Charlie.«

Sie waren alle große Burschen, so um die eins neunzig, aber Charlie Hatton war ein kleiner Kerl mit einem braunen Gesicht und sehr scharfen, hellen Augen. Die blitzten schnell und abschätzend über die versammelte Gesellschaft hin, ehe Charlie lächelte. Er zeigte einen Satz perfekter weißer Zähne, von denen niemand hier außer Jack wusste, dass sie falsch waren. Charlie war empfindlich gegenüber der Tatsache, mit dreißig falsche Zähne zu haben – warum hatte ihn nicht all die Milch während der Kriegszeit und all der Orangensaft auf Lebenszeit ausgerüstet wie seine Altersgenossen? –, aber dass Jack es wusste, machte ihm nichts aus. Überhaupt machte es ihm nichts aus, was Jack über ihn wusste, in vernünftigen Grenzen wohlverstanden, obwohl er ihm nicht mehr so rückhaltlos alles anvertraute, wie er es während der Zeit getan hatte, als sie gemeinsam die Kingsmarkhamer Grundschule durchliefen. Sie waren echte Freunde. In einem anderen Zeitalter und in einer anderen Gesellschaft hätte man vielleicht gesagt, dass sie einander liebten. Sie waren wie David und Jonathan, aber wenn jemand etwas Derartiges auch nur angedeutet hätte, Jack hätte ihm die Nase eingeschlagen, und Charlie erst ... Die Zecher im *Dragon* waren alle insgeheim, und mit einigem Stolz, davon überzeugt, dass Charlie zu allem fähig war.

Marilyn Thompson war die beste Freundin von Charlies Frau; Charlie sollte Jacks Trauzeuge sein, und eines Tages hoffte er, Pate bei Jacks erstem Kind zu werden. Wie oft hatten sie so zusammen getrunken, als Jungen, als Halbwüchsige, als Männer, wie oft waren sie unter demselben Sternenhimmel nebeneinander die vertraute High Street entlanggeschlendert, wo jedes Haus eine Landmarke, jedes Gesicht Teil einer gemeinsamen Geschichte war. Auch heute Abend hätten ebenso gut nur sie beide und sonst niemand in der Kneipe sein können; die anderen waren nichts als Hintergrund, als Zuhörerschaft. Heute Abend entschwand Jack durch eine Tür, betrat neues Land – und wie immer würde Charlie auch dorthin mitgehen.

Falls solche Gefühle unter Charlies struppiger, schütter werdender Schädeldecke rumorten, so zeigte er sie nicht. Mit breitem Grinsen schlug er Jack auf den Rücken und lugte zwölf Zentimeter aufwärts in das gerötete, hübsche Gesicht des Bräutigams.

»Ich hab's geschafft, alter Junge!« – Mein Bruder Jonathan, ich habe große Freude und Wonne an dir gehabt; deine Liebe ist mir sonderlicher gewesen, denn Frauenliebe ist ...

»Das hab ich auch stark gehofft«, sagte Jack, und sein Herz schwoll vor Freude. »Ich hätte es dir verdammt übel genommen, wenn du es nicht geschafft hättest. Was willst du trinken?«

»Jedenfalls nicht diese Mückenpisse, um es gleich zu sagen. Elf geschlagene Stunden bin ich heute gefahren. Bist ein elender Geizhals, wenn du dich nicht zu Scotch aufschwingen kannst, Jack.«

»Lass mich ... Ich ...«

»Steck das weg. Es ist mir ein Vergnügen, ihr kennt mich doch. Sieben Doppelte, Bill, und du brauchst gar nicht so zu gucken. Kein Wunder, dass man meint, das Bier hier ist am Wasser gebaut. Den Laster hab ich ins Depot gefahren, und ich geh zu Fuß nach Haus, wenn es das ist, was dir Sorgen macht. Viel Glück, Jack, und mögen alle deine Sorgen immer nur klein sein!«

Charlie hatte schwungvoll seine Brieftasche gezückt, darauf bedacht, dass ihr Inhalt für alle Gäste der Kneipe sichtbar war. Seine Lohntüte lag ungeöffnet darin, und er öffnete sie auch jetzt nicht, sondern bezahlte seine Lage aus einem Bündel Banknoten, das mit einem Gummiband zusammengehalten war. Es war ein dickes Bündel, und wenn auch die meisten der Scheine grün waren, einige waren auch blau.

»Wie die Reichen so leben«, meinte George Carter.

»Wärst wohl froh, wenn du 'n Bruchteil davon machtest, was?«

»Kein Grund, gleich sauer auf mich zu sein, Kumpel. Ich muss doch 'n Ding am Kopp haben, den ganzen Tag Briefe zu sortieren, wo ich auf 'nem Laster das Zeug bündelweise kassieren könnte.«

»Du musst es ja wissen. Ist ja dein dämlicher Kopp. Bring ihn doch mal zum Klapsdoktor, wenn er dich stört.«

»Hört mal zu«, unterbrach der Witzbold des Clubs, »ich hab gerade von diesem Mädchen erzählt und was ihre Mutter sagt am Abend, bevor sie den Matrosen heiratet.«

»Wer heiratet?«, fragte Charlie. »Ihre Mutter? Bisschen spät dafür, was? Okay, Kumpel, ich mach ja nur Spaß, aber den Witz haben Jack und ich schon im letzten Schuljahr gehört. Und der Matrose sagt: ›Also mach's auf deine Tour, aber auf die Art kriegen wir nie Kinder.‹ Stimmt's? Das ist der Knalleffekt?«

»Vielen Dank. Und gute Nacht.«

»Sei doch nicht so«, sagte Jack. Charlie hatte aber auch den Bogen raus, die Leute gegen den Strich zu bürsten. Komisch, dass er nie sauer auf ihn war. »Das ist jetzt meine Lage.«

»Kommt nicht in Frage, Jack. Noch mal sieben Doppelte, Bill. Jack, ich hab gesagt, steck das weg! Ich kann's mir leisten. Wo das herkommt, ist noch viel mehr. Ich bin schließlich spät gekommen, also hab ich Vorfahrt, um aufzuholen, klar?«

»Für mich keinen mehr«, sagte der Mann, dem Charlie den Witz verdorben hatte. Er klopfte Jack auf die Schulter und sagte gute Nacht, während die anderen in betretenem Schweigen ihren Whisky tranken.

»Letzte Bestellungen, Gentlemen«, sagte der Barmann.

George Carter langte mit der Hand in die Tasche und brachte ein bisschen Kleingeld zu Tage. »Noch einen für den Nachhauseweg, Jack?«

Charlie blickte auf die Münzen. »Was 'n das? Das Haushaltsgeld von deiner Alten?«

George wurde rot. Er war nicht verheiratet. Charlie wusste, dass er nicht verheiratet war; er wusste darüber hinaus, dass ihn seine ständige Freundin vor zwei Wochen verlassen hatte. George hatte gerade die Anzahlung für ein Haus zusammengehabt und die erste Rate für eine Esszimmergarnitur bezahlt. »Du Scheißkerl«, sagte er.

Charlie blitzte ihn an, ein kleiner Kampfhahn mit gesträubten Federn.

»Mich nennt niemand einen Scheißkerl!«

»Gentlemen, ich bitte Sie«, beschwichtigte der Barmann.

»Ja«, sagte der Vorsitzende, »jetzt ist Schluss, Charlie. Und wenn du dich aufregst, dass die Leute so empfindlich sind – kein Wunder, so wie du auf ihnen rumhackst.« Er lächelte wohlwollend und warf sich in Rednerpose. »Jetzt, da der Abend zur Neige geht, meine ich, sollten wir die Gelegenheit ergreifen, unserm Jack hier die herzlichsten Glückwünsche des Darts-Clubs von Kingsmarkham zu übermitteln. Ich meinerseits …«

»Gut, betrachten wir das als erledigt, ja?«, sagte Charlie. »Ein aufrichtiges Dankeschön für den Vorsitzenden.« Er legte einen weiteren Fünfer auf den Tresen. So rot George geworden war, der Vorsitzende zuckte nur die Achseln und bedachte Jack mit einem Kopfnicken, bedeutsam und mitleidig, aber Jack ignorierte es. Dann ging er und nahm einen weiteren Mann mit sich.

Der Barmann wischte schweigend den Tresen sauber. Charlie Hatton war schon immer aggressiv gewesen, aber in den letzten Wochen war er unerträglich geworden, und die meisten Treffen hatten geendet wie dieses.

Von der ganzen Männerrunde waren jetzt nur noch Jack, Charlie, George und noch ein anderer übrig. Der war Fernfahrer wie Charlie, sein Name war Maurice Cullam, und bis jetzt hatte er kaum den Mund aufgemacht, außer um Alkohol hineinzukippen. Jetzt, nachdem er Zeuge des Hickhacks und der Niedertracht seiner Freunde geworden war, nahm er seinen letzten Drink und meinte:

»Kürzlich wieder mal was von McCloy gesehen, Charlie?«

Charlie gab keine Antwort, und es war Jack, der sagte: »Wieso, du vielleicht?«

»Ich doch nicht, Jack. Ich mach mir die Hände nicht dreckig. Geld ist schließlich nicht alles. Ich möchte ruhig in meinem Bett schlafen können.«

Statt des erwarteten Ausbruchs sagte Charlie sanft: »Wird auch Zeit, dass du's tust. Dass du zur Abwechslung mal schläfst.«

Maurice hatte fünf Kinder, innerhalb von sechs Jahren geboren. Charlies Gag konnte als Kompliment gelten, und zu Georges und Jacks Erleichterung fasste Maurice ihn auch so auf. Er lächelte dümmlich über diesen Tribut an seine Virilität. Angesichts der Tatsache, dass Maurices Frau eine außerordentlich nichts sagende Person war, hätte Charlie noch etliche Anzüglichkeiten auf Lager gehabt, solche, die unübersehbar beleidigend gewesen wären. Aber er beließ es bei der Schmeichelei.

»Es ist Zeit, Gentlemen«, sagte der Barmann. »Ich wünsche Ihnen alles, was Sie sich selbst wünschen, Mr. Pertwee.« Der Barmann nannte Jack gewöhnlich beim Vornamen, und Jack wusste, ›Mr. Pertwee‹ war eine Ehrenbezeugung, die sich nie wiederholen würde, der Respekt vor einem Bräutigam.

»Danke vielmals«, sagte er, »für den großartigen Abend. Bis bald.«

»Komm, machen wir uns auf die Socken, Jack«, meinte Charlie und steckte seine dicke Brieftasche weg.

Die Luft war mild und der Himmel übersät mit Sternen. Der Orion strahlte, sein Gürtel durchzogen von einer faserigen Hochsommerwolke.

»Wunderbare Nacht«, sagte Charlie. »Wird ein schöner Tag morgen, Jack.«

»Meinst du?«

»Glücklich die Braut, auf die die Sonne scheint.« Der Alkohol hatte George sentimental gemacht, und er zog kummervoll die Mundwinkel herunter, als er an seine Verflossene und an die Anzahlung für die Möbel dachte.

»Wein dich nur tüchtig aus, Kumpel«, sagte Charlie.

»Nichts peppt ein Mädchen so auf wie ein bisschen Tränenvergießen.«

George leitete die Kingsmarkhamer Gruppe der Morris Dancers, und Charlie hatte ihn schon oft verspottet, wenn er in seinem schreiend bunten Kostüm, seinen Kappen und Glöckchen erschien. Er biss sich auf die Lippen und ballte die Fäuste. Dann zuckte er die Achseln und wandte sich ab.

»Kannst mich mal«, knurrte er. Die anderen sahen ihm nach, wie er schwankend die Straße überquerte und die York Street hinunterging. Jack hob unschlüssig die Hand zu einem vagen Gruß.

»Das hättest du nicht sagen sollen, Charlie.«

»Ach, der macht mich krank. Los, lasst uns mal 'n bisschen was singen, ja?« Er legte einen Arm um Jacks Mitte und den anderen, nach kaum wahrnehmbarem Zögern, um Maurices.

»Eine von deinen alten Volksballaden, Charlie.«

Sie torkelten unter den alten, vorspringenden Häuserfronten entlang, und Jack musste den Kopf einziehen, um nicht gegen eine schmiedeeiserne Lampe zu stoßen. Charlie räusperte sich und sang:

»Ach, liebste Mabel, hör mich an:
Im Park, da lauert ein Räubersmann.
Im christlichen Vereine,
da saß ich ganz alleine
und sang wie der Lerchen Klang.
's ist nirgends so schön wie zu Haus,
aber heimgehen im Finstern? Oh, Graus!«

»Jippie!«, johlte Jack in Wildwestmanier, aber seine Stimme erstarb, als Inspector Burden von der Kingsmarkhamer Kriminalpolizei aus der Queen Street auftauchte und ihnen über den Platz vor dem *Olive and Dove* entgegenkam. »'n Abend, Mr. Burden.«

»'n Abend.« Der Inspector betrachtete sie mit distanziertem Ekel. »Wir wollen hier doch nichts veranstalten, was in ruhestörenden Lärm ausartet, was?« Er ging weiter, und Charlie Hatton kicherte.

»Bulle«, sagte er. »Ich wette, ich hab hier mehr in meiner Tasche, als der in einem Monat kriegt.«

»Dann mal gute Nacht, Jack«, sagte Maurice steif. Sie waren an der Kingsbrook-Brücke angekommen, wo der Fußweg nach Sewingbury abzweigte und dem Lauf des Flusses folgte. Maurice wohnte in Sewingbury, Charlie in einer der neuen Gemeindewohnungen am anderen Ende der Kingsbrook Road. Für beide war der Fußweg eine Abkürzung.

»Warte doch auf Charlie. Er hat den gleichen Weg.«

»Nein, möchte ich nicht, danke. Hab meiner Frau versprochen, dass ich gegen elf zu Hause bin.« Charlie hatte ihm den Rücken zugekehrt, als unmissverständliches Zeichen, dass er keinen Wert auf Maurices Gesellschaft legte. »Das Zeug hat's in sich«, meinte Maurice, und sein Gesicht im Laternenschein war fahl. »Hätt wohl nicht alles durcheinander trinken sollen.« Er rülpste, und Charlie kicherte. »Mach's gut, Jack, ich seh dich in der Kirche.«

»Mach's gut, Kumpel.«

Maurice schwang sich über das Geländer und landete wie durch ein Wunder sicher auf den Füßen. Er ging an den Holzbänken vorbei, tauchte unter die Trauerweiden, und das Letzte, was sie von ihm sahen, war sein schlingernder Schatten. Jack und Charlie waren allein.

Sie hatten eine Menge getrunken, und die Nacht war warm, aber plötzlich waren sie beide stocknüchtern. Beide liebten Frauen, aber sie waren bei dieser wie auch bei anderen Emotionen unfähig, sich auszudrücken. Bei keiner Empfindung jedoch waren ihre Zungen so gelähmt wie bei der tiefen und reinen Freundschaft zwischen ihnen beiden.

Eine tiefe, allumfassende geistige Übereinstimmung herrschte zwischen ihnen. Ihre Frauen waren ihr Stolz und ihr größter Schatz, fürs Bett, für Herd und Heim, zum Vorzeigen, für ihre Männlichkeit. Aber ohne den anderen wäre ihr Leben unvollständig, hätte es ihnen an Impulsen und Kraft gefehlt. Abgesehen von dem Griechen, dem das *Akropolis-Restaurant* in Stowerton gehörte, hatten sie noch nie etwas von den Griechen gehört. Sie konnten das Gefühl nicht begreifen, das sie in Bann hielt, sie mit Schweigen lähmte und fast eine Art Verzweiflung preisgab.

Wäre Charlie ein anderer Mann gewesen, kultiviert, gebildet, weichherziger, oder hätte er in einer vergangenen Epoche gelebt, in der die Zungen sich bereitwilliger lösten, vielleicht hätte er Jack jetzt umarmt und ihm aus übervollem Herzen gesagt, wie sehr er seine Freude teile und dass er für das Glück des Freundes zu sterben bereit sei. Und wenn Jack ein anderer gewesen wäre, so hätte er Charlie gedankt für seine selbstlose Freundschaft, für sein großzügiges Darlehen, seine Gastfreundschaft und dafür, dass er durch ihn Marilyn Thompson kennen gelernt hatte. Aber Charlie war ein gerissener kleiner Fernfahrer, und Jack war ein Elektriker. Liebe gab es zwischen Mann und Frau, Liebe war für die Ehe, und jeder von ihnen wäre eher gestorben, als sich etwas einzugestehen, das über die Feststellung hinausging, sie ›kämen gut miteinander aus‹. Sie lehnten über dem Brückengeländer, ließen Steinchen ins Wasser fallen, und Charlie sagte:

»Schätze, du brauchst deinen Schönheitsschlaf, ich werd mich also auf den Weg machen.«

»Wir haben dein Geschenk bekommen, Charlie. Ich wollte nichts davon sagen, bis die anderen gegangen wären, aber das ist echt ’ne starke Sache, dieser Plattenspieler. Hat mich richtig umgehauen, als ich ihn gesehen hab. Muss dich ’n Haufen Geld gekostet haben.«

»Hab ihn günstig gekriegt, mein Junge.« Ein weiterer Stein fiel und platschte in die Dunkelheit unter ihnen.

»Marilyn hat gesagt, sie würde Lilian schreiben.«

»Hat sie schon getan. Schon ehe ich losfuhr nach Norden, ist ein ganz toller Brief von ihr gekommen. Ein echt gebildetes Mädchen hast du da gekriegt, Jack. Die weiß, wie man einen Brief zusammenschreibt. Wenn man solchen Brief kriegt, dann tut einem die Ausgabe nicht Leid. Und ich hab euch beide zusammengebracht, vergiss das nie!«

»Na, du verstehst dich eben drauf, sie auszusuchen, Charlie. Brauchst dir doch bloß Lilian anzugucken.«

»Tja, und ich geh jetzt wohl besser und seh mal nach ihr, was?« Charlie wandte sich dem Freund zu, und sein Schatten war kurz und schwarz gegen den langen von Jack. Er hob seine harte kleine Hand und schlug sie schallend in Jacks Rechte. »Also, ich verschwinde.«

»Ist wohl besser, Charlie.«

»Und falls ich morgen keine Gelegenheit dazu hab – na ja, ich bin kein Sprüchemacher wie Brian, aber alles, alles Gute, Jack.«

»Und ob du Gelegenheit haben wirst. Du musst ’ne Rede halten!«

»Also sparen wir’s solange auf, klar?« Charlie zog die Nase kraus, und seine Augen blinzelten. Die Schatten trennten sich, er verschmähte den Sprung über das Geländer. »Gute Nacht, mein Lieber.«

»Nacht, Charlie.«

Die Weiden hüllten ihn ein. Sein Schatten tauchte noch einmal auf, als der Weg anstieg und sich wieder senkte. Jack hörte ihn pfeifen: »Ach, liebste Mabel, hör mich an«, dann war der Schatten aufgesogen und verloren in den vielen Baumschatten, und auch das Pfeifen verhallte, und nirgends mehr war ein Geräusch, außer dem leisen Plätschern des Flusses, des Kingsbrook, der unentwegt über sein Kieselbett strömte.

2

Detective Chief Inspector Wexford machte sich nichts aus Hunden. Er hatte nie einen Hund gehabt, und jetzt, da eine seiner Töchter verheiratet und die andere Schülerin der Schauspielschule war, sah er keinen Grund, weshalb er sich einen ins Haus nehmen sollte. Mancher Hundegegner wechselt in die Reihen der Hundeliebhaber über, weil er zu schwach ist, dem Betteln geliebter Kinder zu widerstehen, aber in Wexfords Haushalt waren solche Bitten immer nur halbherzig gewesen, so hatte er diese Falle umgangen und war unbehelligt davongekommen.

Deshalb war er wenig erfreut, als er spät am Freitagabend nach Hause kam und in seinem Lieblingssessel diesen grauen Köter mit Ohren wie gestrickte Topflappen vorfand.

»Ist sie nicht süß?«, fragte die Schauspielschülerin. »Ihr Name ist Klytämnestra. Ich wusste, es würde dir nichts ausmachen, sie hierzuhaben, bloß für vierzehn Tage.« Damit huschte sie aus dem Zimmer, um ans Telefon zu gehen.

»Wo hat Sheila ihn her?«, fragte Wexford finster.

Mrs. Wexford war eine Frau, die nie viele Worte machte.

»Sebastian.«

»Und wer um alles in der Welt ist Sebastian?«

»Irgendein Junge«, erwiderte Mrs. Wexford, »ist gerade erst weggegangen.«

Ihr Mann war drauf und dran, den Hund auf den Boden zu schubsen, aber dann besann er sich und ging schmollend hinaus, ins Bett.

Die Schönheit seiner Tochter war etwas, das nie aufgehört

hatte, ihn zu verwundern. Sylvia, die ältere, verheiratete, war wohlgestalt und gesund, aber das war auch das Schmeichelhafteste, was man von ihr sagen konnte. Mrs. Wexford hatte eine großartige Figur und ein feines Profil, obwohl sie nie von dem Schlag gewesen war, der Schönheitskonkurrenzen gewann. Während er selbst … Alles, was ihm fehlte, dachte er manchmal, war eigentlich ein Rüssel, damit er vollends wie ein Elefant aussähe. Sein Körper war mächtig und schwergewichtig, seine Haut die eines Dickhäuters, faltig und grau, und seine dreieckigen Ohren standen auf absurde Weise unter dem spärlichen Kranz farbloser Haare hervor. Wenn er in den Zoo ging, drückte er sich immer rasch am Elefantenhaus vorbei, damit nicht respektlose Betrachter womöglich Vergleiche anstellten.

Ihre Mutter und ihre Schwester waren gut aussehende Frauen, das Merkwürdige bei Sheila aber war, dass ihre Schönheit nicht etwa einfach eine Steigerung, eine stärkere Ausprägung von deren Beinahe-Hübschheit war. Sie sah aus wie ihr Vater! Als Wexford das zum ersten Mal bemerkte – sie war damals etwa sechs Jahre alt –, da hätte er beinahe losgebrüllt vor Lachen, so grotesk war die Ähnlichkeit zwischen diesem aparten Persönchen und ihrem plumpen Erzeuger. Und doch war diese hohe, breite Stirn seine Stirn, die kleine, schräge Nase war seine Nase, die spitzen – wenn auch in ihrem Falle anliegenden – Ohren waren seine Ohren, und in ihren riesigen grauen Augen fand er seine eigenen kleinen wieder. Als er jung war, hatte sein Haar auch diesen goldenen Flachston gehabt, war genauso weich und genauso fein gewesen. Blieb bloß zu hoffen, dass sie nicht eines Tages wie ihr Vater aussah, dachte er manchmal, nicht ohne sich innerlich ins Fäustchen zu lachen.

Am nächsten Morgen jedoch waren seine Gefühle gegenüber seiner jüngsten Tochter weder zärtlich noch von humorvoller Nachsicht. Der Hund hatte ihn zehn vor sieben durch lang gezogenes Heulen geweckt, und jetzt, eine Viertelstunde später, stand er wutschnaubend auf der Schwelle zu Sheilas Zimmer.

»Dies hier ist keine Hundepension, verstehst du? Hörst du den Köter eigentlich nicht?«

»Den Acryl-Flokati-Hund, Paps? Armer Liebling, sie will doch Gassi gehen.«

»Wie nennst du den?«

»Acryl-Flokati-Hund. Sie ist natürlich eine Promenadenmischung, aber so nennt Sebastian sie. Weil sie so aussieht, als sei sie aus synthetischem Garn gemacht, weißt du? Findest du das nicht komisch?«

»Nicht besonders. Und warum kann sich dieser Sebastian nicht selbst um seinen Hund kümmern?«

»Er ist in die Schweiz gefahren. Sein Flugzeug muss inzwischen schon weg sein.« Sie tauchte unter den Laken auf, und ihr Vater sah, dass ihr Haar auf riesige, elektrisch aufgeheizte Lockenwickler gedreht war. »Es war mir peinlich, ihn gestern Abend den ganzen Weg zum Bahnhof zu Fuß gehen zu lassen.« Und anklagend setzte sie hinzu: »Aber du hattest ja den Wagen.«

»Es ist mein Wagen!« Wexford schrie es beinahe. Dieses Argument, das wusste er seit langem, war hoffnungslos. Er hörte seiner eigenen Stimme zu und bemerkte mit einer Art Horror, dass sich ein fast schmeichelnder Ton hineinschlich: »Wenn der Hund raus muss, wär's dann nicht besser, wenn du aufstehst und ihn ausführst?«

»Kann ich nicht. Ich hab gerade mein Haar aufgedreht.« Unten ließ Klytämnestra ein gedehntes Heulen ertönen, das in dringliches Bellen überging. Sheila warf die Bettdecke zurück und setzte sich auf, eine Vision in pinkfarbenem Shorty.

»Allmächtiger Himmel!«, explodierte Wexford. »Den Hund

deines Freundes ausführen kannst du nicht, aber bei Tagesgrauen aufstehen und deine Haare aufdrehen, das kannst du!«

»Daddy ...« Der schmeichelnde Ton und die mittlerweile selten gebrauchte väterliche Koseform ließen Wexford ahnen, dass ein monströses Ansinnen an ihn gestellt werden sollte. Er funkelte und zog seine Augenbrauen auf die Art zusammen, vor der die Kingsmarkhamer Kleinkriminellen erzitterten. »Daddy, Paps, es ist solch herrlicher Morgen, und du weißt, was Dr. Crocker über dein Gewicht gesagt hat, und ich hab mir doch nun mal gerade die Haare aufgedreht ...«

»Ich geh jetzt unter die Dusche«, antwortete Wexford kalt.

Und das tat er. Als er aus dem Badezimmer wieder herauskam, heulte der Hund noch immer, und hinter Sheilas Tür dröhnte Pop-Musik. Eine degenerierte Männerstimme beschwor ihre Zuhörer, ihn, den Sänger, zu lieben oder ihn in Ruhe sterben zu lassen.

»Scheint 'ne Menge Lärm im Haus zu sein, Liebling«, meinte Mrs. Wexford schläfrig.

»Du machst mir Spaß!«

Er öffnete Sheilas Tür. Sie legte gerade eine Gesichtsmaske auf.

»Also, dies eine Mal«, sagte der Chief Inspektor. »Ich tu es bloß, weil ich deiner Mutter noch ein bisschen Ruhe verschaffen will. Folglich kannst du als Erstes mal dieses Ding da abstellen.«

»Du bist ein Engel, Daddy«, sagte Sheila, und träumerisch setzte sie hinzu: »Wahrscheinlich hat Klytämnestra sich jetzt schon verewigt.«

Klytämnestra. Von allen dämlichen, prätentiösen Namen für einen Hund ausgerechnet diesen! Aber was konnte man von einem, der Sebastian hieß, schon anderes erwarten? Immerhin hatte sie sich jedoch noch nicht »verewigt«. Sie sprang an

Wexford in die Höhe, bellte frenetisch, und als er sie wegschubste, rannte sie im Kreis um ihn herum, wedelte wild mit dem Schwanz und flatterte mit den gestrickten Ohren.

Wexford fand die Leine, die Sheila entgegenkommenderweise an weithin sichtbarer Stelle, nämlich auf dem Kühlschrank, liegen gelassen hatte. Ohne Zweifel, es würde ein wunderschöner Tag werden, ein Sommertag, wie es ihn nirgends in der Welt so gibt wie im Süden Englands, ein Tag, der mit Dunst beginnt, zu tropischer Herrlichkeit erblüht und in Blau und Gold und Sternen verglüht.

»Gar manch einen glorreichen Morgen«, deklamierte er vor Klytämnestra, »hab ich gesehen, schmeichelnd der Berge Spitzen mit königlichem Aug.«

Klytämnestra stimmte lautstark zu, sprang auf einen Hocker und jaulte hysterisch beim Anblick ihrer Leine.

»Trag deinen Leib nur schicklicher«, sagte Wexford kalt, indem er von Sonett auf Komödie umschaltete, ohne seinen Dichter zu wechseln. Er blickte aus dem Fenster. Dort war es, das ›königliche Aug‹, hell, geschmolzen und weißgolden. Statt der Berge Spitzen schmeichelte es den Wiesen am Kingsbrook und verwandelte den kleinen Fluss in ein Band schimmernden Metalls. Nein, es schadete ihm bestimmt nichts, diese ungezähmte Kreatur auf einen kurzen Ausflug in die Wiesen mitzunehmen, und das Erlebnis würde ihm eine prächtige Überlegenheit gegenüber Inspector Burden verschaffen, wenn er um halb zehn ins Polizeipräsidium ginge.

»Herrlicher Morgen, was?«

»Es war ein herrlicher Morgen, Mike. Das Schönste ist ja jetzt schon vorbei. Als ich so um halb sieben unten am Fluss war ...«

Er schmunzelte. Klytämnestra wimmerte. Wexford ging zur Tür, und der Hund quiekte vor Freude. Er machte die

Leine fest und trat hinaus in den süßen Frieden eines Sommersamstages in Sussex.

Im Nachhinein mit einem Spaziergang vor dem Frühstück zu prahlen, das war eine Sache, sich jedoch allen Ernstes sehen zu lassen, wie man diese Laune der Natur, diese Missgeburt durch öffentliche Straßen führte, das war eine ganz andere. Im unbestechlichen Hochsommerlicht betrachtet, sah Klytämnestra aus wie etwas, das lange vergessen tief unten im Strickkorb einer alten Frau gelegen hat und zu guter Letzt zum Stopfen hervorgeholt worden ist.

Mehr noch, nachdem sie sich ihren Herzenswunsch erfüllt hatte, um den sie ein so schamloses, neurotisches Theater aufgeführt hatte, war sie völlig lustlos geworden und trottete lammfromm einher, mit hängendem Kopf und hängendem Schwanz. Genau wie eine Frau, dachte Wexford bissig. Sheila war bestimmt genauso. Das Haar runter von den Wicklern, das Gesicht gereinigt … Höchstwahrscheinlich war sie jetzt in aller Ruhe unten, um ihrer Mutter eine Tasse Tee zu machen. Wenn man bekommt, was man will, dann will man nicht mehr, was man bekommt … *On a fait le monde ainsi.*

Immerhin, er würde die öffentlichen Straßen meiden.

Von dieser Seite der Stadt aus führte der Fußweg über die Wiesen zum Ufer des Flusses, wo er sich teilte. Der eine Weg führte zu der neuen Gemeindesiedlung und nach Sewingbury, der andere zum Zentrum der Kingsmarkhamer High Street bei der Kingsbrook-Brücke. Wexford hatte durchaus nicht die Absicht, sich auf den so genannten Sabbatweg, das Pflichtmaß von zweitausend Ellen, zu begeben, und jetzt, da sie die Kingsbrook Road mit diesen Mietkästen zugebaut hatten, bestand auch kein Anreiz mehr, dort hinzugehen. Stattdessen würde er zum Fluss hinunterspazieren, den Weg zur Brücke einschlagen und auf dem Heimweg bei Braddan gleich seine *Police Revue* mitnehmen. Immer vergaßen sie, sie ihm zusammen mit der Zeitung zu schicken.

Ländliche Weidegebiete sind gewöhnlich eingezäunt. Diese Wiesen dagegen waren mit Hecken und Stacheldraht voneinander getrennt. Große rotbraune Kühe grasten darauf. Dunst lag in dünnen Schleiern über den Senken, und wo Felder brachlagen, stand das Gras hoch, hoch genug für den Heuschnitt. Wexford, im tiefsten Herzen ein Landmensch, wunderte sich immer darüber, dass Stadtmenschen Gras als grün bezeichneten, wo es in Wirklichkeit doch vielfarbig war wie Josephs Mantel. Die Spitzen der Gräser neigten sich schwer von Samen, ockerfarben, kastanienbraun und pudergrau, und der ganze dicke Teppich der Weide war bestickt mit dem purpurnen Faden des Sauerklees, dem Giftgelb der Butterblumen und überzogen von der flaumigen, cremezarten Spitze der Spiräen. Und über alles das breiteten die schwankenden, wispernden Samenstände und der hauchzarte Dunst einen silbernen Schimmer.

Die Eichen hatten das lebhafte Gelbgrün des Spätfrühlings noch nicht verloren, eine Farbe, so hell, so frisch und überall sonst in Natur und Kunst so unerreicht, dass es noch keinem gelungen war, es ihm gleichzutun, dass man es nirgends sonst fand, weder auf Gemälden noch in Geweben noch an den Kleidern der Frauen. An solchen Dingen würde die Farbe auch grob wirken, wenn man sie nachahmte, aber hier, gegen diesen blassblauen, weit und breit wolkenlosen Himmel, war sie nicht grob. Sie war zauberhaft. Wexford sog in tiefen Atemzügen die würzige, pollengeladene Luft ein. Er hatte noch nie Heufieber gehabt und fühlte sich prächtig.

Die Hündin, die vielleicht einen Straßenpflasterspaziergang befürchtet hatte, schnupperte ebenfalls in die Luft und wurde sichtlich lebhafter. Sie schnüffelte im Gestrüpp herum und wedelte mit dem Schwanz. Wexford löste den Karabinerhaken der Leine und ließ sie frei laufen.

Mit einer gewissen Bedächtigkeit begann er, über die Aufgaben des vor ihm liegenden Tages nachzudenken. Heute Morgen war die schlimme Sache mit der Körperverletzung beim Sondergericht anhängig, aber das musste eigentlich alles in einer halben Stunde abgewickelt sein. Dann bestand die Möglichkeit, dass das zum Verkauf stehende Silber auf dem Samstagmorgen-Markt womöglich gestohlenes Gut war. Da sollte wohl besser jemand hingehen und nach dem Rechten sehen ... Und ganz gewiss gab es auch noch die übliche Liste von Freitagabend-Einbrüchen.

Mrs. Fanshawe hatte im Royal Hospital von Stowerton nach sechswöchigem Koma das Bewusstsein wiedererlangt. Man würde heute mit ihr sprechen müssen. Aber das war Sache der Uniformierten, nicht seine. Gott sei Dank musste er nicht der Frau beibringen, dass ihr Mann und ihre Tochter bei dem Verkehrsunfall, bei dem sie sich einen Schädelbruch zugezogen hatte, ums Leben gekommen waren.

Vermutlich würde man die vertagte gerichtliche Untersuchung über dieses Unglückspaar wieder aufnehmen. Burden bezweifelte, dass die Frau sich vielleicht doch erinnern könnte, warum der Jaguar ihres Mannes auf der leeren Überholspur der zweibahnigen Straße ins Schleudern geraten war und sich überschlagen hatte. Meist stellte sich mit solchem Koma ein barmherziger Gedächtnisausfall ein, und wer wollte bestreiten, dass es ein Segen war? Es war geradezu unmoralisch, die arme Frau jetzt mit Fragen zu quälen, bloß um des Nachweises willen, dass die Bremsen des Jaguars versagt hatten oder dass Fanshawe die Geschwindigkeitsgrenze überschritten hatte. Und es war ja auch nicht so, dass ein weiteres Fahrzeug in Mitleidenschaft gezogen worden wäre. Aber natürlich war es eine Frage der Versicherung. Wie auch immer, das war nicht seine Sorge.

Die Sonne schien auf die sanften Wellen des Flusses, und die langen Weidenblätter berührten eben seine goldene, gekräuselte Wasserfläche. Eine Forelle schoss in blitzend schillerndem Sprung empor. Klytämnestra lief ans Wasser und trank gierig. In dieser Welt des reinen, rasch fließenden Wassers, der unnachahmlichen Eichen und Wiesen, neben denen sich Bayeux-Teppiche wie Wischlappen ausnähmen, da war kein Platz für sich überschlagende Wagen und Blutvergießen und zerschmetterte Körper, die auf blutigem, schlüpfrigem Asphalt herumlagen.

Der Hund plantschte im Wasser; dann schwamm er. Im Sonnenschein war sogar die graue, handgestrickte Klytämnestra schön. Die großen, flachen Steine unter ihrem schmalen Körper mit dem angeklatschten, krausen Fell wiesen die marmorne Maserung des Achats auf. Über dem Wasser hing ein goldener Dunstschleier, flirrend vom Tanz der Myriaden winziger Fliegen. Und Wexford, der Atheist, der profane Mann, dachte, Herr, wie vielgestaltig sind deine Werke auf Erden.

Auf der anderen Seite des Flusses war ein Mann. Er ging langsam, knappe fünfzig Meter vom gegenüberliegenden Ufer entfernt und parallel dazu, spazierte von Sewingbury in Richtung Kingsmarkham. Er hielt ein Kind an der Hand, und auch er hatte einen Hund bei sich, einen großen, streitlustig aussehenden schwarzen Hund. Wexford hatte die Vorstellung – die zum Teil auf den Beobachtungen aus seinem Bürofenster beruhte –, dass zwei Hunde, wenn sie einander begegneten, unweigerlich miteinander rauften. Klytämnestra würde aus einem Kampf mit diesem großen schwarzen Teufel jammervoll hervorgehen. Wexford brachte es nicht über sich, seinen Schützling beim Namen zu rufen. Er pfiff. Klytämnestra nahm keine Notiz davon. Sie hatte das gegenüberliegende Ufer erreicht und schnoberte in einer im Wasser treibenden Masse aus Buschwerk und entwurzeltem Gras herum. Weiter flussaufwärts war eine Insel aus Unrat gegen das Ufer getrieben worden. Wexford, der eben noch so romantisch gewesen war, fühlte sich geradezu gepeinigt bei diesem Indiz menschlicher Gleichgültigkeit gegenüber den Schönheiten der Natur. Er konnte ein Bündel karierten Stoffes erkennen, eine alte Decke vielleicht, einen Ölkanister und, ein Stück entfernt davon, einen im Wasser treibenden Schuh. Klytämnestra bestärkte seine geringe Meinung von allem, was hündisch war, indem sie sich mit wedelndem Schwanz und aufgestellten Ohren an diese vom Wasser durchtränkte Unratmasse heranmachte. Ekelhafte Kreaturen, Hunde, dachte Wexford, Straßenschnüffler und Müllschlucker. Er pfiff noch einmal. Die Hündin blieb stehen, und er wollte sich schon gratulieren zu seiner Autorität und der wirksamen Methode, sie herbeizuzitieren, als das Vieh sich mit einem Satz vorwärts stürzte und das Stoffknäuel mit dem Maul packte.

Das Bündel bewegte sich schwer und ließ das Wasser schwappen. Der Hund ließ es fahren, und seine Nackenhaare sträubten sich. Dieses langsame und irgendwie urweltliche Aufrichten der grauen Haarmatte löste in Wexford einen merkwürdigen Kälteschauer aus. Die Sonne schien sich zu verdunkeln. Er vergaß den schwarzen Hund, der immer näher kam, und seine Freude an dem schönen Morgen war dahin. Klytämnestra gab ein unirdisches, schneidendes Heulen von sich, die Lefzen zurückgezogen, der Schwanz eine starre Verlängerung des Rückgrats.

Das Bündel, das sie aufgestöbert hatte, trieb ein wenig ab ins tiefere Wasser, und als Wexford hinschaute, hob sich aus dem durchtränkten Stoff langsam eine bleiche, dünne Hand, leblos wie die marmorierten Steine. Die Finger hingen schlaff herab, und doch schienen sie auf ihn zu zeigen.

Er zog seine Schuhe und Socken aus und krempelte die Hosenbeine bis zu den Knien hoch. Der Mann und das Kind auf der anderen Seite sahen ihm interessiert zu. Er glaubte nicht, dass sie die Hand schon gesehen hatten. Mit den Schuhen in der Hand, trat er auf die Steine und watete vorsichtig durch den seichten Fluss. Klytämnestra kam zu ihm gerannt und drückte ihre Nase an seine nackten Beine. Wexford schob die Weidenzweige beiseite, die wie eine Schabracke davor hingen, und gelangte zu der kleinen Bucht mit dem Schwemmgut, wo er sich hinkniete. Ein Schuh trieb leer im Wasser, der andere saß noch an einem Fuß. Der tote Mann lag mit dem Gesicht nach unten. Jemand hatte ihm einen schweren, stumpfen Gegenstand gegen den Hinterkopf geschmettert. Einen von diesen Steinen hier, vermutete Wexford.

Das Brombeergestrüpp hinter ihm raschelte, und Schritte knirschten.

»Bleiben Sie weg«, sagte Wexford, »halten Sie das Kind zurück.«

Er wandte sich um und verdeckte, was im Wasser lag, mit seinem eigenen mächtigen Körper. Ein Stückchen flussabwärts spielte das Kind mit den beiden Hunden und warf ihnen Steine ins Wasser.

»Himmel!«, sagte der Mann leise.

»Er ist tot«, sagte Wexford. »Ich bin Polizeibeamter, und ich ...«

»Ich kenne Sie. Chief Inspector Wexford.« Der Mann kam näher, ohne dass Wexford es verhindern konnte. Er blickte hinunter und rang nach Luft. »Mein Gott, ich ...«

»Ja, ein schöner Anblick ist das nicht.« Wexford beschlich

der Gedanke, dass hier etwas ganz und gar Ungewöhnliches passiert war. Nicht so sehr, dass hier an einem schönen Junimorgen ein Mann ermordet lag, aber dass ausgerechnet er, Wexford, ihn gefunden hatte. Polizisten finden keine Leichen, es sei denn, sie werden geschickt, um sie zu suchen, oder jemand anders hat sie zuvor entdeckt. »Würden Sie mir einen Gefallen tun?«, fragte er. Der Neuankömmling war grün im Gesicht und sah aus, als müsse er sich übergeben. »Würden Sie zur Stadt runtergehen, zur nächsten Telefonzelle, und das Präsidium anrufen? Sagen Sie ihnen einfach, was Sie gesehen haben. Den Rest besorgen die dann schon. Na los, Mann, reißen Sie sich zusammen!«

»Okay. Es ist bloß, dass …«

»Vielleicht sagen Sie mir besser erst mal Ihren Namen.«

»Cullam, Maurice Cullam. Ich geh schon, ich geh ja gleich. Es ist bloß, dass … also, gestern Abend, da hab ich mit ihm zusammen im *Dragon* einen getrunken.«

»Sie wissen also, wer das ist? Sie können sein Gesicht doch gar nicht sehen.«

»Brauch ich auch nicht, Ich weiß auch so, dass es Charlie Hatton ist.«

3

Er sah wirklich aus wie ein echter Charlie Chaplin, mit diesen Rockschößen und den gestreiften Hosen.

»Du und ich, wir sehen wirklich wie zwei echte Charlies aus, Charlie Hatton«, konnte er seinem Trauzeugen zur Begrüßung sagen.

Wirklich, sehr witzig. Jack fand oft, dass er nicht so schlagfertig wie Charlie war, aber jetzt war ihm etwas eingefallen, worüber sein Freund schmunzeln würde.

Lieber alter Charlie. Der beste Freund, den ein Mann je hatte. Unwahrscheinlich großzügig, und wenn bei ihm vielleicht auch nicht immer alles ganz koscher war – na schön, der Mensch musste schließlich leben. Und Charlie, der wusste zu leben. Immer von allem das Beste. Jack war bereit, all die knisternden Pfundnoten für die Flitterwochen, die er in der Brieftasche hatte, zu wetten, dass Charlie einer der wenigen Gäste sein würde, die keinen geliehenen Cut trugen. Der hatte seinen eigenen, und zwar keinen von der Stange.

Dabei sah er selbst auch nicht schlecht aus, dachte er und bewunderte sein Spiegelbild. In seinem Alter hinterließ das Saufen noch keine sichtbaren Spuren, und ein rotes Gesicht hatte er sowieso schon immer gehabt. Er sah umwerfend aus, stellte er mit verlegenem Stolz fest, so gut wie Prinz Charles allemal. Wahrscheinlich benutzte der Prinz allerdings einen elektrischen Rasierapparat. Jack drückte einen neuen kleinen Wattebausch auf den Schnitt an seinem Kinn und fragte sich, ob Marilyn wohl schon fertig war.

Dank Charlie-Boy war er im Stande gewesen, einiges

springen zu lassen für die Hochzeit, und Marilyn hatte ihr weißes Satinkleid und ihre vier Brautjungfern kriegen können, an die sie ihr Herz so gehängt hatte. Wenn sie die Abstandssumme für die Wohnung selbst hätten aufbringen müssen, dann hätte das ganz anders ausgesehen. Typisch Charlie, ihm ein zinsfreies Darlehen anzubieten! Auf diese Weise konnten sie ihre eigenen Ersparnisse darauf verwenden, die Wohnung tipptopp herrichten zu lassen. Wie gut das alles geklappt hatte! Zwei Wochen an die See, und wenn sie wiederkamen, wartete die Wohnung fix und fertig auf sie. Und das alles hatten sie Charlie zu verdanken.

Jack wandte sich vom Spiegel ab und blickte stattdessen in die Zukunft – zwanzig, dreißig Jahre weiter. Dann würde Charlie ein sehr reicher Mann sein. Es sollte Jack sehr wundern, wenn sein Freund dann nicht in einem dieser Häuser im Ploughman's Lane wohnte, wo er manchmal Elektroarbeiten zu machen hatte, mit richtigen alten französischen Möbeln und richtigen Ölgemälden und der Sorte Porzellan, das man ansieht, von dem man aber nicht isst. Er und Charlie hatten sich schiefgelacht über dieses Haus, aber in Charlies Lachen war doch ein gewisser Ernst gewesen, und Jack hatte sich schon gedacht, dass er einmal hoch hinauswollte.

Und natürlich würden sie dann immer noch Freunde sein, denn Charlie Hatton ließ seine alten Freunde nicht fallen. Es würde dann nicht mehr Bier und Skat sein, sondern Dinnerpartys und Bridge, mit ihren Frauen in Cocktailkleidern und echtem Schmuck. Jack wurde ganz schwindlig, wenn er daran dachte; er sah es förmlich, wie sie alle zusammen auf einer schattigen Terrasse saßen, langstielige Gläser vor sich – und seltsam, er sah sie genauso, wie sie jetzt waren, unberührt vom Zahn der Zeit.

Abrupt kehrte er wieder in die Gegenwart zurück. Charlie ließ sich wirklich verdammt viel Zeit mit dem Kommen. Vielleicht gab es irgendwie Schwierigkeiten mit Lilians Kleid, oder er wartete, dass sie vom Friseur wiederkam? Charlie war mächtig darauf erpicht, dass Lilian ihm Ehre machte, und das tat sie auch immer. Stets war sie wie aus dem Ei gepellt. Nach Marilyn würde sie bestimmt die bestangezogenste Frau auf der Hochzeit sein, blond, gut gewachsen, in dem grünen Kleid, wegen dem Marilyn sich so abergläubisch angestellt hatte.

Jack tupfte sein Kinn noch mal ab und trat ans Fenster, um nach Charlie Ausschau zu halten.

Es war zehn Uhr dreißig, und die Hochzeit war für halb zwölf angesetzt.

Sie war blond, gut gewachsen, hübsch in der Art von Sheila Wexford, aber ohne Sheilas durchscheinende Schönheit. Ihr Gesicht war ziemlich derb, die Züge unfertig, teigig, und jetzt war es vom Weinen verquollen. Nachdem sie es ihr gesagt hatten, saßen Wexford und Burden hilflos da, während sie sich mit dem Gesicht nach unten aufs Sofa warf und in die Kissen schluchzte.

Schließlich ging Wexford zu ihr hinüber und berührte sie an der Schulter. Sie griff nach seiner Hand, klammerte sich daran und grub ihre langen Nägel hinein. Dann richtete sie sich mühsam auf und vergrub das Gesicht in seiner und ihrer Hand. Die kostbaren Samtkissen waren nass von ihren Tränen.

Wexford blickte sich rasch in dem elegant, ja sogar luxuriös möblierten Raum um. Über der Lehne eines Sessels hing ein blaugrün geblümtes Kleid, ein grüner Mantel und lange Knöpfhandschuhe. Mitten auf dem langen Esstisch aus Teakholz lag Lilian Hattons Hochzeitshut, ein kunstvolles Gebilde aus Satinblättern und Tüll, genauso grün und frisch wie die echten Blätter, die er durch das Panoramafenster draußen in den Kingsbrook-Wiesen sehen konnte.

»Mrs. Hatton«, sagte er gütig, und sie hob gehorsam das Gesicht, »Mrs. Hatton, waren Sie nicht beunruhigt, als Ihr Mann gestern Abend nicht nach Hause kam?«

Sie sagte nichts. Er wiederholte die Frage, und da antwortete sie mit von Schluchzern erstickter Stimme: »Ich hab nicht fest damit gerechnet; nur so halb ...« Sie ließ Wexfords Hand los und fuhr förmlich zurück, als hätte sie etwas Unanständiges getan.

»Als er nicht kam, da dachte ich, er hat's nicht geschafft zu Jacks Party. Er hält irgendwo unterwegs und kommt morgen früh, ich ...« Das Schluchzen wurde unkontrollierbar, und sie gab einen herzzerreißenden Klagelaut von sich.

»Ich möchte Sie jetzt nicht länger belästigen, Mrs. Hatton. Sie sagen, Ihre Mutter kommt gleich? Wenn ich nur noch Mr. Pertwees Adresse haben könnte ...«

»Jack, ja«, sagte sie. »Jack wird das sehr mitnehmen.« Sie holte tief Atem und rang die Hände. »Sie waren enge Freunde, schon seit ihrer Schulzeit.« Plötzlich stand sie auf, die Augen wild aufgerissen. »O Gott, Jack weiß es noch gar nicht! Heute ist seine Hochzeit, und Charlie sollte sein Trauzeuge sein. Oh, Jack, Jack, armer Jack!«

»Überlassen Sie das uns, Mrs. Hatton«, sagte Inspector Burden. »Wir werden es Mr. Pertwee sagen. Bailey Street, nicht wahr? Gut, wir sagen es ihm. Da, es klingelt an Ihrer Tür. Ich nehme an, das ist Ihre Mutter.«

»Mama«, sagte Lilian Hatton, »was soll ich bloß tun, Mama?« Die ältere Frau blickte an ihr vorbei, dann legte sie ihre Arme um die bebenden Schultern. »Marilyn hat gesagt, ich soll kein Grün tragen zur Hochzeit, sie sagte, das bringt Unglück.« Ihre Stimme war leise, ein undeutliches Wimmern. »Und ich hab trotzdem den grünen Mantel gekauft. Und nun bin ich nicht mal bis auf die Hochzeit gekommen. Mama, aber es war einfach bloß ein Unglück, nicht wahr?«

Plötzlich brach ein schriller Wahnsinnsschrei aus ihr hervor. »Charlie, Charlie, was soll ich tun, Charlie?« Sie klammerte sich an ihre Mutter, krallte sich in die Aufschläge ihres Mantels. »Oh mein Gott, Charlie!«, schrie sie.

»Daran gewöhn ich mich nie«, sagte Burden leise.

»Glauben Sie vielleicht, ich?« Wexford hegte freundschaftliche, manchmal sogar ausgesprochen herzliche Gefühle für seinen Untergebenen, aber gelegentlich machte Burden ihn ungeduldig, besonders, wenn er sich zum Gewissenshüter des Chief Inspector aufschwang. Ein eingebildetes Pfaffengesicht hat er, dachte Wexford unfreundlich, und jetzt zeigte sein schmaler Mund auch noch diesen frömmelnden Zug. »Das Schlimmste ist ja vorbei«, sagte er schroff. »Der Bräutigam wird nicht in lautes Wehklagen ausbrechen, und schließlich sagt man nicht seine Hochzeit ab, weil einem der Trauzeuge umgelegt worden ist.«

Du abgestumpfter Teufel, sagte Burdens Blick. Dann wandte der Inspector seinen gepflegten, gut modellierten Kopf wieder zur Seite und versank erneut in seine stummen Betrachtungen.

Es dauerte nur zehn Minuten, um von Hattons Wohnung zur Bailey Street zu gelangen, wo in Nummer zehn Jack Pertwee mit seinem verwitweten Vater lebte. Der Polizeiwagen hielt vor dem winzigen Reihenhaus ohne Vorgarten. Mr. Pertwee senior öffnete auf ihr Klopfen. Er wirkte unbehaglich in seinem viel zu großen Cut.

»Ich dachte, Sie wären unser Trauzeuge, auf den wir noch immer warten.«

»Ich fürchte, Mr. Hatton wird nicht kommen können, Sir.« Wexford und Burden schoben sich höflich, aber bestimmt an ihm vorbei in die enge Diele. »Es tut mir sehr Leid, Ihnen sagen zu müssen, dass wir schlechte Nachrichten haben.«

»Schlechte Nachrichten?«

»Ja, Sir. Mr. Hatton ist letzte Nacht gestorben. Er wurde heute Morgen unten beim Fluss gefunden, und er war schon seit Mitternacht tot oder auch schon länger.«

Pertwee wurde kreidebleich. »Mein Gott«, sagte er, »das wird Jack aber treffen.« Sein Mund zitterte, als er die beiden anblickte, um dann auf die messerscharfen Bügelfalten seiner Hose hinabzusehen. »Wollen Sie, dass ich raufgehe und es ihm sage?« Wexford nickte. »Also gut, wenn Sie es so wollen. Er heiratet um elf Uhr dreißig. Aber wenn ich es ihm sagen soll – tja, ich nehme an, dann muss ich's ihm eben sagen.«

Sie kannten Jack Pertwee beide vom Sehen. Die meisten Kingsmarkhamer Gesichter waren Wexford bekannt, und Burden erinnerte sich, ihn gestern Abend Arm in Arm mit dem toten Mann gesehen zu haben, wie sie laut singend anständige Bürger störten. Er war selbst ein glücklich verheirateter Mann, und er hatte tiefstes Mitgefühl mit der Witwe, aber Jack Pertwee hielt er im Grunde seines Herzens für einen ziemlichen Rabauken. Mit Leuten wie ihm brauchte man nicht zart fühlend umzugehen, und beinahe wütend fragte er sich, weshalb das Gesicht dieses Burschen eine Farbe hatte wie fetter Speck.

Ungeduldig beobachtete er, wie er die enge, steile Treppe hinuntertaumelte, und als der Bräutigam unten angekommen war, sagte Burden kurz angebunden:

»Hat Ihr Vater es Ihnen gesagt? Hatton ist letzte Nacht ermordet worden. Wir möchten alles wissen – wo Sie gewesen sind und um welche Zeit Sie ihn verlassen haben.«

»Also, nun mal sachte«, sagte der Vater. »Es ist ein Schock für ihn. Sie waren alte Freunde, mein Junge und Charlie.«

Jack drängte sich an ihnen vorbei in das enge, nach vorn gelegene Wohnzimmer, und die anderen folgten ihm. Die Hochzeitsblumen waren gekommen. Jack hatte eine weiße

Rose im Knopfloch, und da lagen noch zwei weitere, die Stiele in Silberpapier eingewickelt, auf dem Buffet aus geflammter Eiche. Eine war für den Vater des Bräutigams, und die andere würde nie getragen werden. Jack zog die Blume aus seinem Gehrock, schloss langsam die Faust darüber und zerdrückte sie.

»Ich hol dir mal einen Tropfen Whisky, Sohn.«

»Ich will keinen.« Jack hatte ihnen den Rücken zugewandt. »Wir haben gestern Abend Whisky getrunken. Ich will nie wieder welchen anrühren.« Er fuhr sich mit dem makellosen schwarzen Ärmel über die Augen. »Wer hat es getan?«, brüllte er.

»Wir hofften, das könnten Sie uns sagen«, erwiderte Burden.

»Ich? Sind Sie denn ganz und gar verrückt geworden? Zeigen Sie mir den Schweinehund, der Charlie Hatton umgebracht hat, und ich werde ihn ...« Er setzte sich schwer auf einen Stuhl, breitete die Arme auf den Tisch und ließ den Kopf darauf fallen.

»Charlie«, sagte er.

Wexford verfolgte das Thema nicht weiter. Er wandte sich an den Vater. »Was war das gestern Abend? Ein Polterabend? Eine Junggesellenparty?« Pertwee nickte. »Wissen Sie, wer alles dabei war?«

»Jack natürlich, und der arme alte Charlie. Dann waren da noch all die Darts-Club Leute, George Carter, ein Bursche namens Bayles, Maurice Cullam aus Sewingbury und ein paar andere. Stimmt's, Jack?«

Jack nickte benommen.

»Charlie ist erst spät gekommen, sagt Jack. Gegangen sind sie, als Feierabend war, und getrennt haben sie sich draußen, nehme ich an. Charlie und Cullam sind durch die Wiesen nach Hause gegangen. Stimmt's, Jack?«

Diesmal hob Jack den Kopf. Burden fand, er war ein weichlicher, weibischer Trottel, ihn widerten diese roten Augen an und dieser Muskel, der an seiner Backe zuckte. Aber Wexford sagte freundlich:

»Ich sehe, das war ein Schlag für Sie, Mr. Pertwee. Wir werden Sie auch nicht länger belästigen. Sind Mr. Cullam und Mr. Hatton gemeinsam nach Hause gegangen?«

»Maurice ist zuerst gegangen«, stammelte Jack. »So um zwanzig vor elf war das. Charlie ... Charlie blieb noch auf einen kleinen Schwatz bei mir stehen.« Ein Schluchzer fuhr ihm in die Kehle, und er hüstelte, um ihn zu überspielen. »Er sagte, er wünsche mir Glück, für den Fall, dass er heute keine Gelegenheit dazu hätte. O Gott, er wusste nicht, dass er nie wieder Gelegenheit dazu haben würde!«

»Komm, mein Sohn, reiß dich zusammen. Ich geb dir doch mal einen kleinen Tropfen Scotch. Du musst dich zusammennehmen, das bist du Marilyn schuldig. Besinn dich, heute ist deine Hochzeit.«

Jack schüttelte die Hand seines Vaters ab und fuhr in die Höhe.

»Die Hochzeit findet nicht statt«, sagte er.

»Das meinst du doch nicht ernst, Jack. Denk mal an dein Mädchen und an all die Leute, die kommen. Die sind doch schon unterwegs zur Kirche. Charlie hätte das nicht gewollt.«

Störrisch sagte Jack: »Ich heirate heute nicht. Denkst du, ich weiß nicht, was sich gehört, was anständig ist?« Er zerrte seine Krawatte ab und warf den Cut über eine Stuhllehne.

Mit der Ehrfurcht eines Arbeiters für fremdes Eigentum nahm sein Vater ihn auf, glättete ihn, legte ihn sich gefaltet über den Arm und stand da wie der Gehilfe eines Herrenausstatters. Verwirrt durch die Sturzflut der Ereignisse, durch den Tod, der plötzlich die Welt verändert hatte, begann er, sich zu entschuldigen, zuerst bei den Polizisten: »Ich weiß gar nicht, was ich sagen soll … sein Trauzeuge einfach tot, und dann noch so …« Und dann zu seinem Sohn: »Ich würd meine rechte Hand geben, wenn ich's ändern könnte, Jack. Was kann ich für dich tun, mein Sohn? Ich tu alles, was du sagst.«

Jack ließ die Hand voll zerdrückter Blütenblätter fallen. Mit plötzlicher Würde straffte er den Rücken und reckte den Kopf. »Dann geh in die Küche«, sagte er, »und sag ihnen, die Hochzeit ist abgesagt.« Er blickte Wexford an. »Ich beantworte jetzt keine Fragen mehr. Ich bin in Trauer. Sie sollten meine Trauer respektieren.« Der alte Mann zögerte noch, er biss sich auf die Lippen. »Mach schon, Vater«, fuhr Jack ihn an, »sag ihnen, es fällt alles aus, und auch, warum.« Er rang nach Luft, als ob er es plötzlich, in diesem Augenblick, begriffen hätte: »Sag ihnen, Charlie Hatton ist tot!«

Oh, Jonathan, du wardst erschlagen auf deines Lebens Höhe. – Die Mächtigen sind gefallen und verdorben des Krieges Waffen.

»Sein bester Freund! So ein Getue«, sagte Burden. »Jedermanns bester Freund.«

Du abgestumpfter Teufel, dachte Wexford. »Natürlich ist es Pertwee an die Nieren gegangen. Was haben Sie denn erwartet?«

Burden schnaufte angewidert. »Die Sorte Trauer ist doch wohl das Vorrecht der Witwe. Ein Mann sollte mehr Selbstbeherrschung haben.« Sein blasses Gesicht wurde plötzlich unangenehm rot. »Sie glauben doch nicht, dass zwischen den beiden …?«

»Nein, glaub ich nicht«, versetzte Wexford. »Warum können Sie die Dinge nicht beim Namen nennen? Sie waren Freunde. Haben Sie keine Freunde, Mike? Sind wir schon so weit gekommen, dass ein Mann nicht einen Freund haben kann, ohne gleich als schwul etikettiert zu werden?« Er sah Burden aggressiv an und deklamierte laut und bedeutsam: »O schöne neue Welt, die solche Menschen hat!«

Burden reagierte mit einem unterdrückten Hüsteln und hüllte sich in Schweigen, bis sie in die York Street kamen. Dort sagte er kühl: »Da unten wohnt George Carter, sagt der alte Pertwee.«

»Das ist der Morris Dancer, was? Den hab ich manchmal gesehen, wenn er an Sommerabenden vor dem *Olive and Dove* herumhüpft.«

»Affektierter Quatsch.«

Aber heute Morgen trug George Carter nicht seine Narrenkappe und seine Schellen. Aus dem mit Brillantine geschniegelten Haar und dem flotten Anzug schloss Wexford, dass sie es hier mit einem Hochzeitsgast zu tun hatten.

Er deutete an, dass Jack Pertwee aller Wahrscheinlichkeit nach heute nicht heiraten würde, und war innerlich amüsiert zu beobachten, dass dieser Teil der Information – nämlich dass Carter nun um sein kaltes Huhn und seinen Champagner kommen werde – den Mann viel mehr erschütterte als Hattons Tod. Dieser Hochzeitsgast schlug sich zwar nicht gerade wehklagend an die Brust, sah aber doch niedergeschlagen aus.

»All das Geld zum Fenster rausgeworfen«, sagte er. »Ich weiß Bescheid, ich hatte schon Pläne für meine eigene Hochzeit gemacht. Aber das wollen Sie wohl nicht wissen. Ein Jammer, dass man es Jack sagen musste, wirklich. Mir will das überhaupt nicht in den Kopf. Charlie Hatton tot! Er war immer so voller Leben, wenn Sie verstehen, was ich meine.«

»Und überall sehr beliebt, vermute ich.«

George Carters Augenbrauen gingen in die Höhe. »Charlie?

Also – na ja, wir wollen nichts Schlechtes sagen über die Toten.«

»Besser wär's, Sie sagten die Wahrheit, Mr. Carter«, erwiderte Burden, »ohne Rücksicht darauf, ob es schlecht ist oder nicht. Wir möchten alles wissen über diese Party gestern Abend. Mit allen Details, bitte. Sie können sich Zeit lassen.«

Genau wie Jack Pertwee, und doch völlig anders als der, zog Carter sein Jackett aus und lockerte seinen Schlips. »Ich weiß nicht, was Sie mit ›allen Details‹ meinen«, fing er an. »Das war doch bloß eine Clique von Freunden, die zusammen einen gehoben haben.«

»Was ist dabei passiert? Worüber haben Sie geredet?«

»Also gut.« Er blickte sie ungläubig an und meinte sarkastisch: »Unterbrechen Sie mich, wenn ich Sie langweile. Also, Charlie kommt so gegen halb zehn in den *Dragon,* vielleicht auch Viertel vor zehn. Wir tranken alle Bier, und natürlich sorgt Charlie gleich dafür, dass wir uns schäbig vorkommen, indem er eine Runde Whisky spendiert. War ganz schön großkotzig, der Charlie Hatton. Ich machte 'ne Bemerkung darüber, und er fuhr mir gleich über den Mund. Sind das die Sachen, die Sie hören wollen?«

»Genau die Sachen, Mr. Carter.«

»Kommt mir ja ein bisschen gemein vor, das alles, jetzt, wo der arme alte Kerl tot ist. Und dann hat irgendjemand einen *Witz* erzählt, und er, er hat den ... er hat den glatt blamiert, wenn Sie verstehen, was ich meine. So war er eben, musste immer der Größte sein. Er trank mein Glas aus, weil ich was gesagt hatte über all das viele Geld, das er immer herumzeigt, und dann machte er 'ne dreckige Bemerkung über ... Na gut, darauf kommt's nicht an. Das war was Persönliches. Dann machte er auch unsern Vorsitzenden an, und der ging einfach weg, mit noch ein paar anderen. Geoff war schon vorher abgehauen. Es waren bloß noch ich und Charlie und Maurice und Jack übrig, und wir gingen, als geschlossen wurde. Und das waren ›alle Details‹.«

»Sind Sie sicher?«

»Ich sag Ihnen doch schon, da war nicht viel los. Mehr fällt mir einfach nicht ein ... Oh, warten Sie mal. Aber das war nichts weiter.«

»Wir möchten es trotzdem hören, Mr. Carter.«

George Carter zuckte ungeduldig die Achseln. »Ich weiß noch nicht mal, was es eigentlich bedeutete. Gar nichts wahrscheinlich. Maurice sagte – das war, nachdem die anderen gegangen waren –, also da sagte Maurice ›kürzlich mal wieder was von McCloy gesehen, Charlie?‹ Ich glaub, das waren seine Worte. Ich weiß, der Name war McCloy, aber er sagte mir überhaupt nichts. Jack gefiel das nicht, der war ein bisschen wütend auf Maurice. Und Charlie, der war, glaub ich, stocksauer. Gott, es war alles so ... also, es war eigentlich nichts. Aber Charlie explodierte eben immer gleich. Ich erwartete auch jetzt, dass er explodieren würde; weiß nicht, warum. Aber er tat es nicht. Er machte 'n Witz, von wegen, dass Maurice es auch nötig hätte, ruhig in seinem Bett zu schlafen. Mit anderen Worten, es würde Zeit, dass er's mal täte, das sollte heißen, weil Maurice so viele Kinder hat und ... na, Sie verstehen schon.«

»Nicht so ganz«, sagte Wexford. »Hatte Cullam denn angedeutet, Hatton könne nicht ruhig schlafen?«

»Das ist richtig. Daran hab ich gar nicht mehr gedacht. Ich wollte, ich könnte mich an seine Worte erinnern. Das war so was wie, ›ich hab mit McCloy nichts zu tun, ich schlaf gern ruhig in meinem Bett‹.«

Sehr interessant, dachte Wexford. Also hatte Hatton, weit davon entfernt, allgemein beliebt zu sein, anscheinend sogar eine Menge Feinde gehabt. Weniger als eine Stunde hatte er sich im *Dragon* aufgehalten und es in der Zeit geschafft, wenigstens vier Leute vor den Kopf zu stoßen.

»Sie erwähnten all das viele Geld, das Hatton immer herumzeigte«, sagte er. »Was für Geld?«

»Er hatte immer haufenweise Geld bei sich«, erzählte Carter. »Ich kannte ihn drei Jahre lang, und immer war er flüssig. Aber gestern hatte er noch mehr dabei als sonst. Er spendierte vier Runden doppelte Whiskys gestern Abend, und das hat nicht mal 'n Loch in seine Brieftasche gemacht.«

»Wie viel hatte er bei sich, Mr. Carter?«

»Ich hab's nicht gezählt, wissen Sie«, sagte Carter mit herablassender Schroffheit und schnaubte sich die Nase mit seinem sauberen weißen Hochzeitstaschentuch. »Er hatte seine Lohntüte dabei, und die hat er nicht angerührt. Und dann hatte er noch dieses Päckchen Banknoten. Ich sag Ihnen ja, ich hab sie nicht gezählt. Wie hätte ich auch?«

»Zwanzig Pfund, dreißig, mehr?«

Carter legte die Stirn in Falten vor Anstrengung, sich zu konzentrieren. »Die erste Runde hat er mit einem Fünfer bezahlt und die dritte Runde auch noch mal mit einem Fünfer. Dann hatte er noch zwei Fünfer übrig. Und außerdem war da noch so ein Bündel Einpfundnoten.« Er zeigte zwischen zwei Fingern einen knappen Zentimeter. »Ich schätze, der hatte so an die hundert Pfund bei sich, außer seinem Lohn.«

4

Bis zum Mittag hatten Wexford und Burden alle Mitglieder des Darts-Clubs verhört, die bei Jack Pertwees Junggesellen-Abschiedsfeier dabei gewesen waren, mit Ausnahme von Maurice Cullam, aber keiner von ihnen hatte mehr tun können, als zu bestätigen, dass Hatton aggressiv, eitel und boshaft gewesen sei und dass er eine Menge Geld bei sich gehabt hätte.

Sie fuhren ins Polizeipräsidium zurück und kamen dabei an der Gemeindekirche vorüber, auf deren Stufen soeben eine Braut mit der Hochzeitsgesellschaft fotografiert wurde. Der Bräutigam wand sich durch die Menge, und es versetzte Wexford einen schmerzlichen Stich, weil es nicht Jack Pertwee war. Dann aber riss er sich zusammen, und als sie unter dem Betonvordach die Stufen zum Präsidium hinaufstiegen, sagte er:

»Also, wenn wir Polizisten in einem Kriminalroman wären, Mike, dann wüssten wir jetzt mit Bestimmtheit, dass Hatton ermordet wurde, um Pertwee daran zu hindern, heute zu heiraten.«

Burden lächelte säuerlich. »Dann wäre es einfacher gewesen, Pertwee selbst umzubringen.«

»Na ja, das ist eben die Subtilität des Autors. Aber was soll's, weder trifft auf uns das eine noch auf ihn das andere zu. Wahrscheinlich ist Hatton wegen des Geldes ermordet worden, das er bei sich hatte. In seiner Brieftasche war nichts mehr drin, als ich ihn fand.«

Sie standen in der Halle des Polizeipräsidiums. Hinter dem langen, geschwungenen schwarzen Tresen saß Sergeant Camb und fächelte sich mit einer Zeitung, weil ihm der Schweiß von der Stirn rann. Wexford ging auf die Treppe zu.

»Warum benutzen wir nicht den Lift, Sir?«, spöttelte Burden.

Das Polizeipräsidium war noch keine sechs Jahre alt, aber seit seiner Fertigstellung hatten die zuständigen Behörden ständig irgendetwas verändert, erneuert, wie unzufriedene Hausfrauen, die nie fertig werden. Zuerst waren es die großen Beton-Blumenkästen auf dem Vorplatz gewesen, eine ständige Versuchung für Rowdys, denen es ein besonderes Vergnügen bereitete, ausgerechnet diese Blumen zu malträtieren. Dann wurden den einzelnen Büros Zimmerpflanzen verordnet. Gummibäume, Sansevierien und Tradeskantien, die alle von Anfang an zum Vertrocknen verdammt waren und deren Töpfe schließlich als Sammelbecken für Zigarettenasche dienten.

Letztes Jahr dann waren es Glasskulpturen gewesen, ein merkwürdiger grüner Baum, eine wahrhafte Weltesche Yggdrasil, für Burdens Allerheiligstes und für Wexford eine tintenblaue amorphe Säule, die bei bestimmter Beleuchtung entfernt an eine menschliche Gestalt erinnerte. Auch diese hatte das Schicksal ereilt. Wexfords Kunstgegenstand war von einer schönen jungen Frau zertrümmert worden, die ihm bei seinen Ermittlungen geholfen hatte, und Burdens Baum war eines Tages versehentlich mit dem Müll hinausbefördert worden.

Damit hätte es nun doch genug sein können. Aber dann, gerade, als die Halle anfing, ein bisschen schäbig und damit behaglich auszusehen, war der Lift gekommen, ein eleganter, schwarzer und goldener Kasten mit automatischen Schiebetüren.

»Der funktioniert noch nicht«, sagte Wexford, eine Spur nervös.

»Da irren Sie sich. Seit heute Morgen ist er in Betrieb. Sollen wir ihn versuchen?«

»Ich möchte bloß mal wissen, was ihr gegen die Treppe habt«, explodierte Wexford. »Es ist wirklich eine Schande, das Geld der Steuerzahler auf diese Weise zu verschwenden.« Er schob die Unterlippe vor. »Außerdem, Crocker sagt, Treppensteigen ist für mich bei meinem Blutdruck das beste Training der Welt.«

»Wie Sie wollen«, sagte Burden und wandte das Gesicht ab, damit Wexford nicht sah, dass er lächelte.

Als sie das dritte Stockwerk erreicht hatten, waren sie beide außer Atem. Der gebrechliche gelbe Stuhl hinter Wexfords Mahagoni-Schreibtisch ächzte, als er seinen schweren Körper darauf niederließ.

»Um Gottes willen, machen Sie bloß mal ein Fenster auf, Mike.«

Burden brummte etwas in sich hinein, dass das Öffnen der Fenster die Aircondition durcheinander brächte, aber er fügte sich, zog die gelbe Jalousie in die Höhe und ließ die pralle Mittagssonne herein.

»Also, Sir«, meinte er, »wollen wir mal rekapitulieren, was wir über Charlie Hatton wissen?«

»Dreißig Jahre alt, geboren und aufgewachsen in Kingsmarkham. Hat vor zwei Jahren Miss Lilian Bardsley geheiratet, die Schwester des Mannes, mit dem er geschäftlich zusammenarbeitet. Bardsley hat eine eigene Firma, transportiert kleinere Elektrogeräte.«

»War Hatton voller Geschäftspartner?«

»Das müssen wir noch rausfinden. Aber selbst wenn er es gewesen wäre, kann ich mir nicht erklären, wieso er derartig viel Geld mit sich herumschleppte, nur weil er ein paar Mal die Woche Ladungen von Bügeleisen und Heizlüftern nach Leeds und nach Schottland hinauffuhr. Carter sagt, er hätte an die hundert Pfund bei sich gehabt, Mike. Wo hatte er das Geld her?«

»Vielleicht von diesem McCloy.«

»Kennen wir irgendwelche McCloys?«

»Nicht dass ich wüsste, Sir. Wir werden Maurice Cullam fragen müssen.«

Wexford wischte sich die Stirn mit dem Taschentuch und fächelte sich wie Sergeant Camb mit der Morgenzeitung Luft zu. »Der fruchtbare Cullam«, meinte er. »Eins aus seiner Kinderschar hatte er bei sich, als ich Hatton heute Morgen fand. Er ist auch Lastwagenfahrer, Mike. Ich möchte doch wissen ... Hattons Laster ist in diesem Jahr zweimal überfallen worden.«

Burden riss seine blassblauen Augen auf. »Wirklich?«

»Mir fiel es gleich wieder ein, als Cullam mir sagte, wessen Leiche das sei. Beide Male passierte es auf der Great North Road, und niemand ist je dafür belangt worden. Das erste Mal kriegte Hatton einen Schlag über den Schädel, aber beim zweiten Mal wurde er nicht verletzt, bloß gefesselt.«

»Einmal«, meinte Burden nachdenklich, »das ist okay – Berufsrisiko. Aber zweimal – das stinkt. Ich möchte doch mal hören, was der Doktor zu sagen hat. Und wenn mich nicht alles täuscht, ist er das da draußen schon.«

Dr. Crocker und Wexford waren zusammen zur Schule gegangen. Wie Jack Pertwee und Charlie Hatton waren sie lebenslange Freunde, aber ihre Freundschaft war eine eher beiläufige Angelegenheit und ihr Umgang miteinander trocken, respektlos, oftmals sarkastisch. Crocker, etwa sechs Jahre jünger als der Chief Inspector, war der einzige Mann, den Burden kannte, der mit Wexford fertig wurde und es mit dessen scharfer Zunge aufnehmen konnte. Eine hohe, hagere Gestalt, das braune Gesicht mit tiefen Furchen, die vertikal in seine Wangen gegraben waren, trat er ins Büro und sah genauso kühl aus wie an einem Wintertag. »Ich hab euren Lift benutzt«, sagte der Doktor, »sehr schick. Was sie sich wohl als Nächstes ausdenken?«

»Bilder hat man uns angedroht«, erklärte Wexford. »Der Inspector hier kriegt ein passendes Blumenstück und ich eine Constable-Landschaft.«

»Ich versteh nicht viel von Kunst«, meinte Crocker, setzte sich und schlug ein elegantes Hosenbein über das andere, »aber *ein* Gemälde gibt es, das würde ich gern haben. Rembrandt, die ›*Anatomiestunde*‹. Ein herrliches Bild. Da liegt der arme Teufel, diese Leiche, auf dem Tisch, die Eingeweide freigelegt, und all die Studenten …«

»Komm, hör auf«, unterbrach Wexford ihn, »ich gehe gleich zu Tisch! Dass ihr Ärzte nie an etwas anderes denken könnt. Wir können uns deine Ideen über Innendekoration ein andermal anhören. Jetzt möchte ich was über Charlie Hatton wissen.«

»Kerngesunder Typ«, sagte der Doktor, »abgesehen von der Tatsache, dass er tot ist.« Er ignorierte Burdens missbilligenden Blick. »Irgendwer hat ihm einen schweren, stumpfen Gegenstand gegen den Hinterkopf geschmettert. Ich würde sagen, er war so gegen elf tot, aber es ist unmöglich, in diesen Dingen präzise zu sein. Was hast du gesagt, womit er seinen Lebensunterhalt verdiente?«

»Er war Lastwagenfahrer«, erklärte Wexford.

»Stimmt, das hattest du gesagt. Er hatte fantastische Zähne.«

»Na und?«, meinte Wexford. »Der musste doch gute Zähne haben.« Wehmütig fuhr er mit der Zunge über die beiden Stümpfe, die seine Brücke im Oberkiefer in Position hielten. »Der war doch erst dreißig.«

»Sicher«, sagte Crocker, »eigentlich hätte er noch seine

eigenen haben müssen, als Kriegsbaby und als Patient im Wohlfahrtsstaat. Die Sache ist nur die, er hatte sie nicht mehr. Was ich sagen wollte, ist, er hatte so ziemlich die bestgemachten Zahnprothesen, die ich je gesehen habe. Die reinsten Elfenbeinkunstwerke. Wahrhaft kunstvolle Mahlwerkzeuge hatte Charlie Hatton, unglaublich gut gemacht, sahen echter aus als echte. Es sollte mich wundern, wenn die weniger gekostet hätten als zweihundert Pfund.«

»Reicher Mann«, sagte Wexford nachdenklich. »Hundert Pfund in der Brieftasche und zweihundert im Mund. Ich wollte, ich könnte glauben, dass er auf ehrliche Weise dazu gekommen ist, nur durch die Fahrerei mit dem Lastwagen, die Great North Road immer rauf und runter.«

»Das ist euer Problem«, sagte der Doktor. »Also gut, ich geh jetzt zum Essen. Hast du den Lift schon ausprobiert?«

»In deiner Eigenschaft als mein medizinischer Ratgeber hast du mir empfohlen, die Treppe zu benutzen. Medizinmann, heile dich selbst! Das einzige Körpertraining, das *du* betreibst, ist doch wohl, den Knopf deiner automatischen Gangschaltung zu drücken. Du solltest lieber auch auf *deinen* Blutdruck aufpassen.«

»Sollte ich wohl«, sagte Crocker. Er ging zur Tür, wo das Sonnenlicht seine elegante Figur und das Fehlen jeglichen Bauches aufs vorteilhafteste zur Geltung brachte. »Alles eine Frage des Stoffwechsels«, meinte er heiter. »Bei manchen ist er schnell«, er sah sich nach Wexford um, »und bei manchen ist er langsam. Reine Glückssache.«

Wexford schnaubte verächtlich. Als der Arzt fort war, zog er die oberste Schublade seines Schreibtisches auf und holte den gesamten Inhalt von Charlie Hattons Taschen hervor. Da war die Brieftasche, aber Geld war nicht darin. Sie war noch immer klatschnass. Wexford zog vorsichtig aus ihren ledernen Innenfächern eine Fotografie von Lilian Hatton heraus, einen Führerschein, eine Mitgliedskarte des Darts-Club und breitete alles in der Sonne zum Trocknen aus.

In der Tasche war außerdem ein sauberes Taschentuch gewesen, in dessen Falten eine kleine Karte steckte. Man sah die Karte nicht, bevor man das Taschentuch auseinander faltete, und Wexford sah sie jetzt zum ersten Mal. Sie war ebenfalls nass und die Tintenschrift darauf nicht mehr zu entziffern, aber sie war immer noch als eins jener Kärtchen zu erkennen, die Zahnärzte benutzen, um ihre Patienten an den nächsten Termin zu erinnern. Am Kopf war ein Aufdruck: Jolyon Vigo, B.D.S., L.D.S., R.C.S., Eng., Dent. Surg., 19 Ploughman's Lane, Kingsmarkham, Sussex. Tel.: Kingsmarkham 384.

Wexford hielt sie in das breit hereinflutende Sonnenlicht.

»Die Quelle seines kostbaren Zahnersatzes, meinen Sie nicht?«

»Vielleicht kann Vigo uns erzählen, woher das Geld stammt, wenn Cullam es nicht kann«, sagte Burden. »Meine Frau geht zu Vigo. Ist ein guter Zahnarzt.«

»Und ein pfiffiger obendrein, wenn Sie mich fragen, wenn er einen gerissenen kleinen Kunden wie Charlie Hatton dazu bringt, sich für zweiunddreißig Zähne von zweihundert Pfund zu trennen. Kein Wunder, dass er sich erlauben kann, im Ploughman's Lane zu wohnen. Wir haben den falschen Beruf, Mike, das ist mal sicher. So, ich geh jetzt zum Mittagessen. Kommen Sie mit? Dann scheuchen wir anschließend Cullam aus seiner häuslichen Idylle auf.«

»Eigentlich können wir doch den Lift nehmen«, meinte Burden mit einem Anflug von Selbstbewusstsein.

Nicht um sein Leben hätte Wexford seine jämmerliche Angst vor dem Lift eingestanden. Obgleich ein Schild innen klar und deutlich dessen Kapazität, drei Personen zu befördern, auswies, befürchtete er insgeheim, das Ding könne seinen gewaltigen Ausmaßen nicht gerecht werden. Aber er zauderte höchstens eine Sekunde, ehe er eintrat, und als die Tür sich geschlossen hatte, flüchtete er sich in den Witz.

»Auslegeware, Tischwäsche, Essbestecke«, leierte er herunter und drückte auf den Knopf. Der Lift seufzte und begann zu sinken. »Erster Stock, Damenunterwäsche, Strümpfe ... Warum hält der an, Mike?«

»Vielleicht haben Sie den falschen Knopf gedrückt.«

Oder er hält mein Gewicht nicht aus, dachte Wexford beunruhigt. Der Lift kam im ersten Stock zum Stehen, und die Tür glitt auseinander. Sergeant Camb stand davor und zögerte verlegen einzusteigen.

»Entschuldigung, Sir, ich wusste nicht, dass Sie es sind. Ich kann zu Fuß nach unten gehen.«

»*Drei* Personen sind erlaubt, Sergeant«, sagte Wexford und hoffte bloß, dass man ihm seine nunmehr nackte Angst nicht anmerkte, »also kommen Sie.«

»Vielen Dank, Sir.«

»Nicht schlecht, was? Der Tribut einer dankbaren Regierung.« Nun mach schon, mach schon, dachte er und malte sich aus, wie sie alle drei die letzten zehn Meter bis in den Keller hinunterbrachen.

»Unterwegs zu Mrs. Fanshawe, nehme ich an?«, sagte er leichthin. Der Lift schlingerte kaum spürbar, und die Tür ging auf. Muss solide gebaut sein, dachte Wexford. »Ich hab gehört, sie hat das Bewusstsein wiedererlangt.«

»Ich hoffe, die Ärzte haben ihr die Mitteilung über ihren Mann und ihre Tochter schon beigebracht, Sir«, meinte Camb, als sie über den schwarz-weißen Schachbrettboden der Eingangshalle gingen. »Das ist kein Job, um den ich mich reiße. Die beiden waren alles, was sie an Familie hatte. Sie hat keine Menschenseele mehr auf der Welt, abgesehen von ihrer Schwester, die damals herkam, um die Leichen zu identifizieren.«

»Wie alt ist sie?«

»Mrs. Fanshawe, Sir? Fünfzig, schätz ich. Die Schwester ist ein gut Teil älter. Entsetzliche Aufgabe für sie, Miss Fanshawe identifizieren zu müssen. Sie war entsetzlich zugerichtet, kann ich Ihnen sagen. All das ansehen …«

»Ich geh jetzt zum Essen«, sagte Wexford entschlossen.

Er ging vor den andern her durch die Schwingtüren, und Camb stieg in seinen Wagen. Die steinernen Blumenkübel auf dem Vorplatz prangten in hellrosa Pelargonienpracht, und die von dunklerem Rot durchsetzten Blütenköpfe wandten sich dankbar der Mittagssonne zu.

»Worum ging es da?«, fragte Burden.

»Mrs. Fanshawe? Das ist nicht unser Bier. Sie und ihr Mann fuhren in Fanshawes Jaguar von Eastbourne herunter nach Hause. Der Wagen überschlug sich auf der Überholspur der zweispurigen Straße, drüben an der anderen Seite von Stowerton. Sie sind in London zu Hause, und Fanshawe muss in Eile gewesen sein. Gott weiß, wie das passiert ist; sonst war da weit und breit nichts auf der Straße, aber der Jaguar überschlug sich und fing Feuer. Mrs. Fanshawe wurde rausgeschleudert und überlebte, die beiden anderen kamen ums Leben, waren außerdem praktisch verkohlt.«

»Und diese Mrs. Fanshawe weiß das nicht?«

»Sie hat im Koma gelegen, seit es vor sechs Wochen passiert ist.«

»Jetzt fällt's mir wieder ein«, sagte Burden und schob den Vorhang aus Plastikstreifen auseinander, den das *Carousel-Café* bei heißem Wetter anbrachte, um die Wespen draußen zu halten. »Die gerichtliche Untersuchung wurde vertagt.«

»Bis Mrs. F. das Bewusstsein wiedererlangt hätte. Vermutlich versucht Camb einfach mal, aus ihr herauszubringen, wieso ein routinierter Autofahrer wie Fanshawe seinen Wagen auf einer leeren Straße zum Überschlagen bringt. Immerhin eine Hoffnung. Was nehmen Sie zum Lunch, Mike? Ich halt mich an den Salat.«

»Zweimal Schinkensalat«, sagte Burden zu der Kellnerin. Er goss sich aus der gekühlten Karaffe ein bisschen Wasser ein.

»Wird ja geradezu transatlantisch, das alte *Carousel*«, meinte Wexford. »Und das wurde auch Zeit. Ist noch gar nicht so lange her, da dampfte bei warmem Wetter das Wasser hier auf den Tischen wie ein überhitzter Motor. Wollen wir wetten, dass dieser McCloy ein Gangsterunternehmen im Großen betreibt und Charlie Hatton dafür bezahlte, dass er seinen Lastwagen unbewacht ließ, und außerdem dafür, dass er andere Fahrer ablenkte, wann immer sich eine Chance bot? Fernlaster werden doch immer überfallen. Die stellen sie irgendwo auf einem einsamen Parkplatz ab, während sie ein bisschen pennen oder ’ne Tasse Tee trinken. Hatton könnte dabei einen netten kleinen Ablenkungsjob gehabt haben. Fünfzig oder hundert Lappen pro Laster, je nach der Ladung.«

»Aber in dem Falle ... Warum tötet McCloy die Gans, die ihm goldene Eier legt?«

»Weil Hatton Angst gekriegt oder die Nase voll hatte und drohte, ihn zu verpfeifen. Vielleicht hat er sogar versucht, ihn zu erpressen.«

»Das würde mich nicht überraschen«, sagte Burden und strich Butter auf sein Brötchen. Die Butter war beinahe flüssig. Wie der Rest der Menschheit, dachte er innerlich seufzend, war auch das Personal des *Carousel* beklagenswert inkonsequent.

5

»Aber meine Tochter war nicht im Wagen.«

Selten hatte jemand Sergeant Camb so Leid getan wie diese Frau, die halb aufrecht gegen die übereinander geschichteten Kopfkissen lehnte. Sein Herz zog sich förmlich zusammen. Dabei lag sie in einem der schönsten Privatzimmer des Krankenhauses. Sie hatte Telefon und Fernsehen. Ihr Nachthemd war ein albernes Gewand aus Rüschen und Spitzenvolants, und an ihren dünnen Fingern klapperten die Ringe – Diamanten und Saphire, in Platin gefasst –, wenn sie fahrig in die Laken griff und sie wieder losließ.

Es stimmte, wenn die Leute sagten, mit Geld könne man kein Glück kaufen, dachte der schlichte Sergeant. Ihm war aufgefallen, dass keine Blumen im Zimmer waren, und nur eine einzige Gute-Besserung-Karte lag auf dem Tisch neben dem Stuhl, auf dem die Polizistin saß. Von ihrer Schwester, nahm er an. Sie hatte jetzt ja auch sonst niemanden mehr, keine Seele auf der ganzen Welt. Ihr Mann war tot, und ihre Tochter …

»Es tut mir sehr, sehr Leid, Mrs. Fanshawe«, sagte er, »aber Ihre Tochter *war* im Wagen. Sie fuhr mit Ihnen und Ihrem Mann nach London zurück.«

»Sie haben nicht gelitten«, fiel die junge Polizistin rasch ein. »Sie können nicht das Geringste gespürt haben.«

Mrs. Fanshawe berührte ihre Stirn, wo das gefärbte Haar an den Wurzeln einen reichlichen Zentimeter weiß war.

»Mein Kopf«, sagte sie, »mein Kopf tut so weh. Ich kann mich an nichts erinnern, nicht an Details. Alles ist so vage.«

»Machen Sie sich deshalb keine Sorgen«, sagte Camb aufmunternd. »Sie werden sehen, mit der Zeit kriegen Sie Ihr Gedächtnis wieder. Sie werden wieder ganz gesund, wissen Sie.« Und wofür? Für ein Leben als kinderlose Witwe?

»Ihre Schwester hat uns bereits über die meisten Details informieren können, die wir brauchten.«

Sie hatten sich wohl immer nahe gestanden, Mrs. Fanshawe und Mrs. Browne, es hatte wenig gegeben, was Mrs. Browne über die Fanshawes nicht wusste. Von ihr hatten sie erfahren, dass Jerome Fanshawe in Eastover, zwischen Eastboume und Seaford, einen Bungalow besaß und dass er mit Frau und Tochter am 17. Mai für eine Ferienwoche dort hingefahren war. Die Tochter Nora hatte vor Ostern ihre Stellung als Englischlehrerin an einer deutschen Schule aufgegeben, saß also zwischen zwei Jobs, war wohl auch ohne rechte Perspektiven, vermutete Camb, sonst hätte sie wohl nichts bewogen, ihre Eltern zu begleiten. Aber sie hatte sie begleitet. Mrs. Browne war in der Wohnung der Fanshawes in Mayfair gewesen und hatte die drei gemeinsam verabschiedet.

Sie hatten Eastover dann etliche Tage früher verlassen als geplant. Mrs. Browne konnte sich das nicht erklären, es sei denn, sie hätten es wegen des Wetters getan. Vielleicht würde man den Grund nie erfahren, denn Jerome Fanshawes Jaguar war ins Schleudern geraten und in Flammen aufgegangen, kilometerweit von dem Krankenhaus entfernt, in welchem die einzige Überlebende jetzt lag.

»Ich will Sie nicht lange belästigen«, sagte Camb einfühlsam. »Vielleicht erinnern Sie sich kaum noch an den Unfall. Meinen Sie, Sie könnten mal versuchen, mir zu erzählen, an was Sie sich erinnern?«

Dorothy Fanshawe hatte vergessen, wer diese freundlichen, aber doch ermüdenden Leute waren, genauso wie sie wieder vergessen hatte, wo sie war. Ihre Schwester hatte sie besucht und hatte sie sehr müde gemacht, und verschiedene Fremde hatten sie bewegt und sie gehätschelt – auf eine plump vertrauliche Weise, die sie ganz ärgerlich gemacht hatte. Dann hatte irgendjemand ihr erzählt, dass Jerome tot sei, und darauf gewartet, dass sie weinen würde. Mrs. Fanshawe hatte bloß an ihren Ringen herumgedreht – sie waren ihr eine große Beruhigung, diese Ringe – und gesagt:

»Dann gehört jetzt alles mir; mir und Nora.«

Die hatten gedacht, sie sei nicht ganz bei sich, und waren fortgegangen. Und sie war froh, diese Leute von hinten zu sehen, mit ihrer aufdringlichen Art und ihrem Mangel an Respekt. Es gab nur einen Menschen, den sie sehen wollte, und das war der Grund, weshalb sie so aufmerksam das junge, hübsche Gesicht der Polizistin betrachtete. Sie war im Koma gewesen, aber sie war nicht verrückt. Sie wusste sehr genau, dies war nicht das richtige Gesicht. »Bin ich in London?«, fragte sie knapp und klar.

»Nein, Mrs. Fanshawe«, sagte der Sergeant und dachte, wie verwaschen und schwach ihre Stimme doch war, »Sie sind im Royal Hospital von Stowerton, Stowerton in Sussex.«

»Sie scheinen ja sehr gut informiert«, sagte Mrs. Fanshawe, zufrieden, weil es ihr so gut gelungen war, sich zusammenzunehmen. »Vielleicht können Sie mir erklären, warum meine Tochter nicht kommt, um mich zu besuchen? Hat man ihr nicht gesagt, dass ich hier bin? Nora würde das doch wissen wollen. Und sie würde kommen …«

»Oh, Mrs. Fanshawe …« Die Polizistin klang jämmerlich, beinahe verzweifelt, und Sergeant Camb gab ihr durch einen scharfen Blick sein Missfallen zu verstehen. Lassen Sie das jetzt, sagte der Blick. Vielleicht ist es barmherziger auf diese Weise. Lassen wir es sie nach und nach begreifen.

Der menschliche Geist hat seine eigene Weise, Schläge zu mildern, dachte er ein wenig hochtrabend.

»Noch einmal zurück zu dem – äh, Unfall«, sagte er. »Versuchen Sie einfach mal, ob Sie mir erzählen können, was passierte, als Sie Eastover verließen. Es wurde dunkel, und es herrschte nicht viel Verkehr auf der Straße, denn es war ein Montag. Es hatte geregnet, und die Straße war feucht. Nun, Mrs. Fanshawe?«

»Mein Mann ist gefahren«, fing sie an und wunderte sich, weshalb dieser junge Bursche solchen sentimentalen Gesichtsausdruck hatte. Vielleicht hatte er ihre Ringe bemerkt. Sie schob sie an ihren Fingern herauf und herunter, und auf einmal fiel ihr ein, dass die fünf zusammen nahezu zwanzigtausend Pfund wert waren. »Jerome fuhr ...« Was für ein lächerlicher Name das war! Wie in *›Drei Mann in einem Boot‹*. Darüber musste sie kichern, obwohl es eher wie ein heiseres Krächzen herauskam. »Ich saß neben ihm, natürlich, und ich habe gestrickt. Ich muss gestrickt haben. Das tue ich immer, wenn Jerome fährt. Er fährt so schnell«, sagte sie nörgelnd, »viel zu schnell, und er nimmt es überhaupt nicht zur Kenntnis, wenn ich ihm sage, er soll langsamer fahren. Also halte ich mich an mein Strickzeug. Um mich abzulenken, verstehen Sie?«

Gemein und selbstsüchtig war Jerome. Ein Mann von fünfundfünfzig hatte schließlich keinen Grund, wie ein verrückter Teenager zu fahren. Sie hatte es ihm auch gesagt, aber er hatte es ignoriert, so wie er immer alles ignorierte, was sie sagte. Aber sie war ja dran gewöhnt, ignoriert zu werden. Auch Nora nahm nie zur Kenntnis, was sie sagte. Wenn sie jetzt so drüber nachdachte, dann war das Einzige, worin sie und Jerome einer Meinung gewesen waren, dass Nora eine schwierige, anstrengende Person war, die einen zum Wahnsinn treiben konnte. Es war wieder mal typisch für sie, einfach zu verschwinden und sich nicht bei ihren Eltern zu melden. Na, da hatte Jerome noch ein Wörtchen mitzureden … An dieser Stelle tauchte in ihrem verschleierten Gehirn die angenehme Erinnerung auf, dass Jerome nie wieder bei irgendetwas ein Wörtchen mitzureden hatte, dass er nie wieder im Wahnsinnstempo fahren, nie wieder auf Nora herumhacken und all die anderen schrecklichen, demütigenden Dinge tun konnte. Heute Abend, wenn es ihr besser ginge, würde sie an Nora schreiben und ihr erzählen, dass ihr Vater tot sei. Sie hatte das Gefühl, nachdem Jerome jetzt aus dem Weg war und sie all das viele Geld für sich hatten, würden sie eine viel glücklichere Beziehung zueinander haben …

»Ich habe einen Pullover für Nora gestrickt«, sagte sie. Was für eine erstaunliche Konstitution sie haben musste, wenn sie sich daran erinnerte, nach allem, was sie durchgemacht hatte! »Verdient hatte sie ihn ja nicht, das aufsässige Mädchen.« Moment, weshalb hatte sie das jetzt gesagt? Nora war aufsässig gewesen, viel aufsässiger als je zuvor, aber Dorothy Fanshawe konnte sich um alles in der Welt nicht besinnen, worin diese Aufsässigkeit bestanden hatte. Sie wollte, der Polizist, oder was er sonst war, würde diesen triefäugig schafsdummen Ausdruck aus seinem Gesicht wischen! Kein Mensch brauchte sie zu bemitleiden, sie, Dorothy Fanshawe, aus dem ehemaligen königlichen Marstall von Astbury, Upper Grosvenor Street, W. l. Sie war jetzt eine lustige Witwe, reich, auf eigenen Füßen, bald wieder ganz gesund, Mutter einer gut aussehenden, begabten einzigen Tochter. »Ich weiß nicht mehr, was wir geredet haben«, sagte sie, »mein verstorbener Mann und ich. Wahrscheinlich gar nichts. Die Straße war nass, und ich hab ihm immer wieder gesagt, er soll langsamer fahren.«

»Und Ihre Tochter saß auf dem Rücksitz, Mrs. Fanshawe?«

Oh! Nein wirklich, wie absurd dieser Mann war! »Nora war *nicht* im Wagen. Das sage ich Ihnen doch die ganze Zeit. Nora ist nach Deutschland zurückgefahren. Sie ist jetzt in Deutschland, da gibt's gar keinen Zweifel.«

Für den Sergeant klang diese aufgebrachte Rechthaberei wie das Delirium einer Wahnsinnigen. Egal, was die Ärzte sagten, ihm schien es sehr wahrscheinlich, dass der Unfall ihr Hirn irreversibel geschädigt hatte. Jedenfalls konnte er es nicht länger verantworten, sie noch weiter aufzuklären. Wusste Gott, was er dadurch für Schaden anrichten konnte! Früher oder später, wenn sie überhaupt je wieder zu Verstand kam, würde sie begreifen, dass ihre Tochter sechs Wochen vor dem Unfall diesen Job in Deutschland aufgegeben und dass sie weder ihrer Tante noch ihren Freunden gegenüber ein Wort über die Möglichkeit hatte fallen lassen, dass sie auf den Kontinent zurückkehrte. Die Leiche des Mädchens war von ihrer Tante, Mrs. Browne, identifiziert worden. Sie war tot und begraben.

»Gut, da wird sie wohl sein«, meinte er beruhigend. »Bestimmt ist sie dort. Weshalb kam Ihr Mann ins Schleudern, Mrs. Fanshawe?«

»Ich habe gestrickt.«

»Sind Sie mit irgendwas zusammengestoßen, ist ein Reifen geplatzt?«

»Ich sag Ihnen doch, ich habe nicht hingeschaut. Ich habe gestrickt.«

»Hat Ihr Mann plötzlich geschrien, hat er etwas gesagt?«

»Ich glaube, er sagte: ›Mein Gott!‹«, fiel Mrs. Fanshawe ein. Sie konnte sich eigentlich an nichts erinnern, nur daran, dass sie gestrickt hatte, und dann war sie hier in diesem Bett aufgewacht, und ihre Schwester, die überall ihre Nase reinstecken und immer das Sagen haben musste, hatte neben ihr gesessen. Aber Jerome sagte ja dauernd ›Mein Gott‹ oder sogar ›Jesus Christus‹. Er hatte nun mal einen begrenzten Wortschatz, und sie hatte schon vor zwanzig Jahren aufgehört, ihm zu sagen, er solle nicht so blasphemisch sein. »Sonst erinnere ich mich an gar nichts«, erklärte sie. Das war alles, was die aus ihr rauskriegen würden. Sie würde doch ihre Kräfte nicht vergeuden! Die brauchte sie für den Brief, den sie gleich an Nora schreiben würde.

Camb betrachtete voller Mitleid den erregt zitternden Mund und die langen, ungeschnittenen Fingernägel, die an jenen Ringen herumspielten. Mrs. Fanshawe hatte ihm praktisch nichts erzählt. Vielleicht hätte er wissen müssen, dass es zu früh war, oder seine Vorgesetzten hätten es wissen müssen. Sie mussten jetzt ohnehin gehen. Zehn Minuten, hatte die junge Ärztin gesagt, aber sie waren bestimmt an die zwanzig Minuten hier gewesen. Und hier kam auch schon die Krankenschwester. Komische Uniformen trugen die heutzutage, dachte er und beäugte den marineblauen Nylonoverall des Mädchens und das weiße Käppi, das sie statt einer Haube trug. Die arme Mrs. Fanshawe starrte sie ganz verzweifelt an. Kein Wunder, erschöpft und elend, wie sie war.

Nein, das war nicht Nora. Für den Bruchteil einer Sekunde hatte Mrs. Fanshawe gedacht, sie sei es. Aber Nora trug nie einen Overall, sie verabscheute Hausarbeit – und dieses Mädchen hier trug tatsächlich einen Overall und nicht das ziemlich fesche Kleid, für das Mrs. Fanshawe ihn anfangs gehalten hatte. Und dann hatte sie auch so eine Mütze auf dem Kopf. War es möglich, dass ihre Schwester für die Fanshawesche Wohnung ein neues Mädchen eingestellt hatte, ohne einen Ton darüber zu sagen? Es war sehr gut möglich, wenn man bedachte, wie sich ihre Schwester immer überall einmischte. Einmischen ja, aber Verantwortung tragen – nein! Eine verantwortungsvolle Person hätte mittlerweile nach Nora geschickt.

»Wie heißen Sie?«, fragte Mrs. Fanshawe schroff.

»Rose, Mrs. Fanshawe, Schwester Rose. Ich komme, um's Ihnen ein bisschen behaglicher zu machen und Ihnen Ihren Tee zu bringen. Sie könnten doch mal eine schöne Tasse Tee trinken, nicht wahr? Ich fürchte, Sie müssen jetzt gehen, Sergeant. Wir dürfen bei unserer Patientin keinen Rückschlag riskieren, wissen Sie.«

Sehr geschwätzig, dachte Mrs. Fanshawe. Und nimmt sich ziemlich viel heraus. Sie versuchte, sich aufzusetzen.

»Rose«, sagte sie, »ich will einen Brief an meine Tochter schreiben, meine Tochter in Deutschland. Würden Sie mir bitte Papier und einen Füller bringen?«

Die weiß es nicht, dachte Camb, sie ist neu. Niemand hat es ihr gesagt. Aber das ist vielleicht ganz gut so. Er fing den Blick der Polizistin auf und brachte sie durch ein Stirnrunzeln zum Schweigen.

»Na, uns geht's aber schon viel besser, was?«, fragte die Schwester neckisch. »Briefe schreiben! Also, ich weiß nicht so recht. Ich weiß ja, Sie haben kein eigenes Briefpapier hier. Soll ich Ihnen was sagen? Ich spring mal eben den Korridor runter und leihe etwas aus bei Mrs. Goodwin in Nummer vier. Und wenn ich heute Abend Dienstschluss habe, dann steck ich Ihren Brief gleich ein, ja?«

»Das wäre sehr freundlich von Ihnen«, sagte Mrs. Fanshawe hoheitsvoll. »Dann können Sie jetzt den Tee bringen.«

Ein naseweises Ding und wahrscheinlich unerziehbar, dachte sie. Na, die Zeit würde es zeigen. Wenigstens würde Jerome nicht da sein und auch diese hier in Verlegenheit bringen, sie in dunklen Ecken abfangen und ihr den Hintern tätscheln, wie er es bei dem dänischen Au-pair-Mädchen getan hatte. Jerome war tot. Sie hatte ja immer gesagt, er würde sich noch umbringen, so wie er fuhr, und nun hatte er es wirklich getan. Warum hatte er sie nicht auch umgebracht? Welches gütige Geschick hatte verfügt, dass sie verschont würde und nun hier in ihrer eigenen Wohnung in ihrem eigenen Bett saß?

Aber es war gar nicht ihr eigenes Bett und ihre eigene Wohnung. Sehr vorsichtig zügelte Mrs. Fanshawe ihre Gedanken und ihre Erinnerungen. Jerome war tot, Nora war in Deutschland, und sie war im Royal Hospital von sowieso. Ein Krankenhaus also. Sehr aufmerksam von irgendwem, ihr im Krankenhaus ein Mädchen zu engagieren.

Außer, diese Rose war eine Krankenschwester. Natürlich, sie musste eine Krankenschwester sein. Was für eine Närrin ich bin, dachte Mrs. Fanshawe. Mir ist zu Mute, als ob ich einen unendlich langen Traum geträumt habe, aber jedes Mal, wenn ich daraus aufwache, bin ich so müde, dass ich gleich wieder in ihn zurücktauche.

Die unpräzisen Informationen, die sie von all diesen Wichtigtuern bekommen hatte, halfen ihr überhaupt nichts. Die Leute waren so ineffizient heutzutage. Erst hatte ihre Schwester vergessen, Nora zu benachrichtigen, und dann behauptete dieser Polizist, Nora hätte mit ihr und Jerome im Jaguar gesessen! Die dachten wohl alle, sie sei übergeschnappt. Als ob eine Mutter nicht wüsste, wo ihre eigene Tochter war! Bitte, sie erinnerte sich ja sogar an Noras Adresse:

Goethestraße 14, Köln, Westdeutschland. Mrs. Fanshawe war sehr stolz darauf, dass sie immer richtig ›Köln‹ schrieb statt ›Cologne‹. Was für Reserven an Kraft und Intellekt sie doch haben musste, wenn sie sich an solche Details erinnerte! Und das nach allem, was sie durchgemacht hatte. Jetzt endlich kam die Schwester mit dem Papier wieder.

»Danke, Schwester«, sagte Mrs. Fanshawe, um zu zeigen, dass sie die Dinge im Griff hatte. Sie bemühte sich, den Füller zu halten, aber er fuhr im Zickzack über das Papier wie jene Planchette, die ihr Vater einstmals benutzt hatte.

»Warum lassen Sie mich nicht für sich schreiben?«, fragte Schwester Rose.

»Ja, vielleicht wäre das besser. Ich werde Ihnen diktieren. Soll ich anfangen?«

Schwester Rose musste ihre ganze Konzentration aufbieten, um aus dem Gestammel und den Abschweifungen herauszusortieren, was Mrs. Fanshawe sagen wollte. Aber sie war ein gutherziges Mädchen, und außerdem machte es sich immer bezahlt, zu den Patienten im Privatflügel freundlich zu sein. Letztes Jahr, als eine schon nach vierzehn Tagen wieder entlassen worden war, hatte sie Schwester Rose einen Reisewecker geschenkt und eine noch fast volle Flasche *Femme* von Rochas.

»Liebste Nora«, las sie laut, »ich bin schon fast wieder gesund, und ich meine, Du solltest mich mal besuchen kommen. Daddy hätte das bestimmt gewünscht. Ich nehme an, Tantchen hat Dir alles erzählt, und Du warst bloß zu beschäftigt, um herzukommen, aber bitte komm jetzt. Wir wollen Vergangenes vergangen sein lassen. Alles Liebe, Mami. – Ist das so richtig, Mrs. Fanshawe? Briefmarken habe ich, die reichen für einen Auslandsbrief. Ich stecke den Brief jetzt gleich in den Postkasten, wenn ich zur Teepause gehe.«

Als Schwester Rose vom Briefkasten am Ende der Charteris Road zurückkam, begegnete sie der Oberschwester der Privatstation.

»Ich hab eben einen Brief für die arme Mrs. Fanshawe eingesteckt, Oberschwester«, sagte sie tugendhaft. »Ich tue eben gern, was ich kann, wissen Sie, alles, womit man sie aufheitern kann. Ihr lag so viel daran, noch heute einen Brief an ihre Tochter aufzugeben.«

»Ihre Tochter ist tot.«

»Oh, Schwester, das meinen Sie doch nicht ernst! O Gott,

wie entsetzlich! Ich hab mir doch nicht träumen lassen, ich wär doch nie darauf gekommen … Ooh, Schwester!«

»Jetzt gehen Sie mal lieber zu Ihrem Dienst zurück, und seien Sie nächstes Mal nicht so impulsiv.«

6

Das Kind, das zusammen mit seinem Vater draußen in den Wiesen gewesen war, machte ihm die Tür auf. Es war ein Junge von etwa sieben Jahren, ziemlich groß für sein Alter. Er blickte aggressiv drein, in seinem Gesicht klebten schmierige rote und braune Essensreste.

»Wer ist da, Dominic?«, kam eine Stimme aus dem Innern der kleinen, primitiv gebauten Gemeindewohnung.

»Ein Mann«, sagte Dominic schlicht.

»Was will er?«

Um diesem sinnlosen Dialog ein Ende zu machen, trat Wexford in die Diele und dann ins Wohnzimmer. Drei weitere Kinder saßen vorm Fernseher und sahen eine Leichtathletikschau. Die Überreste des Mittagessens standen noch auf dem fleckigen, von Krümeln übersäten Tischtuch, und am Tisch saß eine Frau und fütterte ein Baby mit der Flasche. Sie konnte jeden Alters zwischen dreißig und sechzig sein, wobei Wexford die untere Grenze dieser Schätzung bloß wegen ihrer kleinen Kinder so tief ansetzte. Ihr Haar war dünn und blond und lang, mit einem Gummiband zusammengehalten, und auch ihr Gesicht war dünn und lang, verdrossen und faltig. Das Dominierendste an ihr war eine Müdigkeit, die gleichermaßen aus chronischer Langeweile und aus körperlicher Erschöpfung herrührte. Es war die banale Erschöpfung der Armut, der Überlastung, des ständigen Eingesperrtseins, der ewig quengelnden Forderungen, und der einzige Wunsch, den sie noch hatte, war, in Ruhe gelassen zu werden, mal fünf Minuten lang in gedankenloser Apathie dazusitzen.

Dies war auch der Grund, weshalb sie nie ein Wort oder eine Bewegung vergeudete, und als sie Wexford sah, begrüßte sie ihn weder mit Worten, noch hob sie auch nur den Kopf, sondern sagte lediglich zu einem ihrer kleinen Mädchen:

»Geh und hol deinen Vater, Samantha.«

Samantha warf eine dicke schwarze Katze von ihrem Schoß und trödelte lustlos durch die Küche in den Hintergarten. Eine Frau der Mittelklasse, eine Frau mit mehr Geld und weniger Kindern hätte sich vielleicht entschuldigt für die Unordnung und den Mief von unzähligen abgestandenen Mahlzeiten. Mrs. Cullam dagegen blickte ihn nicht mal an, und als er sie fragte, um welche Zeit ihr Mann am Freitagabend nach Hause gekommen sei, antwortete sie lakonisch: »Viertel nach elf.«

»Wieso wissen Sie die Zeit so genau?«

»Es war Viertel nach elf.« Mrs. Cullam legte das Baby auf den Tisch zwischen die Krümel, zog ihm die Windel aus, die sie auf den Boden fallen ließ, und sagte in demselben flachen, ökonomischen Ton: »Hol mir 'ne neue Windel, Georgina.« Ein stechender Ammoniakgeruch kämpfte mit dem Kohldunst. Das Baby – ein Mädchen – begann zu schreien. Mrs. Cullam zündete sich eine Zigarette an. Sie stand mit herabhängenden Händen gegen den Tisch gelehnt, und die Zigarette klebte ihr an den Lippen. Georgina kam mit einem grauen Lappen zurück, setzte sich wieder hin und sah zu, wie ihr Bruder der Katze mit dem Finger im Ohr herumbohrte. »Lass die Katze in Ruhe, Barnabas«, sagte Mrs. Cullam.

Ihr Mann kam herein, trocknete seine Hände an einem Geschirrhandtuch ab, und der schwarze Hund folgte ihm auf den Fersen. Er nickte Wexford zu, und dann stellte er den Fernseher ab.

»Steh auf, Samantha, und lass den Herrn mal sitzen.« Das Kind nahm keine Notiz, gab keinen Ton von sich, als ihr Vater ihr einen Klaps auf den einen Arm gab und sie am anderen in die Höhe riss. Er sah sich hilflos im Zimmer um, und sein Blick blieb an der weggeworfenen Windel hängen, aber es malte sich kein Abscheu auf seinem Gesicht, bloß vage bedauernde Resignation.

Wexford setzte sich nicht auf den freien Stuhl, und irgendetwas in seinem Ausdruck musste Cullam verraten haben, dass er mit ihm alleine reden wollte, denn er sagte zu seiner Frau: »Kannst du die Kinder hier nicht mal rausschmeißen?«

Mrs. Cullam zuckte die Achseln, und die Asche ihrer Zigarette fiel auf einen Teller mit geronnenen, fettigen Saucenresten. Sie lud sich das Baby auf die Hüfte, zog sich einen Stuhl dicht vor den Fernseher, setzte sich hin und starrte den leeren Bildschirm an. »Lass die Katze in Ruhe, hab ich gesagt«, wiederholte sie ohne Nachdruck.

»Was wollten Sie denn?«, fragte Cullam.

»Wir gehen mal in Ihre Küche, wenn's Ihnen nichts ausmacht, Mr. Cullam.«

»Da ist ein ziemliches Durcheinander.«

»Macht nichts.«

Mrs. Cullam äußerte sich dazu nicht. Sie knipste den Fernseher an, ohne aufzublicken. Zwei der Kinder begannen sich in einem Sessel zu balgen. Wexford folgte dem Vater in die Küche. Platz zum Sitzen gab es nirgends, also schob er die Griffe von vier verkrusteten Kochtöpfen zur Seite und lehnte sich gegen den Gasherd.

»Ich will bloß wissen, wer McCloy ist«, sagte er freundlich.

Cullam blickte ihn verschlagen, aber auch etwas beunruhigt an. »Wieso wissen Sie denn überhaupt von McCloy?«

»Nun machen Sie schon, Sie wissen ja, dass ich Ihnen das nicht sagen kann.« Das Geschrei der Kinder übertönte jetzt den feurigen Kommentator der Leichtathleten. Wexford machte die Tür zu und hörte Mrs. Cullam sagen: »Lass die verdammte Katze in Ruhe, Barnabas.« Sie hatte doch ein Wort vergeudet. »Sie wissen, wer es ist«, sagte Wexford, »jetzt können Sie's mir auch sagen.«

»Ich weiß es nicht. Ehrlich, ich weiß es nicht.«

»Sie wissen nicht, wer es ist? Aber gestern Abend in der Kneipe, da haben Sie Mr. Hatton gefragt, ob er kürzlich McCloy gesehen hätte? Und Sie wollten mit McCloy nichts zu tun haben, weil Sie ruhig in Ihrem Bett schlafen wollten.«

»Ich sag Ihnen doch, ich weiß nicht, wer das ist, und ich hab ihn nie gesehen.«

Wexford entfernte seinen Ellbogen aus der gefährlichen Nachbarschaft eines halb vollen Tellers mit kalten Pommes frites. »Sie mochten Mr. Hatton nicht besonders, was? Sie wollten nicht mit ihm zusammen nach Hause gehen, obwohl er denselben Weg hatte. Sie gingen also voraus, und vielleicht haben Sie sich ja unter den Bäumen dort ein bisschen aufgehalten?« Er ließ Cullams großes rotes Gesicht nicht aus den Augen, und tatsächlich verlor es sichtlich Farbe. »Ich glaube, Sie müssen das getan haben, Cullam. Ein kräftiger junger Mann wie Sie braucht doch nicht fünfunddreißig Minuten, um von der Kingsbrook-Brücke hierher zu kommen.«

Mit leiser, gekränkter Stimme sagte Cullam: »Ich hab mich übergeben. Ich war schon fast zu Hause, da wurde mir ganz übel. Ich bin nicht an Scotch gewöhnt, und da bin ich unten an der Station auf die Toilette gegangen und hab mich übergeben.«

»Da kann ich Ihnen nur gratulieren zu Ihrer Fähigkeit, sich schnell zu erholen. Heute Morgen um halb acht jedenfalls waren Sie schon wieder fit für einen Spaziergang durch die Wiesen. Oder wollten Sie bloß schnell mal zurückgehen und nachsehen, ob Sie Hatton auch fein und ordentlich zurückgelassen hatten? Ich möchte die Sachen sehen, die Sie gestern Abend angehabt haben.«

»Die sind draußen auf der Leine.«

Wexford sah ihn an, und seine Augenbrauen verschwanden nahezu in den spärlichen Resten seiner Haare, und die unausgesprochene Folgerung in seinem Blick war unmissverständlich. Cullam machte fahrige Gesten, trat an den mit Geschirr voll gestellten Ausguss, lehnte sich dagegen und kniff die Lippen zusammen.

»Ich hab sie gewaschen«, sagte er. »Pullover und Hose und Hemd. Die waren ... also, die waren in ziemlich üblem Zustand.« Er trat von einem Fuß auf den anderen.

»Reizend«, sagte Wexford unfreundlich. »Und *Sie* haben das Zeug gewaschen? Wozu haben Sie eigentlich eine Frau?« Da sah er zum ersten Mal die Waschmaschine, ein großes, glänzendes, automatisches Ding, und das einzige Objekt in dieser Küche, das nicht fleckig oder angestoßen oder mit Essen bekleckert oder verschmiert war. Er machte die Hintertür auf und betrachtete die durchhängende Wäscheleine, an der zwischen einer Reihe Windeln die drei Kleidungsstücke hingen, die Cullam erwähnt hatte. »Die Segnungen moderner Mechanisierung«, meinte er. »Und sehr nett ist es auch. Ich bemerke heutzutage oft, wie die Rollen der Geschlechter sich vertauscht haben.« Seine Stimme wurde verräterisch freundlich, und Cullam leckte sich die dicken Lippen. »Ein Mann kann todmüde sein nach der Arbeit einer Woche, aber seiner Frau ein bisschen helfen kann er immer noch. Ein Druck auf den Knopf, und die Wäsche der ganzen Familie wird weißer als weiß. Tatsächlich, ein Gerät wie das macht aus Plackerei ein Vergnügen, könnte man sagen. Männer sind im Grunde ihres Herzens alle kleine Jungen, wenn alles gesagt und getan ist, und es sind gar nicht bloß die Frauen, die gern diese kleinen Spielzeuge um sich haben, um das tägliche Einerlei ein bisschen zu durchbrechen. Außerdem kosten die ja auch so viel, dass man ebenso gut ein bisschen Spaß dabei haben kann. Sagen Sie mir bloß nicht, dass dieses kleine Spielzeug Sie weniger als hundertzwanzig gekostet hat, Cullam.«

»Hundertfünfundzwanzig«, sagte Cullam mit bescheidenem Stolz. Er war völlig arglos, öffnete eifrig das glänzende Bullauge und erläuterte die Maschine: »Man stellt das Programm ein ...« Ein letzter unsicherer Blick auf den Chief Inspector sagte ihm, dass sein Gast zutiefst interessiert und dass dies lediglich ein Routinebesuch war. »... schüttet das Waschpulver rein«, sagte er, »und ab geht die Post!«

»Ich kannte mal einen Burschen«, schwindelte Wexford bedächtig drauflos, »einen Lastwagenfahrer, genau wie Sie. Auch 'ne große Familie, und wir wissen ja alle, was für Ausgaben eine große Familie verschlingt. Der geriet in schlechte Gesellschaft, wie ich leider sagen muss. Seine Frau setzte ihm zu, verstehen Sie, wollte mehr Geräte und Maschinen fürs Haus. Einmal hatte er ja schon beide Augen zugemacht, als zwei von seinen Wagen nacheinander geklaut wurden. Na ja, man kann das nicht als Verbrechen bezeichnen, nicht wahr, wenn man im Café in 'ne andere Richtung sieht, während einem einer den Wagen aus der Parkbucht klaut?« Cullam schloss das Bullauge, ließ aber den Kopf abgewandt. »Und die zahlten gut, diese schlechten Gesellschafter. Klar, der Junge zierte sich zuerst ein bisschen, als sie ihm zweihundert boten dafür, dass er einen Kerl fertig machte, der nicht mitspielen wollte, aber nicht lange. Er fand nämlich, er hätte genauso ein Recht auf gute Sachen wie diese Leute, an die er geraten war. Und warum auch nicht? Wir sind schließlich alle gleich heutzutage. Leben und leben lassen, sagte sich dieser Junge. Also lungerte er eines Abends an einem einsamen Ort herum, genau da, wo der andere Bursche vorbeikommen musste, und dann, na ja, ab geht die Post, wie Sie es so kurz und bündig ausgedrückt haben. Und jetzt sitzt er für zwölf Jahre, kurz und bündig ausgedrückt.«

Cullam blickte ihn an, total desillusioniert.

»Ich hab meinen Überstundenlohn zusammengespart für diese Waschmaschine.«

»Sind Sie sicher, dass es nicht McCloys kleiner Bakschisch für geleistete Dienste war? Ist das Leben eines Menschen nicht hundertzwanzig Lappen wert, Cullam? Dort in Ihrer Maschine ist ein Laugenfilter, wissen Sie. Ich frage mich doch ernsthaft, ob sich in diesem Filter nicht Blut, Haare und Gehirnpartikel befinden, verstehen Sie? Oh, Sie brauchen gar nicht so zu gucken. Wir könnten das herausfinden. Wir könnten heute Nachmittag die Maschine auseinander nehmen und Ihre Abwasserleitung ebenfalls. Das hier ist 'ne sehr eigene Gemeinde, Sewingbury. Ich kannte mal eine Familie – sechs Kinder waren es in dem Falle –, die flog Hals über Kopf raus, bloß weil sie die Abwasserleitung beschädigt hatten. Vandalismus nannte es die Gemeinde. Wir werden Ihre Abwasserleitung aufreißen, Cullam, aber im Moment sind wir stark beschäftigt. Ich glaube nicht, dass wir Leute frei haben, sie auch wieder in Ordnung zu bringen.«

»Sie Schweinehund«, sagte Cullam.

»Das habe ich nicht gehört. Mein Gehör ist nicht mehr das, was es mal war, immerhin steh ich aber auch noch nicht mit einem Fuß im Grabe. Aber hinsetzen würde ich mich jetzt trotzdem gern. Können Sie mal dieses Zeug da von dem Stuhl nehmen und ihn abwischen, ja?«

Cullam saß auf seiner Waschmaschine, und seine langen Beine baumelten. Hinter der geschlossenen Tür war das Programm von Leichtathletik zum Ringkampf übergewechselt, und das Baby hatte wieder angefangen zu brüllen.

»Ich hab Ihnen doch gesagt«, beteuerte Cullam, »ich weiß

nicht, wer McCloy ist, ich weiß es nicht. Ich hab das bloß zu Charlie gesagt, um ihn zu ärgern. Der mit seiner ewigen Prahlerei – der ging mir auf den Keks.«

Wexford hatte genug gesehen und gehört von der Dürftigkeit, um zu begreifen, was Cullam meinte. Dieses Haus war ein wahres Paradebeispiel für eine leicht gebaute, hellhörige Sozialwohnung, ein Muster der Unbehaglichkeit. Lärm und Schmutz reichten vom Dach bis zum tiefsten Keller und erfuhren nur kurze Unterbrechungen, wenn die Bewohner schliefen. Dieser Mann und seine Frau waren niedergedrückt von nahezu allen Belastungen, wie sie der fruchtbare, schlecht bezahlte Künstler kennt: die Kinder waren verwahrlost, vielleicht sogar misshandelt, die Behausung hoffnungslos überfüllt, Apathie und Aggression gegen alles und jeden. Die Eltern hatten weder den Charakter noch die Liebe, auf Dauer ein organisiertes Auskommen zu bewerkstelligen. Er musste an Charlie Hattons brandneue Wohnung und die hübsche junge Frau mit ihren schicken Kleidern denken. Diese beiden Männer hatten doch ein und dieselbe Tätigkeit. Aber hatten sie das wirklich?

»Wenn ich Ihnen sage, wie es gewesen ist«, sagte Cullam, »dann glauben Sie mir bestimmt kein Wort.«

»Möglich. Versuchen Sie es doch.«

Cullam stützte die Ellbogen auf die Knie und beugte sich vor.

»Das war in einem Café«, fing er an, »eins dieser Dinger, wo es Zimmer für Fernfahrer gibt, zum Pennen über Nacht. Oben an der A 1, zwischen Stamford und Grantham. Ich hatte beinahe meine elf Stunden voll – länger als elf Stunden dürfen wir nicht fahren – und ging da rein. Und da saß Charlie Hatton. Ich hatte seinen Laster schon auf dem Parkplatz gesehen. Wir aßen zusammen einen Happen und kamen ins Reden.«

»Was hatten Sie für eine Ladung?«

»Reifen, Gummireifen. Während wir also essen, guck ich so aus dem Fenster, und da ist da so ein Kerl – im Parkhafen –, der sitzt in einem schwarzen Wagen. Ich weiß nicht, warum, aber dessen Gesicht gefiel mir nicht. Ich sag's Charlie, aber der meinte bloß, ich sei wie ein altes Weib. Das sagte der immer zu den Leuten. Dann hat er mich und noch zwei andere Fahrer dazu gebracht, auf 'ne Runde Poker mit in sein Zimmer zu gehen. Er sagte, es sei ruhiger dort, aber von dem Zimmer aus konnte man den Parkplatz nicht sehen, und nach 'ner Weile bin ich dann raus. Der Kerl in seinem Wagen war immer noch da.«

»Haben Sie sich die Nummer notiert? Können Sie ihn beschreiben?«

»Weiß nicht.« Cullam blickte ihn verschlagen an. »Die Nummer? Nee, hab ich nicht notiert. Ich setz mich also für 'ne halbe Stunde in meine Fahrerkabine, und da ist der Kerl dann abgehauen. Charlie hatte gesagt, er wolle mal Lilian anrufen, und als ich zurückgehe über die Straße, da steht er in einer Telefonzelle. Ich wollte Feuer für meine Zigarette – meine Streichhölzer waren alle –, also mach ich die Tür von der Zelle auf und bitte Charlie um Feuer. Ich nehme an, er hat mich nicht kommen hören. Ich krieg gerade noch mit, wie er sagt: ›Sag Mr. McCloy, da ist keine Chance.‹ Und danach hab ich ihn dann gefragt, ob er 'n Streichholz hat. Da fährt der aus der Haut, wie von der Tarantel gestochen. ›Was fällt dir eigentlich ein?‹, brüllt er mich an. ›Mischst dich hier in meine privaten Telefongespräche?‹ Er war weiß wie 'n Laken.«

»Und Sie haben dieses Telefongespräch mit dem Mann in dem Wagen in Verbindung gebracht?«

»Ja, hab ich«, sagte Cullam, »jedenfalls später, als ich drüber nachgedacht hab. Da ist mir nämlich eingefallen, dass Charlie mich vor ein paar Monaten gefragt hat, ob ich gern 'n bisschen was nebenher verdienen würde. Aber ich war nicht interessiert, und dabei blieb es dann. Bloß, den Namen McCloy hab ich nie vergessen, und als Charlie in der Kneipe so großkotzig wurde, da hab ich gedacht, den ärgere ich mal 'n bisschen. Das ist alles.«

»Wann war der Zwischenfall in dem Café, Cullam?«

»Wie bitte?«

»Wann haben Sie Hattons Telefongespräch mit angehört?«

»Irgendwann letzten Winter, im Januar, glaub ich. Nicht lange, nachdem Charlie sein Laster geklaut wurde und er eins über den Schädel kriegte.«

»Na gut, das genügt fürs Erste, aber vielleicht möchte ich mich noch mal mit Ihnen unterhalten.«

Wexford ging wieder durch das Wohnzimmer der Cullams. Die Kinder waren verschwunden. Mrs. Cullam saß noch immer vor dem Fernseher, das Baby schlief jetzt auf ihrem Schoß, und der Hund lag quer über ihren Füßen, die in Pantoffeln steckten. Sie bewegte den Kopf, als er durchs Zimmer ging, und einen Augenblick lang dachte er, sie wolle mit ihm sprechen. Aber dann begriff er, dass diese Bewegung nur ein Recken des Halses war, weil er ihr für einen Moment den Blick auf den Bildschirm verstellt hatte.

Dominic, Barnabas, Samantha und Georgina saßen am Rinnstein und schoben Stöcke durch den Gitterrost des Gullys. Wexford neigte in Bezug auf die Cullams nicht zur Sentimentalität, aber wider Willen berührte es ihn doch, dass sie in ihrer bitteren Armut geradezu extravagant und fantasievoll gewesen waren. Wenn sie auch sonst ihren Kindern nie etwas zu bieten haben würden, so hatten sie sie doch wenigstens mit Namen bedacht, die sonst den höheren Schichten vorbehalten waren.

Dominic, dessen Gesicht immer noch verschmiert war,

blickte feindselig zu ihm auf, als er vorüberging, und Wexford konnte sich nicht verkneifen zu fragen:

»Wie heißt denn das Baby?«

»Jane«, antwortete Dominic schlicht und ohne überrascht zu sein.

Als Wexford zum Tee nach Hause kam, wedelte Klytämnestra zur Begrüßung zwar heftig mit dem Schwanz, aber sie rührte sich nicht aus seinem Sessel. Wexford sah sie grollend an.

»Wo ist Sheila?«, fragte er seine Frau.

»Zum Zahnarzt.«

»Sie hat gar nichts von Zahnschmerzen gesagt.«

»Heutzutage geht man nicht mehr zum Zahnarzt, weil man Zahnschmerzen hat. Man geht zum Nachsehen. Sie lässt sich eine Krone auf diesen Backenzahn machen.«

»Also nehme ich an, dass ihr morgen früh wieder nicht danach zu Mute ist, mit dem Hund rauszugehen. Aber sie braucht das gar nicht auf mich abzuschieben. Ich hab genug zu tun.«

Aber um sechs Uhr tanzte Sheila fröhlich herein und lächelte ihren Vater an, um den jüngsten Triumph der Zahnheilkunde vorzuweisen.

»Da, schau mal, ist das nicht großartig?« Um sie zufrieden zu stellen, blickte Wexford ihr in den makellosen Mund. »Diese Füllung wurde allmählich ein bisschen schäbig«, erklärte sie. »Sehr frustrierend bei Nahaufnahmen. Eine Schauspielerin muss an solche Dinge denken.«

»Ich wette, die Bernhardt hat sich nie um ihre Zähne Gedanken gemacht.«

Sheila riss ihre Augen weit auf und sah ihren Vater mit einem perfekt einstudierten Ausdruck schmachtender Bewunderung an. »Hast du die Bernhardt oft gesehen, als du ein junger Mann warst, Paps?«, fragte sie.

Wexfords Antwort war ein ärgerliches Schnauben. Er schob seiner Tochter eine Tasse Tee hin. Aber sie verschmähte sie und zog ein Glas kalter Milch vor, die sie schlückchenweise trank, wobei sie sich ihres Eindrucks sehr wohl bewusst war, in dem cremefarbenen Leinenkleid, das blonde Haar ein klein wenig – aber höchst attraktiv – zerzaust, mit römischen Sandalen, deren Riemen die langen Beine bis zum Knie umschnürten. Wexford fragte sich, was das Leben wohl für sie bereithielt. Würde sie sich durchsetzen, würde die Zukunft eine Kette von Triumphen sein, von Starrollen, von Welttourneen und dem wachsenden Grauen vorm Altwerden? Oder würde sie irgendeinen Idioten wie diesen Sebastian heiraten und mit dem Besitz einer Doppelhaushälfte und zweier Kinder all ihre Ambitionen vergessen? Weil er ein Vater und auch nicht mehr jung war, gestand er sich ein, dass er das Letztere vorziehen würde. Er wollte sie in Sicherheit wissen. Aber keine Macht der Erde hätte ihn dazu gebracht, es ihr zu sagen.

Solche Gedanken bewegten sie sicher nicht. Sie lebte ganz dem Augenblick, sie trank ihre Milch und fing an, von ihrem Besuch beim Zahnarzt zu plaudern.

»Sollte ich je sesshaft werden …« Sheila sagte das mit dem gleichen ungläubigen Ton, in dem sie auch gesagt hätte: ›Sollte ich je sterben.‹ »Wenn ich je sesshaft werde, dann hätte ich nichts gegen ein Haus wie das. Natürlich nicht in Kingsmarkham. Stratford wäre ganz nett, oder die Cotswolds bei Stratford.«

»In Pendelverkehr-Distanz«, warf Wexford pfiffig ein.

Seine Tochter ignorierte es. »Das ist eins von diesen schwarzweißen Häusern, irre alt und voller Atmosphäre. Das heißt, der Praxistrakt ist natürlich ganz modern. Im Wartezimmer lagen die neuesten Nummern von *Nova* und *Elle*. Echt progressiv.«

»Und scharfsinnig«, meinte Wexford, »wo doch in Kingsmarkham jedermann zweisprachig ist.«

»Deine Generation ist eben nicht gebildet, Paps. Ich kann dir sagen, ich kenne kaum jemanden, der nicht französisch liest. Und die alten Miesepeter können sich ja die Antiquitäten ansehen.« Sheila setzte ihr Glas ab und warf den Kopf nach hinten. »Fantastische Malerei an den Wänden und ein paar wundervolle Glasskulpturen.«

Klingt wie das Polizeipräsidium, dachte Wexford. »Und wo befindet sich dieser Schrein der Kultur?«, fragte er laut.

»Ploughman's Lane.«

»Der heißt wohl nicht zufällig Vigo, was?«

»Hm, zufällig ja.« Sheila saß auf dem Sofa und malte sich schimmernde schwarze Striche auf die Augenlider. »Es wird wirklich Zeit, dass du und Ma aufhört, zu dem traurigen ollen Richardson in der High Street zu gehen, und zu Mr. Vigo überwechselt.« Nachdem der schwierigste Part ihrer künstlerischen Betätigung vollendet war, bestrich sie jetzt ihre Augenwimpern mit einem Mascarastift. »Mr. Vigo ist der absolute Traum. So einer von den hellhaarigen Typen mit markant gefurchtem Gesicht. Irre sexy.« Wexford verzog schmerzhaft das Gesicht und hoffte, sie hatte es nicht gesehen. Für ihn waren seine Töchter noch immer kleine Mädchen. Was, zum Teufel, glaubte dieser zerfurchte blonde Typ eigentlich, wer er war, sein traumhaftes männliches Fluidum derart auf sein kleines Mädchen abzustrahlen? »Natürlich – *jung* ist er nicht«, meinte Sheila gelassen.

»Mindestens fünfunddreißig, schätze ich. Also mit einem Fuß im Grabe und dem anderen auf einem Stück Seife.«

»Ja, so um fünfunddreißig«, sagte Sheila ernst. Sie hielt ihre Augenwimpern zwischen zwei Fingern, um sie nach oben zu biegen. »Er hat ein Baby von sechs Monaten und ... ach, etwas sehr Tragisches: Sein älteres Kind ist mongoloid. Entsetzlich, nicht wahr? Es ist jetzt acht, und Mr. Vigo hat es seit Jahren nicht mehr gesehen. Er und seine Frau haben sich alle Mühe gegeben, noch eins zu bekommen, und jetzt haben sie es ja auch, aber sie haben doch all die Jahre dazu gebraucht. Klar, dass er das Kind vergöttert.«

»Woher weißt du das alles?«, fragte Wexford. Typisch die Tochter eines Detektivs! »Ich dachte, du wärst dort gewesen, um dir deinen Zahn richten zu lassen, und nicht, um seine Privatsphäre zu erforschen?«

»Oh, wir hatten eine lange Unterhaltung«, sagte Sheila ein wenig selbstgefällig. »Ihr werdet das kaum verstehen, aber ich bin nun mal interessiert an der menschlichen Natur. Wenn ich eine richtige Schauspielerin werden will, dann muss ich wissen, was in den Leuten vorgeht. Ich bin mittlerweile schon richtig gut darin, Leute auszuholen.«

»Alle Achtung«, meinte Wexford bissig, »ich bemühe mich schon seit vierzig Jahren darum, und die Irrtumsquote liegt immer noch bei achtzig Prozent.«

Sheila betrachtete sich in ihrem Taschenspiegel. »Mr. Vigo hat eine sehr glatte, weltmännische Art. Cool, wenn ihr versteht, was ich meine. Ich denke manchmal, Zahnärzte haben doch eine sehr interessante Beziehung zu ihren Patienten. Sie müssen nett zu ihnen sein und psychologisch richtig auf sie zugehen, sonst würden die doch nicht wieder kommen, nicht wahr? Das ist doch immerhin eine ziemlich intime Angelegenheit. Ich meine, fällt dir irgendeine andere Situation ein, Pa, wo ein Mann einer Frau derartig nahe kommt, außer er umarmt und liebt sie?«

»Ich kann bloß hoffen, dass nichts dergleichen passiert ist.«

»Ach Pa ... Ich habe doch bloß gesagt, dass es *ähnlich* ist. Ich hab einen Vergleich angestellt.« Sheila kicherte und wickelte sich eine Haarsträhne um den Finger. »Obwohl, als ich ging, da hat er mich so ’n bisschen gedrückt und gemeint, ich hätte den entzückendsten Mund, den er je gesehen hätte.«

»Mein Gott!«, sagte Wexford und stand auf. »Wenn es dir schon wurscht ist, was du deinem Vater alles erzählst, dann erinnere dich tunlichst daran, dass er außerdem Chief Inspector ist.« Er zögerte und meinte dann, ohne sich der Wirkung seiner Worte bewusst zu sein: »Ich werde doch mal hingehen zu diesem Mr. Vigo.«

»Oh, Pa!«, jammerte Sheila entsetzt.

»Nicht wegen deines entzückenden Mundes, meine Liebe, sondern in Verfolgung einer eigenen Angelegenheit.«

»Wehe, wenn du …«

Die ganze Zeit über hatte Mrs. Wexford friedlich ihre Ingwerkekse geknabbert, jetzt aber blickte sie auf und sagte ruhig:

»Was bist du bloß für ein albernes Mädchen, Sheila. Ich denke oft, es ist doch ein Segen, dass Intelligenz für die Schauspielkunst nicht zwingend notwendig ist. Wenn du mit deinem Gesicht fertig bist, dann geh mal lieber mit dem Hund raus.«

Bei dem Wort ›Hund‹ rollte Klytämnestra sich auseinander.

»Na schön«, sagte Sheila kleinlaut.

7

Sie standen unter den Weiden und blickten auf den Fluss. Wer sie nicht kannte, hätte sie für zwei Geschäftsleute halten können, die gemeinsam einen Sonntagnachmittag-Spaziergang machten.

Aber fast jeder in Kingsmarkham kannte sie und wusste außerdem, dass dies die Stelle war, an der Charlie Hatton ermordet worden war.

»Ich hab ja gesagt, wir müssen mit jedem Einzelnen vom Darts-Club reden«, sagte Burden und blieb am Flussufer stehen, »schätze, wir haben sie jetzt alle durch. Merkwürdig nur, dass Pertwee im Augenblick der Einzige ist, der mit Hatton auskam, aber kein Mensch ist bereit, das zuzugeben. Immer waren es die anderen, die mit ihm im Clinch lagen. Man selbst war ausgesprochen tolerant und langmütig. Höchstens, dass man mal etwas gekränkt war. Aber bringt man denn gleich einen um, nur weil ein Kumpel einen in der Kneipe anmacht oder weil der mehr Geld hat als man selbst?«

»Könnte schon sein, nämlich wenn man dadurch etwas von dem vielen Geld in die Finger bekäme«, sagte Wexford. »Hundert Pfund sind für einen Mann wie Cullam eine ganze Menge. Wir werden Cullam beobachten lassen; mal sehen, ob er in den nächsten paar Tagen irgendwelche großen Ausgaben macht. Dass der seine Sachen gewaschen hat, die er am Freitagabend getragen hat, macht mich auch nicht besonders froh.«

Burden balancierte geschickt über die Steine am Fluss, um keine nassen Füße zu bekommen. Plötzlich beugte er sich vor und sagte: »Da haben Sie Ihre Mordwaffe.«

Vom Ufer aus folgte Wexford der Richtung des ausgestreckten Fingers. Alle Steine, bis auf einen, waren entweder ganz und gar oder bis zur Wasserlinie mit grünem Kraut bewachsen. Burden zeigte auf den Einzigen, dessen Oberseite blank gescheuert aussah, so als habe er bis vor kurzem eingebettet im Kieselgrund des Flusses gelegen. Er hockte sich vorsichtig hin und hob den Stein mit beiden Händen hoch. Dann richtete er sich wieder auf und kletterte zu Wexford zurück.

Es war ein großer länglicher Stein, annähernd geformt wie eine Mandoline. Auf der anderen Seite war er grün und moosüberwachsen. Er hatte nichts Besonderes an sich, lediglich seine Gestalt und seine anomale Lage im Wasser deuteten darauf hin, dass er möglicherweise als Mordwaffe benutzt worden war. Wexford packte ihn mit beiden Händen, hob ihn in die Höhe und ließ ihn kräftig niedersausen durch die leere Luft. Als Hatton durch die Dunkelheit herangekommen war, hatte irgendjemand zwischen den Weiden und dem Gestrüpp auf ihn gewartet, den Stein in den Händen. Betrunken, mit eingenebeltem Gehirn, hatte Hatton sich schon von weitem bemerkbar gemacht. Vermutlich hatte er gepfiffen und sich bestimmt nicht bemüht, leise zu gehen. Der Stein war wie bei Wexford durch die Luft gesaust, aber in jener Nacht hatte er Hattons Schädel getroffen. Einmal, zweimal, noch öfter? So lange, bis das Opfer tot war. Hatton war ins Wasser gerollt. Sein Mörder hatte den Stein in den kleinen Fluss zurückgeworfen und ihm die Brieftasche gestohlen.

Während Wexford sich den Tathergang vorstellte, wusste er, dass Burdens Gedanken ganz ähnlich waren. Deshalb machte er sich nicht die Mühe, seine Überlegungen zu äußern. Er ließ den Stein fallen, der die Böschung hinabrollte, ehe er ins Wasser plumpste.

Jenseits der Wiesen sah er die Häuser der Gemeindesiedlung. Die Sonne spiegelte sich in ihren Fensterscheiben und ließ sie auflodern, als stünden die Häuser in Flammen.

»Wo wir nun schon mal hier sind«, meinte Wexford, »könnten wir uns eigentlich noch einmal mit Mrs. Hatton unterhalten.«

Ihre Mutter war bei ihr und noch drei weitere Leute. Jack Pertwee saß auf einem karierten Sofa und hielt die Hand eines Mädchens, dessen Turmfrisur und künstliche Wimpern Aufsehen erregend waren. Mrs. Hatton und ihre Mutter waren beide in Schwarz, aufgehellt durch üppigen Modeschmuck. Das elegante Kostüm der Witwe sah nagelneu aus, und Wexford konnte nicht umhin, sich zu fragen, ob sie wohl tatsächlich noch gestern Nachmittag losgezogen war, um es zu kaufen. Sie trug eine weiße Bluse mit auffallendem Rüschenjabot und eine große Strassbrosche an einem Aufschlag. Ihre Strümpfe waren dunkel, und ihre schwarzen, glänzenden Lackpumps, obwohl offensichtlich neu erstanden, waren im Stil der Fünfziger: spitze Form mit hohen Pfennigabsätzen. Sie sah aus wie eine aufgedonnerte Landpomeranze auf dem Weg zur Cocktailparty.

Zuerst fühlte sich Wexford abgestoßen, aber dann musste er an den Toten denken und an das, was er über ihn wusste. Genau so hätte Charlie Hatton sich seine Witwe gewünscht, tapfer, herausfordernd, aufgedonnert! Eine Sati, eine Witwe, die sich mit der Leiche ihres Mannes verbrennen ließ, wäre das Letzte gewesen, was ein eingebildeter kleiner Gockel wie Hatton sich vorgestellt hätte.

Er sah sich die übrige Gesellschaft an. Es war eindeutig, dass sie in eine Trauer-Tee-Party hineingeplatzt waren. Das Mädchen auf dem Sofa musste die Braut sein, deren Hochzeit durch Hattons Tod geplatzt war. Und der andere Mann?

»Mein Bruder, Mr. Bardsley«, sagte Mrs. Hatton. »Er und

Ma sind gekommen, mir Gesellschaft zu leisten. Und dieser Gentleman hier ist Mr. Pertwee.«

»Wir kennen uns bereits«, sagte Wexford zuvorkommend.

»Und Miss Thompson«, fuhr Mrs. Hatton fort. Sie sprach mit leiser, ehrerbietiger Stimme. Ihre Augen waren unter dem blauen und grünen Make-up dick geschwollen. »Sie haben Charlie alle sehr gern gehabt. Darf ich Ihnen eine Tasse Tee anbieten? Sie können gern eine haben. Wirklich.«

»Nein, danke, wir möchten nicht, Mrs. Hatton.«

»Gut, aber bitte setzen Sie sich doch, es ist genügend Platz da.« Sie sagte es stolz und wies auf die diversen leeren Sessel. Es waren schöne gepflegte Sessel, nicht die unbequemen Esszimmerstühle mit harten Lehnen, die eine weniger wohlhabende Hausfrau später kommenden Gästen wohl hätte anbieten müssen. Wenn Wexford sich so diese vielarmige Hängelampe aus Teakholz und Rauchglas ansah, die Samtvorhänge und den großen Farbfernseher, dann konnte er nur feststellen, dass Hatton es seiner Frau an nichts hatte fehlen lassen. Cullam und er waren beide Lastwagenfahrer, wohnten beide in Gemeindewohnungen, aber das war auch alles, was sie gemeinsam hatten. Er blickte verstohlen auf Bardsley, den Bruder, ein blonder Mensch mit Kaninchengesicht, seiner Schwester zwar ähnlich, aber weniger gut aussehend. Es war höchstwahrscheinlich sein bester Anzug, aber es war billigste Konfektion.

»Bitte entschuldigen Sie, Mrs. Hatton, wenn ich hier jetzt ein paar Routinefragen stelle«, sagte er.

Sie nickte ernsthaft. »Ich habe gehört, dass Sie, Mr. Bardsley, und Mr. Hatton beruflich zusammenarbeiteten, stimmt das?«

»Das ist richtig.«

»War das eine volle Partnerschaft?«

Bardsley stellte seine Teetasse ab und sagte mit melancholischer Stimme: »Ich hatte daran gedacht, ihn als Partner aufzunehmen, aber das Geschäft ging in letzter Zeit nicht so gut. Er hat einfach für mich gearbeitet.«

»Würde es Ihnen was ausmachen, mir zu sagen, wie viel Sie ihm an Lohn zahlten?«

»Also, ich weiß nicht ... eigentlich nicht so gern.«

»Natürlich tut er das nicht gern«, mischte sich Jack Pertwee plötzlich feindselig ein. »Was hat das auch mit dem zu tun, was am Freitagabend passiert ist?«

»Recht hast du, Jack«, murmelte das Mädchen, und sie drückte seine Hand.

»Sie sehen doch, Charlie kam sehr gut zurecht. Sie brauchen sich ja bloß umzusehen.«

»Mach keinen Ärger, Jack. Die Herren tun schließlich nur, was sie tun müssen.« Mrs. Hatton fingerte nervös an ihrer Brosche herum. »Charlie brachte gewöhnlich etwas über zwanzig Pfund die Woche nach Hause. Das stimmt doch, Jim, oder?«

Jim Bardsley schien wenig erbaut darüber, und seine Stimme wurde aggressiv. »Ich konnte von Glück sagen, wenn ich selbst so viel übrig behielt in der letzten Zeit«, sagte er. »Charlie gehörte eben zu der Sorte Menschen, die auch mit wenig sehr weit kommen. Ich nehme an, er war sehr umsichtig.«

Marilyn Thompson warf den Kopf zurück, und eine Haarlocke rutschte aus dem kunstvollen Aufbau. »Aber knickerig war er nicht«, brauste sie auf, »falls du das meinst mit ›umsichtig‹. Es gibt bestimmt nicht viele Leute, die noch nicht mal mit einem verwandt sind und einem einen Plattenspieler zur Hochzeit schenken.«

»Ich hab doch nie gesagt, dass er knickerig war, Marilyn.«

»Mich kotzt das an! Finden Sie doch lieber raus, wer ihn umgebracht hat!« Die Hände des Mädchens zitterten, und sie krallte sie ineinander. »Gib uns 'ne Zigarette, Jack.« Ihre Hände umschlossen Pertwees Handgelenk, als er ihr das Feuerzeug hinhielt, und seine waren auch nicht ruhiger als ihre. »Ihr Spießer«, quetschte sie durch die Zähne hervor, »ihr traut einem Arbeiter natürlich nichts zu! Wenn er keine schöne Wohnung hat, dann nennt ihr ihn einen Faulenzer.« Sie sah Wexford mit flammenden Augen an und strich ihre Locke zurück. »Und wenn er Sachen hat, die eure Klasse für selbstverständlich hält, dann fallt ihr über ihn her und sagt, das muss er geklaut haben. Klasse, Klasse, Klasse«, fauchte sie, und Tränen zitterten an den schwarz getuschten Wimpern. »Das ist alles, woran ihr denken könnt!«

»Warte nur, bis die Revolution kommt«, sagte Bardsley hämisch.

»Oh, haltet den Mund, ihr beiden!«, sagte Mrs. Hatton schrill. Sie wandte sich an Wexford, und ihre kontrollierte Haltung stellte sich wieder ein. »Mein Mann machte Überstunden«, sagte sie, »und er hatte seine Nebenverdienste.«

Nebenverdienste, dachte Wexford. Klar machte er ein paar Überstunden! Der Mann hatte einen Farbfernseher, falsche Zähne im Wert von zweihundert Pfund, und er schenkte seinem Freund einen Plattenspieler zur Hochzeit. Diese Lampe aus Teakholz und Rauchglas hatte Wexford in einem Kingsmarkhamer Geschäft gesehen und beiläufig festgestellt, dass sie fünfundzwanzig Pfund kostete, ein- und einviertelmal Hattons Wochenlohn. Und als er ermordet wurde, hatte er an die hundert Pfund bei sich.

»Wenn er Sachen hat, die eure Klasse für selbstverständlich hält«, hatte das Mädchen gesagt, »dann sagt ihr, das muss er geklaut haben.« Merkwürdig, überlegte Wexford und betrachtete sie, wie sie sich jetzt in Pertwees Arm schmiegte. Natürlich war sie sehr jung, und ihr Vater war wahrscheinlich ein kommunistischer Vertrauensmann der Gewerkschaft.

Sie gehörte jenem aggressiven Typ an, der sogar bis nach Kingsmarkham gekommen war, jener Typ, der ständig von Pazifismus, Menschenrechten und brüderlicher Liebe redete, ohne die Energie oder den Mut aufzubringen, etwas zu tun, was diese erstrebenswerten Dinge näher brachte.

Dabei hatte er doch nichts gesagt, was ihren Ausbruch provoziert haben konnte. Auch Bardsley nicht, außer seiner Andeutung, dass Hatton ›umsichtig‹ gewesen sei. Hatte sie sich an dieser Bemerkung festgehalten, weil sie wusste, dass Hattons Wohlstand unehrlich erworben war? Wenn sie es wusste, grün und unerfahren, wie sie war, dann wusste Pertwee es auch. Möglich, dass alle in diesem Zimmer es wussten, bloß er und Burden nicht. Nicht zum ersten Mal reflektierte er über die Macht der Trauer. Sie war die perfekte, unanfechtbare Verteidigung. Pertwee hatte sich ihrer bereits gestern Morgen höchst effektvoll bedient, um das Verhör abzubrechen. Mrs. Hatton, noch viel kunstgerechter, legte dabei mitleidheischende Selbstdisziplin an den Tag, und nur ein Unmensch besäße die Rohheit, dieselbe nicht zu respektieren. Sie lief jetzt geschäftig im Zimmer umher, schmerzhaft, aber stoisch auf ihren hohen Absätzen balancierend, räumte bei jedem Gast einzeln die leeren Tassen und Teller ab und hatte für jeden eine höflich gemurmelte Floskel. Wexford beobachtete die Blicke, mit denen jeder ihrer Besucher sie bedachte: der ihrer Mutter einfach bloß kummervoll, Pertwees voll tief empfundener Zuneigung, Bardsleys unstet und zwiespältig, während die verhinderte Braut sich vorbeugte und mit vorgeschobenem Kinn kopfnickend ihre entschlossene Parteinahme kundtat.

»Hatte Ihr Mann ein Bankkonto, Mrs. Hatton?«, fragte Burden, als sie an seinem Sessel vorbeikam.

Die Sonne schien ihr voll ins Gesicht, zeigte jeden Pinselstrich, jedes Körnchen ihres Make-ups, vertrieb aber zugleich jeglichen Ausdruck daraus. Sie nickte. »Bei der Midland-Bank«, sagte sie.

»Ich würde gern seine Einzahlungsnachweise sehen.«

»Warum das denn?«

Die giftig aufgebrachte Stimme gehörte Pertwee. Wexford ignorierte ihn und folgte der Witwe zur Anrichte hinüber, wo sie aus einer der Schubladen ein längliches cremefarbenes Heft zog. Er reichte es an Burden weiter und fragte scheinbar zusammenhangslos:

»Wann hat Ihr Mann seine falschen Zähnc bekommen, Mrs. Hatton?«

Pertwees kaum unterdrücktes »Scheißschnüffler!« ließ sie zusammenzucken, und sie warf einen verzweifelten Blick über die Schulter zurück. »Die hatte er schon immer. Schon seit er zwanzig war«, sagte sie.

»Diese jetzigen Prothesen?«

»Oh, nein. Die waren neu. Er war deswegen bei Mr. Vigo, etwa vor einem Monat.«

Wexford nickte und warf einen Blick über Burdens Schulter in das Einzahlungsheft. Und was er dort sah, verblüffte ihn mehr als Hattons gesamte Verschwendungssucht. Etwa drei Viertel der Blätter des Heftes waren herausgerissen worden und bis auf drei auch sämtliche Kontrollabschnitte.

Das Datum auf dem letzten der übrig gebliebenen Kontrollabschnitte war April, und bei dieser Gelegenheit hatte Hatton die bescheidene Summe von fünf Pfund und vier Pence auf sein Bankkonto eingezahlt.

»Das war der vierte Rang im Toto«, sagte Mrs. Hatton mit einem unterdrückten Schluchzer.

Auf den beiden anderen Abschnitten war jeweils die Summe von zwei Pfund eingetragen.

»Mrs. Hatton«, sagte er und winkte sie in eine Ecke des Zimmers, »der Sinn dieser Kontrollabschnitte in einem

Einzahlungsheft besteht darin, dass der Kontoinhaber einen ständigen Überblick hat über die Geldbeträge, die er bei der Bank eingezahlt hat. Können Sie mir erklären, weshalb Mr. Hatton sie herausgerissen hat? Sie müssen doch in der Bank entweder von Mr. Hatton selbst ausgefüllt worden sein oder von dem Kassierer, der ihn bedient hat.«

»Es ist mir ein Rätsel. Charlie hat mit mir nie über Geld gesprochen. Er hat immer gesagt …« Sie schluchzte erneut, und eine Träne rann durch das Make-up. »Er hat immer gesagt: ›Zerbrich du dir nicht den Kopf darüber. Als wir geheiratet haben, da hab ich dir versprochen, ich würde dir alles geben, was du willst, und das werde ich auch tun. Sag mir, was du willst, und du kriegst es.‹« Sie neigte den Kopf und begann zu schluchzen. »So was wie Charlie gibt's nur einmal unter Millionen. Er hätte mir den Mond vom Himmel geholt, wenn ich's verlangt hätte.« Das Mädchen Marilyn stand auf und legte die Arme um ihre Freundin. »Oh, Charlie, Charlie …!«

Die Schublade stand offen, und sichtbar obenauf lag Hattons Scheckbuch. Wexford blätterte es durch und stellte fest, dass Hatton am 22. Mai fünfundzwanzig Pfund für die Lampe bezahlt hatte. Dreißig Pfund waren an die Firma Lucrece Ltd., High Street, Kingsmarkham, gezahlt worden (die Ausstattung seiner Frau für Pertwees Hochzeit?) und weitere dreißig in derselben Woche, der letzten Maiwoche, an Excelsior Electrics, Stowerton (Pertwees Plattenspieler?).

Dann kamen drei leere Abschnitte und schließlich einer über eine Barauszahlung von fünfzig Pfund. Einen Abschnitt für Vigo, den Zahnarzt, gab es nicht. Hatton musste seine Zähne bar bezahlt haben.

Er legte die Hefte in die Schublade zurück und wartete ab, bis Mrs. Hatton sich wieder gefangen hatte. Ihre Mutter und ihr Bruder hatten sich in die Küche verzogen, von wo Wexford ihr gedämpftes Flüstern und ein ebenso gedämpftes, dem Trauerfall angemessenes Tassenklappern hören konnte.

Das Augen-Make-up der Witwe war in Marilyn Thompsons Taschentuch hängen geblieben. »Ich klappe immer wieder zusammen«, sagte sie, »ich kann einfach nicht aufhören.«

»Na ja, aber bedenke mal, was du auch durchgemacht hast, Liebes.«

»Ich weiß gar nicht, was ich ohne euch beide machen würde.«

Pertwee sagte nichts, aber sein kläglicher und zugleich kämpferischer Gesichtsausdruck war so absurd in seiner Intensität, dass es Wexford fast rührte. Er fragte ganz nebenbei: »Sagt Ihnen der Name McCloy etwas, Mr. Pertwee?«

Dass der Name Mrs. Hatton nichts, aber auch gar nichts sagte, das war ihm sofort klar. Bei Pertwee und dem Mädchen war er nicht so sicher. Letztere schob die Unterlippe vor, und ihre Lider flatterten. Sekundenlang war sie nichts als ein kleines, ängstliches Tier, das nach einer Höhle suchte, um sich verkriechen zu können. Pertwee war rot geworden, möglicherweise aber nur aus Ärger über Wexfords Hartnäckigkeit.

»Kommt mir irisch vor«, war alles, was er sagte.

»Kommt er Ihnen nicht auch bekannt vor?«

»Mir nicht, ich kenne keinen McCloy. Nie von ihm gehört.«

»Merkwürdig immerhin, dass Sie am Freitag im *Dragon* mit Ihren Freunden über diesen Mr. McCloy gesprochen haben. Ist er ein Einheimischer?«

»Ich sag Ihnen doch, ich hab nie von ihm gehört.« Pertwee biss sich auf die Lippen und blickte auf seine Knie hinunter. Wexford beobachtete, wie er nach der Hand des Mädchens tastete, aber sie war mit Mrs. Hatton beschäftigt, tupfte ihr das Gesicht ab und strich ihr übers Haar. Im Stich gelassen, fuhr die Hand über Pertwees Stirn und grub sich in die fettige schwarze Haartolle. »Können Sie uns nicht endlich in Ruhe lassen?«, bat er seufzend, und wieder musste Wexford machtlos mit ansehen, wie sich der Mann hinter dem undurchdringlichen Schutzschild der Trauer versteckte. »Ich habe nie gewusst, was bei Lastern vor sich ging«, sagte er. »Ich war nicht Charlies einziger Freund. Er hatte Hunderte von Freunden. Fragen Sie Jim Bardsley, fragen Sie Cullam.« Pertwees Augen waren trübe und leblos. »Soll doch jemand anders sein Andenken mit Dreck besudeln.«

Jim Bardsley hatte sich eine Schürze um den Bauch gebunden. Er stellte das Geschirr fort und bewegte sich dabei übertrieben vorsichtig in der Küche umher, so als fürchte er, allein seine Berührungen könnten den strahlenden Glanz des Neuen zerstören oder beflecken, der über der gesamten Ausstattung lag. Die Hattonsche Wohnung und die Cullamsche hatten eines gemeinsam, nämlich eine automatische Waschmaschine. Mrs. Hatton aber besaß noch eine Menge anderer Sachen außer Mixern, elektrischem Büchsenöffner, Dampfbügeleisen sowie dem riesigen dunkelroten Kühlschrank und einem in Augenhöhe eingebauten kombinierten Koch-, Back- und Grillgerät.

»Sie transportieren all solche Geräte, nicht wahr, Mr. Bardsley?«, fragte Burden. »Ich nehme an, Mr. Hatton hat die Sachen hier zum Einkaufspreis bekommen.«

»Allerdings«, meinte Bardsley reserviert.

»Bügeleisen, Elektroöfen und so weiter, war das die Ladung, die Sie eingebüßt haben, als Mr. Hattons Lastwagen überfallen wurden?« Bardsley nickte unglücklich. »Sie waren aber doch bestimmt versichert?«

»Nicht beim zweiten Mal, nicht im März, als sie bei Stamford zuschlugen. Da musste ich den ganzen Verlust selbst tragen.« Bardsley nahm die Schürze ab und hängte das Geschirrhandtuch auf, welches – sehr beziehungsreich in dieser Wohnung – die Abbildung einer großen Pfundnote zeigte. »Hat mich ganz schön zurückgeworfen, das kann ich Ihnen sagen. Ich glaube, der arme alte Charlie war bloß froh, dass ich ihn nicht als Partner aufgenommen hatte. Stellen Sie sich mal vor, beide Male hat man den Lastwagen gefunden. War kein bisschen beschädigt, bloß die Ladung weg, das war alles. Beim zweiten Mal war Charlie auf einen Abstellplatz gefahren und überm Lenkrad eingeschlafen. Die Schufte haben ihm nichts getan, Gott sei Dank, bloß gefesselt und 'n Knebel in den Mund, weiter nichts.«

»Aber bei dem Mal davor ist er verletzt worden?«

»Kleine Gehirnerschütterung«, meinte Bardsley. »Zu sehen war kaum was, außer einer kleinen Platzwunde.«

»Haben Sie je den Namen McCloy gehört, Mr. Bardsley?«

»Nee, da klingelt bei mir nichts«, sagte Bardsley, und Burden glaubte ihm. »Stellen Sie sich mal vor«, fuhr er fort, »ich hab dann mein eigenes Zeug hier auf dem Wochenmarkt wieder entdeckt. Ich wusste, dass es meins war, aber beweisen konnte ich's doch nicht. Sie wissen ja, wie diese Marktbudenmieter sind, die kennen sämtliche Tricks.« Er kratzte sich am Kopf. »Aber ich war wohl 'n bisschen zu neugierig damals, jedenfalls hab ich diesen Stand seitdem hier nicht mehr gesehen.«

»Wenn Sie ihn wieder sehen, Mr. Bardsley, dann kommen Sie sofort zu uns. Lassen Sie sich auf keinen Streit ein, kommen Sie direkt zu uns.«

»Okay«, sagte Bardsley, wenn auch ohne Hoffnung. Er betrachtete nachdenklich das bedruckte Geschirrhandtuch, als Burden ihn verließ. Gäbe es die Möglichkeit, es in Papier zu verwandeln, seine Größe zu reduzieren und es vielfältig zu reproduzieren, ja, dann wäre er ein glücklicher Mann.

»Vor allem möchte ich erst mal wissen, wie viel genau sich auf diesem Konto befindet«, sagte Wexford.

Der Filialleiter der Bank wurde pedantisch exakt. »Ganz genau sechshundertundneun Pfund, vier Shilling und sieben Pence.«

»Ich nehme an, das ist ein Girokonto? Er hatte kein Sparkonto, oder?«

»Leider nein. Als Mr. Hatton anfing, große Summen einzuzahlen, da habe ich natürlich versucht, ihn zu überreden, ein Festgeldkonto zu eröffnen, wo der Zinssatz doch so günstig war, Sie verstehen. Fünf Prozent, wie Sie sicherlich wissen. Aber Mr. Hatton wollte nicht. ›Immer flexibel, Mr. Fünfprozent, das ist meine Devise!‹, sagte er in seiner witzigen Art zu mir.«

Der Filialleiter seufzte. »Ein sehr liebenswerter, amüsanter Mann, der arme Mr. Hatton. Einer der Besten.«

Nun ja, Ansichtssache, fand Wexford. »Was waren denn das für große Summen?«

»Also ... es ist zwar sehr unorthodox, aber wenn Sie darauf bestehen ...« Ein mächtiges Hauptbuch wurde geöffnet, und auf der Nase des Filialleiters erschien eine dicke Hornbrille. »Mr. Hatton eröffnete dieses Konto im November letzten Jahres«, fing er an, »und zwar mit einem Betrag von einhundert Pfund.« Die Zahlung für den ersten Raubüberfall auf den Lastwagen, dachte Wexford. Hübsche kleine Entschädigung für seine Gehirnerschütterung. »Danach kam bis zum Januar nichts weiter dazu, und dann erfolgten zwei separate Einzahlungen von je fünfzig Pfund.« Zwei weitere Raubüberfälle, von Hatton inszeniert, der die Fahrer in einem Rasthaus durch Poker abgelenkt hatte? Wexford war sehr zufrieden. Sämtliche Teilchen seines Puzzles fügten sich nahtlos ineinander. »Dann wurde wieder im März, am 15. März, ein weiterer Hunderter eingezahlt und danach dann wieder nichts mehr bis zum 22. Mai.«

Der Filialleiter hielt inne, und Wexford nahm sich vor festzustellen, ob während der vorletzten Maiwoche auf Hattons Fahrtroute auf der A 1 irgendwelche Lastwagen überfallen worden waren. Anscheinend kriegte Hatton einen Hunderter, wenn er persönlich beteiligt war, und einen Fünfziger, wenn ein anderer eins über den Schädel kriegte und im Straßengraben landete. So ein liebenswerter, amüsanter Mann!

»Wie viel?«, fragte er kalt.

Der Filialleiter rückte die Brille zurecht.

»Ah ... lassen Sie mal sehen ... Allmächtiger. Nein, das ist kein Irrtum. Also wirklich, darauf war ich nicht gefasst. Mr. Hatton hat tatsächlich am 22. Mai fünfhundert Pfund auf sein Girokonto eingezahlt.«

Wexford war sprachlos. Was um alles in der Welt war in Hattons Besitz oder Wissen, was fünfhundert Pfund wert war? Welche Ladung war für einen Dieb so wertvoll, dass eine derartige Belohnung für Hatton dabei heraussprang? Außerdem mussten mehrere Leute bei diesen Unternehmungen beteiligt sein: McCloy selbst, zwei oder drei Männer, um den Lastwagen zu kapern und den Fahrer außer Gefecht zu setzen, und dann noch Hatton. McCloy würde den Löwenanteil dessen, was die Ladung erbrachte, für sich beanspruchen, und wenn Hatton für sein Ablenkungsmanöver allein schon fünfhundert kriegte, dann waren die drei aktiven Ganoven doch mindestens fünfhundert pro Person wert. Viermal fünfhundert also, und wie viel für McCloy? Tausend? Zweitausend? Das deutete auf eine Fracht im Wert von vier- oder fünftausend Pfund hin. Mindestens. Denn McCloy würde auf dem Hehlermarkt nicht annähernd den wahren Wert der Ladung herausschlagen.

Es würde nicht schwer sein, das herauszufinden. Ein Raubüberfall dieses Kalibers würde bei der Polizei, in deren Distrikt er sich ereignet hatte, nicht so schnell vergessen sein. Er verstand gar nicht, weshalb er sich nicht selbst daran erinnerte. Das musste doch Schlagzeilen gemacht haben. Die vorletzte Woche im Mai, überlegte er ... Vermutlich hatte man nie jemanden drangekriegt für diese Sache. Ganz bestimmt jedenfalls nicht Hatton.

»Und danach?«, fragte er ruhig.

»Regelmäßige Einzahlungen von fünfzig Pfund wöchentlich während der letzten sechs Wochen.«

Wexford hatte Mühe, seine Verblüffung zu verbergen. »Aber keine großen Beträge mehr?«

»Nein, keine großen Summen mehr«, bestätigte der Filialleiter.

Es lag auf der Hand, was passiert war. Hatton hatte seine Jobs für McCloy erledigt, und der Letzte war spektakulär gewesen, äußerst spektakulär – womöglich mit schwerer Körperverletzung und Tod verquickt? Warum, zum Teufel, konnte *er* sich nicht drauf besinnen? Und dabei hatte Hatton dann einen schwachen Punkt in McCloys Absicherungssystem entdeckt und angefangen, ihn zu erpressen. Eine einmalige Summe am 22. Mai und dann fünfzig Pfund pro Woche.

Musste recht angenehm gewesen sein, solange es dauerte, dachte Wexford ziemlich moralwidrig. Was erweckte bei einem armen Mann auch größere Begeisterung als ein plötzlicher Zufluss unverdienten Geldes aus einer scheinbar unerschöpflich sprudelnden Quelle? Warum sollte Hatton es sich verkneifen, darin herumzuplätschern? Wexford fiel auf, dass Metaphern, die das Geld betrafen, häufig mit Wasser zu tun hatten – Finanzstrom, Pegel – und dass Geschäftsleute von Liquidität und flüssigem Geld redeten.

Er kam an die Kingsbrook-Brücke, blieb einen Augenblick am Geländer stehen und horchte auf das sanfte Glucksen und Schwatzen des Flusses. Wie immer plätscherte der Kingsbrook über seine Steine, aufgehalten hie und da durch Baumwurzeln oder wucherndes Kraut, letztlich aber ungehindert, immer in Bewegung, in der Sonne glitzernd, als funkelten Goldstücke unter seinen krausen kleinen Wellen.

Am Ufer dieses Wassers war Hatton seinem Tod begegnet. Weil eine Quelle, nicht so überströmend freigebig wie dieser Fluss, ausgetrocknet war?

8

»In diesem Bezirk gibt es bloß drei McCloys«, sagte Burden am nächsten Morgen. »Ich habe mit allen dreien gesprochen – durch und durch ehrliche, unauffällige Bürgersleute. In Pomfret waren es zwei Brüder, einer ist Lehrer an der Gesamtschule, der andere Laborassistent. James McCloy, hier in der Stadt ansässig, betreibt eine kleine, wenig erfolgreiche Dekorationsfirma.«

»Kleine Fische also?«, fragte Wexford, der noch immer an seine Wasser-Metaphern denken musste.

»Sehr kleine. Und nichts deutete drauf hin, dass da auch nur ein Penny unrechtmäßig verdient war. Aber ich habe das Firmenregister durchgesehen und bin auf etwas gestoßen, das immerhin ein bisschen hoffen lässt. Es gibt in London, in Deptford, eine Firma McCloy & Sons Ltd., und was glauben Sie, in welcher Branche die tätig sind?«

»Étonnez-moi«, meinte Wexford, wie einst Diaghilew zu Cocteau. Burden sah ihn misstrauisch an, also drängte er mit amüsierter Ungeduld: »Ich weiß es nicht, Mike, machen Sie's nicht so spannend.«

»Sie beschichten die Oberfläche elektrischer Hausgeräte.«

»Ach, wirklich?«

»Ich hab eine Anfrage nach London durchgegeben und warte darauf, dass sie zurückrufen. Wenn das auch nur irgendwie Erfolg versprechend ist, dann fahr ich rüber nach Deptford.«

»Während Sie warten«, sagte Wexford, »könnten Sie sich mal mit der Polizei in Stamford in Verbindung setzen, Stamford in Lincolnshire. Ich möchte bloß wissen, was tatsächlich passiert ist, als Hattons Lastwagen am 15. März überfallen wurde, und ob die irgendwelche McCloys in ihrem Bezirk haben.«

»Stamford, Sir? Gibt es da nicht 'ne Brücke, wo der arme alte Harold einen Sieg erfochten hat, bevor er bei Hastings auf die Nase fiel?«

»Das ist das falsche«, sagte Wexford, »dieses Stamford ist eine reizende, kleine, altertümliche Stadt aus grauem Stein, um die die A 1 inzwischen zum Glück einen Bogen macht. Bereits Shakespeare erwähnt sie: ... ein gutes Ochsengespann auf Stamfords Markt? – Sie können sie auch gleich mal fragen, ob sie Ende Mai einen schweren Raubüberfall hatten. Möglich, dass er nicht direkt in ihrer Nähe stattfand, aber das war so eine kapitale Sache, dass sie sehr wahrscheinlich davon gehört haben.«

Der Lift, das schöne, neue Spielzeug, hatte mittlerweile sein Gewicht viermal untadelig befördert, und Wexford zitterte jetzt kaum noch, wenn er ihn betrat. Während sich der Kasten gehorsam zum Erdgeschoss hinabsenkte, dachte er wieder über McCloys geheimnisvolles Bravourstück moderner Straßenräuberei nach. Er hatte alle Unterlagen über jenen Zeitraum durchgesehen und nichts gefunden. Jetzt wartete auch er auf den Anruf aus London, der für den Nachmittag angekündigt war. Scotland Yard würde ihn also erleuchten, nachdem sie dort ihre Archive befragt hatten. Aber wieso war die Sache weder ihm noch auch den Zeitungen zur Kenntnis gekommen?

Die Sergeants Camb und Martin unterhielten sich angeregt in der Halle, als er aus dem Lift trat. Er hüstelte hörbar.

»Wir sprechen gerade über die Ermittlungen im Fall Fanshawe, Sir«, beeilte sich Camb zu sagen.

»Ich dachte, die sind vertagt worden?«

»Der Untersuchungsrichter möchte die Sache jetzt wieder aufnehmen, aber ich habe ihm schon gesagt, dass wir nichts in der Hand haben. Ich bin dafür, auf jeden Fall abzuwarten, bis Mrs. Fanshawe sich weiter erholt hat.«

»Die ist schlimm dran, was?«, sagte Martin. Wie eine alte Frau in der Schlange im Supermarkt, dachte Wexford.

»Durch den Unfall ist sie nicht mehr richtig im Kopf, finde ich. Die ist jetzt ebenso wenig im Stande, vor Gericht zu erscheinen, wie vor sechs Wochen. Weiß Gott, ich kann's ihr nachfühlen. Ihr Mann tot und ihr einziges Kind auch. Es ist kein Spaß, kann ich Ihnen sagen, einer kranken Frau beibringen zu sollen, dass ihre Tochter tot ist, wenn sie hartnäckig drauf beharrt, die sei in Deutschland und sie lebte.«

»Vielleicht lebt sie ja wirklich«, meinte Wexford, mehr in der boshaften Absicht, den beiden einen Knüppel zwischen die Beine zu werfen, als aus Überzeugung. Er hatte den Namen Fanshawe bis obenhin satt. Schließlich halste er der uniformierten Abteilung ja auch nicht seine Probleme auf, und er sah nicht ein, weshalb er sich Cambs Gewäsch anhören sollte. »Vielleicht war das im Wagen ja jemand anders.«

»O nein, Sir, die Tante hat das Mädchen identifiziert.«

»Na schön, das ist *Ihr* Problem, Sergeant. *Sie* sind schließlich der Officer des Untersuchungsrichters.« Verdrießlich setzte er hinzu: »Wir haben alle unsere Probleme, und wir müssen so gut damit fertig werden, wie wir können.« Er schob die Tür auf und sagte über die Schulter: »Was glauben Sie eigentlich, was Sie da machen, Martin, Sie halten den Officer des Untersuchungsrichters von der Erfüllung seiner Pflichten ab! Wenn Sie Arbeit suchen, dann laufen Sie mal nach oben und sagen Sie Mr. Burden das Stichwort McCloy und dass ich jetzt unterwegs bin zum Zahnarzt.«

»Hoffentlich haben Sie nicht zu große Schmerzen, Sir?«

»Sie leben hinterm Mond, mein Lieber«, schmunzelte Wexford, »heutzutage geht man nicht mehr zum Zahnarzt, weil man Zahnschmerzen hat, man geht zum Nachschauen, sozusagen zur Inspektion.«

Es war ein zu schöner Tag, um mit dem Wagen zu fahren. Wexford ging bei Grovers Zeitungsladen über die Straße und bog in die York Street ein. Im Schaufenster von Joy Jewels ließ die Sonne die Strassketten und die kleinen Doublécolliers aufblitzen, und die Blätter der Platanen malten Schattenmuster aufs Straßenpflaster wie von Damasttüchern. Wenn man die Tankstelle und die kleinen Häuser, in denen auch George Carter wohnte, hinter sich gelassen hatte, dann lief die Straße nach und nach in einen ländlichen Fahrweg aus. Die sanft ansteigenden Hügel und die lockere Gruppierung der Bäume wirkten wie eine Schäferidylle. Ein Fremder würde wahrscheinlich verblüfft stehen bleiben, wenn er über die Hügelkuppe kam und unter sich den Ploughman's Lane liegen sah.

Im Laufe der Jahrhunderte waren im Ploughman's Lane gut zwei Dutzend Häuser erbaut worden, zuerst für den niederen Adel, für Witwen und Verwandtschaft der Gutsherren zum Beispiel; in jüngerer Zeit waren dann ähnlich herrschaftliche und großzügig gelegene Wohnsitze für die höheren Berufsstände entstanden. Von seinem Standort aus konnte Wexford die Dächer überblicken: der gelbe Fleck eines neuen Strohdaches ganz links, gute fünfzig Meter daneben rote Ziegel, dann mit Giebeln und Türmchen der graue Schiefer, der der viktorianischen Bourgeoisie so teuer gewesen war, und als Nächstes, halb versteckt zwischen den ausgebreiteten Armen einer schwarzen Zeder, das tief herabgezogene Teerdach eines zweigeschossigen Landhauses.

Wexford ging rasch bergab, froh über den Schatten, den die dichter werdenden Bäume spendeten. Aus der Tamariskenhecke des Landhauses kam ein Bentley angerauscht, beschleunigte herausfordernd und drängte ihn im Vorbeifahren platt gegen die Hecke.

»Und wenn ich durch Zufall 'nen Wicht überfahr«, zitierte Wexford,

»ich zahl für den Schaden, zahl alles in bar.
Denn Geld zu haben, ist köstlich, fürwahr …«

Allmächtiger Gott, er wurde schon genauso schlimm wie Maurice Cullam! Er hatte sich die Nummer des Bentley gemerkt. Hübsche Autos besaßen die Leute hier in der Gegend. Vor der gotischen grauen Schiefervilla stand ebenfalls ein Bentley, daneben ein schicker gelber Cortina.

Eheliche Eintracht, dachte Wexford und grinste in sich hinein. Sogar die Autos der Ehefrauen hatten hier Format. Keine Minis und keine Klapperkisten aus zweiter oder dritter Hand. Aber Frauen würden nie gleichberechtigt sein, überlegte er und war glücklich über diese neu entdeckte profunde Theorie, solange nicht der Tag kam, an dem die Männer es nicht mehr für naturgegeben hielten, dass ihre Frauen jeweils den kleineren Wagen hatten. Und das taten sie immer, egal, wie reich sie waren; egal übrigens auch, ob die Frauen reicher oder größer waren als ihre Männer. Er suchte in Gedanken nach einer Ehefrau, die einen größeren Wagen fuhr als ihr Mann, aber ihm fiel keine ein. Nicht, dass ihm sonderlich daran gelegen war, dass die Frauen gleichberechtigt wären. Was das betraf, so war er ganz zufrieden mit dem Status quo.

Aber dass ihm eine neue und obendrein universale Wahrheit aufgegangen war, amüsierte ihn doch, und er grübelte weiter darüber nach, bis er vor dem Haus von Jolyon Vigo anlangte.

Das hoch gewachsene dunkelhaarige Mädchen stieg aus dem Londoner Zug, und als sie im Bahnhof Stowerton durch die

Sperre ging, fragte sie die Frau, die dort die Fahrkarten einsammelte, wo sie ein Taxi finden könne.

»Es gibt hier nur eins. Aber um diese Tageszeit ist es wohl kaum unterwegs. Vielleicht haben Sie Glück. Oja, da seh ich es, dort am Stand.«

Sie blickte dem Mädchen nach, wie es forsch die Treppe hinunterlief. Sehr selten kamen hier in Stowerton so schicke und so herausfordernd selbstsichere Frauen an, nicht mal aus London und auch nicht im Hochsommer. Die Kontrolleurin, die selbst gerade eine neue Dauerwelle hatte machen lassen, fand das extrem kurze, geometrisch geschnittene Haar des Mädchens scheußlich. Sie sah damit aus wie ein Junge oder wenigstens wie Jungen früher auszusehen pflegten, als die Männer noch ein bisschen Selbstrespekt besaßen und zum Friseur gingen. Außerdem war sie flachbrüstig und nichts als Haut und Knochen, eine Stange von oben bis unten. Aber zugegeben, dieser Typ gab einen guten Kleiderständer ab. Sie trug ein Kostüm, das von der Farbe und Gewebeart eines Sackes war, ein irgendwie fremdartig wirkendes Kostüm mit diesen geknöpften Taschen, aber die Kontrolleurin hätte wetten können, dass es mindestens vierzig Pfund gekostet hatte. Irgendwie war es nicht gerecht, dass ein junges Ding von – na, wie alt konnte sie sein, dreiundzwanzig, vierundzwanzig? – vierzig Pfund rauswerfen konnte für so ein bisschen Sackstoff. Geld macht's halt, dachte sie. Geld machte auch dieses hochnäsig aufgereckte Kinn, die untadelige Haltung, den Gang und diese arrogante Stimme.

Das Mädchen ging auf das Taxi zu und sagte zu dem Fahrer:

»Würden Sie mich bitte zum Royal Hospital fahren?«

Als sie beim Krankenhaus angekommen waren, öffnete sie ihre braune Nappaledertasche, um ihn zu bezahlen, und er sah, dass sie außer englischem Geld ein paar merkwürdig aussehende ausländische Scheine in ihrer Brieftasche hatte. Halbwegs hoffte er, sie würde ihm versehentlich einen davon geben, sodass er eine Szene machen konnte, aber sie tat es nicht. Er schätzte sie als knallhartes junges Ding ein, das genau wusste, was es wollte. Obgleich sie hier fremd war, ging sie schnurstracks auf die Pförtnerloge zu, wie er beim Wenden sehen konnte.

»Können Sie mir sagen, wo es zur Privatstation geht?«

»Immer geradeaus, Madam, und dann sehen Sie ein Schild mit einem Pfeil.« Der Pförtner nannte sie Madam, weil sie nach dem Weg zur Privatstation gefragt hatte. Hätte sie etwa nach der Station V gefragt, dann hätte er ihr erklärt, Besuche am Vormittag seien auf den allgemeinen Stationen verboten, und weil er sich gern wohlwollend gab, hätte er sie vielleicht ›meine Liebe‹ genannt. Andererseits konnte man sich bei einer wie der nicht vorstellen, dass sie nach einer allgemeinen Station gefragt hätte. Sie war eine Dame, jawohl, eine richtige kleine Dame.

Schwester Rose war spät dran mit Bettenmachen am Dienstagmorgen. Gegen neun hatte sie Mrs. Goodwin versorgt und war noch auf einen kleinen Schwatz geblieben. Bei diesen Privatpatientinnen war man halbwegs Kammerzofe, und wenn sie wollten, dass man ihnen die Fingernägel lackierte, dann blieb einem nichts übrig, als zu gehorchen. Trotzdem, sie wäre schon ein gutes Stück weiter gewesen, wenn nicht diese Polizisten wieder aufgetaucht wären, um der armen Mrs. Fanshawe noch mehr Fragen zu stellen. Und natürlich konnte sie Mrs. Fanshawes Bett nicht machen, während die da herumlungerten. Es wurde beinahe zwölf, bis sie die arme verwirrte Kreatur in einen Sessel bugsieren und die Bettwäsche abziehen konnte.

»Es kann doch eine Woche dauern, bis ein Brief in Deutschland ankommt, nicht wahr?«, fragte Mrs. Fanshawe. Sie nahm ihre Ringe ab und machte sich einen Spaß daraus, das reflektierende Sonnenlicht direkt in Schwester Roses Augen blitzen zu lassen.

»Na, mindestens«, sagte Schwester Rose und blinzelte. »Da machen Sie sich mal keine Sorgen.«

»Ich hätte lieber ein Telegramm schicken sollen. Ja, ich glaube, Sie sollten eins für mich aufgeben.«

Gebranntes Kind scheut das Feuer, dachte Schwester Rose. Sie würde Mrs. Fanshawe diesen Gefallen nicht tun. Man brauchte der nur den kleinen Finger zu reichen, und schon war man den ganzen Tag nichts anderes als Laufbursche für Mrs. Fanshawe. In der Stadt herumzurennen und blödsinnige Telegramme abzuschicken an ein Mädchen, das gar nicht existierte!

»Soll ich Ihnen die Haare bürsten?«, fragte sie und schüttelte die Kissen auf.

»Vielen Dank, meine Liebe. Sie sind ein gutes Mädchen.«

»Also, dann ab ins Bett! Oh! Sie sind ja leicht wie eine Feder. Aber lassen Sie nicht Ihre wunderschönen Ringe auf dem Tisch liegen.«

Schwester Rose ist wirklich sehr hilfsbereit gewesen, dachte Mrs. Fanshawe. Sie machte keinen besonders intelligenten Eindruck, war aber die Einzige, die nicht auf diesem Unsinn beharrte, Nora sei tot. Und wie sie sie um diese Ringe beneidete! Merkwürdiges kleines Ding … Wenn Nora käme, würde sie sie mal in die Wohnung schicken und sie dieses Strassdings rauskramen lassen, das sie mal aus einer Laune heraus bei Selfridge gekauft hatte. Es war nicht mehr wert als dreißig Shilling, aber das wusste Schwester Rose ja nicht. Ja, sie nahm sich fest vor, es Schwester Rose zu schenken.

Sie lehnte sich behaglich zurück und ließ sich das Haar bürsten.

»Während Sie mir mein Mittagessen holen«, sagte sie, »werde ich mir überlegen, wie ich das Telegramm abfasse. Ach, und Sie können mal die Karte meiner Schwester wegtun. Die geht mir auf die Nerven.«

Froh wegzukommen, schoss Schwester Rose aus dem Zimmer, den Beutel mit schmutziger Bettwäsche hinter sich herzerrend, und prallte auf dem Gang fast mit einem großen, dunkelhaarigen Mädchen zusammen.

»Können Sie mir sagen, wo ich Mrs. Dorothy Fanshawe finde?«

»Die ist hier drinnen«, sagte Schwester Rose. Solche Schuhe, wie das Mädchen sie trug, hatte sie noch nie gesehen. Sie waren aus braunem Kalbsleder mit einem kupfernen Birkenblatt über dem Spann, und ihre Form war so ungewöhnlich und exotisch, dass Schwester Rose glaubte, es müsse der letzte Modeschrei sein. In Stowerton hatte sie solche Schuhe noch nie gesehen, und übrigens, so glaubte Schwester Rose, würde es sie selbst in London nicht geben. »Aber Mrs. Fanshawe bekommt jetzt gleich ihr Mittagessen«, sagte sie.

»Ich nehme an, es macht keine Schwierigkeiten, damit noch zehn Minuten zu warten.«

Dir bestimmt nicht, dachte Schwester Rose entrüstet, wer immer du auch bist. Aber sie konnte diese Traumschuhe doch nicht ohne Kommentar entschwinden lassen, und so sagte sie impulsiv: »Ich hoffe, Sie nehmen mir meine Frage nicht übel, aber ich finde Ihre Schuhe einfach toll. Wo haben Sie die her?«

»Ein Kompliment tut niemandem weh«, erwiderte das Mädchen kühl. »Es sind italienische, aus Florenz, aber gekauft habe ich sie in Bonn.«

»Bonn? Bonn ist in Deutschland, ja? Ooh ... Sie sind doch nicht etwa ... Sie können doch nicht Nora sein?! Sie sind *tot!*«

Am Morgen hatte Wexford Justice Shallow zitiert, und jetzt, da er Jolyon Vigos Haus betrachtete, fand er, dies sei genau das Ambiente, in dem auch Shallow gelebt haben konnte. Schon zu Shakespeares Zeiten musste das hier ein älterer Bau gewesen sein, ein solides schwarz-weißes Fachwerkhaus, ein Wohnsitz von zeitloser Schönheit, dessen Stil und Eleganz sich auch auf seinen jeweiligen Besitzer zu übertragen schienen. Eine Kletterrose mit seidigen gelben Blüten rankte sich über die schwarz gestreifte Giebelwand und schmiegte sich an die üppigen Tudorrosen, die vor langer Zeit von einem Künstler in das Eichenholz geschnitzt worden waren. Zu beiden Seiten des Plattenweges waren kunstvolle Beete angelegt, mit niedrigen Hecken und winzigen Blumenbüschen. Das Ganze wirkte so akkurat, so unnatürlich, dass Wexford fast den Eindruck hatte, die Blumen seien auf die Erde gestickt worden.

Eine Wagenremise aus einer etwas späteren Epoche diente als Doppelgarage. Unter ihrem Giebel war eine Sonnenuhr und seitlich ein kleiner Aussichtspavillon. Die Garagentür stand offen – die einzige Spur von Unordnung weit und breit –, und drinnen sah Wexford zwei Wagen. Wieder amüsierte es ihn, seine Beobachtung bestätigt zu sehen, die er allmählich als ›Lex Wexford‹ betrachtete. Eine Frau öffnete soeben die Tür eines blassblauen Minor. Sie schlug sie geräuschvoll zu, und mit einem Kind auf dem Arm quetschte sie sich zwischen dem kleinen und dem großen Wagen hindurch, einem riesigen blaugrünen Plymouth mit Heckflossen.

Der Ausdruck ›Frau mit Kind‹ suggerierte irgendwie eine Bäuerin und ein in Tücher gehülltes Kind. Als Wexford sie näher in Augenschein nahm, fand er ›Dame mit Baby‹ passender.

»Was wünschen Sie?«, fragte sie in dem spitzen Tonfall der

einheimischen *upper class.* Bevor sie hinzufügen konnte, was sie offenbar im Sinn hatte, nämlich dass sie nie etwas an der Tür kaufe, stellte er sich eilig vor und fragte nach ihrem Mann.

»Der ist in der Praxis. Gehen Sie dort durch die Pergola nach hinten.«

Verwundert, wie jemand so etwas ohne eine Spur von Beklommenheit oder wenigstens Humor sagen konnte, betrachtete Wexford sie von oben bis unten. Sie war eine nichts sagende junge Frau, dünn und dunkelhaarig, mit einem abgezehrten Gesicht. Sie legte das Baby in einen Kinderwagen und schob es den Plattenweg entlang. Der kleine Junge war kräftig und hübsch, hatte blaue Augen und blondes Haar. Er sah aus, als habe er durch seine Geburt alle Kraft seiner Mutter erschöpft und sie wie eine verbrauchte Hülse übrig gelassen. Wexford musste an einen Schmetterling denken, frisch und lebendig, der aus einem vertrockneten Kokon geschlüpft war.

Er wusste nicht ganz genau, was eine Pergola war, aber als er darauf zuging, gab es keinen Zweifel mehr, und innerlich schmunzelnd stieg er eine Steinstufe hinab und tauchte in einen grünen Tunnel ein. Die Bäume, deren Zweige über seinem Kopf zusammentrafen und sich ineinander verwoben, waren Apfel- und Birnbäume, und überreich hingen bereits die kleinen grünen Früchte herab. Der Laubengang führte zu ein paar Gewächshäusern und zu einem ehemaligen Stallgebäude, das in eine Praxis umgewandelt worden war. Inmitten dieser grünen Zauberwelt wirkte das Schild mit den Sprechzeiten des Zahnarztes geradezu wie ein Stilbruch. Wexford hob den Riegel der zweigeteilten Pferdestalltür und trat ins Wartezimmer.

Ein hübsches Mädchen in weißem Kittel kam zu ihm heraus, und er sagte ihr, dass er angemeldet sei. Dann setzte er sich hin, und da er für *Elle* oder *Nova* nichts übrig hatte, sah er sich ein bisschen um. Merkwürdig, sich Charlie Hatton in diesem Raum vorzustellen, und Wexford fragte sich, warum er wohl nicht zu dem Zahnarzt in der Stadt gegangen war. An diesen Wänden hier hingen nicht die üblichen Plakate, die den jungen Müttern nahe legten, während der Schwangerschaft Milch zu trinken und ihre Kleinen zweimal jährlich zur Vorsorgeuntersuchung zu bringen. Ebenso wenig gab es Hinweise über eine Behandlung auf Kassenschein. Und sich hier einen Patienten mit dicker Backe vorzustellen, erschien ihm geradezu absurd.

Die Tapete an den Wänden hatte ein altmodisches Streifenmuster, und die wenigen Polstermöbel sahen aus wie echte Antiquitäten. Die Vorhänge waren aus dunklem Chintz mit einem Medaillon-Dessin. Ein kleiner Kronleuchter fing die Sonnenstrahlen ein und warf ein Muster aus regenbogenfarbenen Punkten an die Decke. Wexford fand, das hier sei eingerichtet wie das Wohnzimmer eines Menschen mit sicherem Geschmack. So etwas gab es in Kingsmarkham dutzendweise. Aber dies war ja nur das Wartezimmer eines Zahnarztes, und er überlegte, wie dann wohl der Rest des Hauses aussähe. Er würde sich überraschen lassen. Er bewunderte eben ein kunstvolles Blumenarrangement, staunte, wie raffiniert ein Jasminzweig so gesteckt war, dass er anmutig aus der Vase heraus über den Konsolentisch hing, als das Mädchen wieder erschien und meldete, Mr. Vigo ließe jetzt bitten.

Wexford folgte ihr ins Sprechzimmer.

Hier gab es nichts Außergewöhnliches, bloß die übliche Einrichtung eines Behandlungszimmers mit hydraulischem Stuhl und diese modernen Apparate mit Schläuchen und Kabeln. Eisblaue Fensterblenden waren herabgelassen, um die Mittagssonne auszusperren.

Vigo stand neben einem der Fenster und hantierte mit ein

paar Instrumenten in einer Metallschale, und als Wexford eintrat, blickte er nicht mal auf. Wexford lächelte spöttisch in sich hinein. Diese Pose ständiger Überraschung und voller Inanspruchnahme kannte er, es war typisch für manche Ärzte und Zahnärzte und gehörte zu ihrem Persönlichkeitskult. Gleich würde Vigo über die Schulter blicken, Überraschung heucheln und sich hastig dafür entschuldigen, dass er mit Dingen beschäftigt sei, die über den Verstand eines Polizisten hinausgingen.

Der Zahnarzt hatte einen wohlgeformten Löwenkopf mit blonder Mähne. Sein Kinn war ausgeprägt und ein wenig vorstehend, der Mund schmal.

Eines Tages, wenn er alt war, würde er ein Nussknackergesicht haben, aber das war noch lange hin. Er schien zu rechnen, und als er damit fertig war, reagierte er genauso, wie Wexford es erwartet hatte.

»Bitte entschuldigen Sie, Chief Inspector. Eine kleine Sache, die keinen Aufschub duldete. Ich höre, Sie möchten mit mir über den verstorbenen Mr. Hatton sprechen? Ich habe vor dem Mittagessen keine Patienten mehr, wollen wir da nicht ins Haus hinübergehen?«

Er zog seinen weißen Kittel aus. Darunter trug er einen schieferblauen Anzug aus Tussahseide, dessen Schnitt, Material und Farbe für seine Größe und seine breite, muskulöse Brust nicht maskulin genug waren. Er hatte die Figur eines internationalen Rugbystars, und Wexford, der immerhin eins fünfundachtzig maß, kam sich neben ihm klein vor.

Wexford ging hinter ihm her durch den Laubengang, und sie betraten das Haus durch eine Glastür vom Garten her. Es war, als beträte man ein Museum. Wexford blieb ganz benommen stehen. Er hatte schon von chinesischen Salons gehört, von chinesischem Chippendale, aber gesehen hatte er noch nie ein Zimmer, das völlig in diesem Stil eingerichtet war. Die Leuchtkraft seiner Farben ließ den bunten Garten draußen fahl erscheinen. Seine Füße versanken in einem Teppich, dessen Blau- und Beigetöne einen Sommerhimmel heraufbeschworen, und auf Vigos Geheiß ließ er sich vorsichtig in einen Sessel mit gelbem Satinpolster und gespreizten Drachenfüßen sinken. Der Zahnarzt bewegte sich selbstsicher und gelassen zwischen Vitrinen und Tischchen, die mit Porzellan und Jade vollgestellt waren, und blieb mit einem angedeuteten Lächeln auf den dünnen Lippen unter einem Rollbild mit roten Fischen stehen.

»Ich weiß nicht recht, was Sie mich bezüglich Mr. Hattons Zähnen fragen wollen«, sagte er. »Er hatte gar keine eigenen Zähne mehr.«

Wexford war hergekommen, um seine Ermittlungen zu führen, aber einen Augenblick lang brachte er das nicht fertig. In dieser Umgebung über falsche Zähne reden? Sein Blick fiel auf ein Schachspiel, das in einer Ecke des Zimmers aufgestellt war. Auf dem Tischchen standen zwei Armeen, eine aus Elfenbein, eine aus roter Jade, und die Bauern waren zu Pferde, die weißen mit Speeren bewaffnet, die roten mit Pfeil und Bogen. Eine der roten Springerfiguren, ein Ritter auf schabrackengeschmücktem Ross, hatte ein geradezu zeitgenössisches westliches Gesicht, ein grobes, scharfes Gesicht, das auf absurde Weise an Charlie Hatton erinnerte. Und es grinste Wexford an, schien ihn zu drängen, zur Sache zu kommen.

»Das wissen wir, Mr. Vigo«, sagte er und musste sich zwingen, den Blick von der Figur abzuwenden und ihn auf ein eierschalendünnes Porzellanservice für Jasmintee zu heften. »Was uns verwundert, ist, dass ein Mann mit seinem Einkommen sich ein derartig kostspieliges Gebiss geleistet hat.«

Vigos Lachen war jungenhaft und anziehend, aber er verstummte abrupt und schüttelte den Kopf. »Eine Tragödie, nicht wahr? Haben Sie schon eine Ahnung, wer das …? Aber nein, so was darf ich wohl nicht fragen.«

»Ich habe nichts dagegen, dass Sie das fragen. Nein, wir haben noch keine Ahnung. Ich komme zu Ihnen, weil ich Sie bitten möchte, mir alles über Mr. Hatton zu erzählen, was Sie wissen, ganz besonders, was Sie vielleicht über die Quellen seiner Einkünfte wissen.«

»Ich weiß nur, dass er einen Lastwagen fuhr.« Sichtlich stolz genoss Vigo noch immer die staunenden Blicke seines Gastes. »Nun ja, ich verstehe, was Sie meinen. Es hat mich auch verwundert. Viel weiß ich nicht, aber ich werde Ihnen erzählen, was ich kann.« Er trat an eine Vitrine, deren Türgriffe zu langen, geschwungenen Drachenschwänzen geformt waren. »Leisten Sie mir Gesellschaft bei einem Sherry als Aperitif?«

»Nein danke, lieber nicht.«

»Schade.« Vigo drängte nicht weiter, goss sich selbst aber ein Glas Manzanilla ein und setzte sich ans Fenster. Es ging auf einen schattigen Innenhof hinaus, in dessen Mitte sich ein Planetarium auf einem Steinsockel befand. »Mr. Hatton kam Ende Mai zu mir in die Sprechstunde. Vorher war er noch nie Patient bei mir gewesen.«

Ende Mai. Am 22. Mai hatte Hatton fünfhundert Pfund auf sein Bankkonto eingezahlt, zweifellos sein Anteil an der Beute des mysteriösen Raubüberfalls.

»Ich kann Ihnen das genaue Datum sagen, da ich nachgesehen habe, ehe Sie kamen. Es war Dienstag, der 21. Mai. An dem Tag rief er mich um die Mittagszeit an, und zufällig hatte ich gerade eine Absage und konnte ihn beinahe sofort kommen lassen. Er hatte schon Zahnprothesen, seit er zwanzig war, sehr schlecht sitzende Dinger übrigens. Er fühlte sich gehemmt deswegen und wollte neue haben. Ich fragte ihn, wodurch er seine eigenen Zähne verloren hätte, und er gab als

Grund Paradentose an. Mittlerweile kannte ich seine Lebensumstände ein wenig – mindestens wusste ich, was sein Beruf war –, und ich fragte ihn, ob er sich bewusst sei, dass das für ihn beträchtliche Ausgaben bedeuten würde. Er sagte, Geld spiele dabei keine Rolle – genau das waren seine Worte – und er wolle die teuersten Zähne, die ich beschaffen könne. Wir kamen schließlich auf eine Summe von zweihundertfünfzig Pfund, und er war damit vollkommen einverstanden.«

»Das muss Sie doch überrascht haben.«

Vigo nippte nachdenklich an seinem Sherry. Er berührte eine der Schachfiguren, einen zinnenbewehrten Turm, und streichelte sie voller Stolz. »Ich war auch erstaunt. Und ich sage Ihnen ganz ehrlich, dass mir sogar ein bisschen mulmig dabei war.« Er ließ sich nicht weiter aus über dieses mulmige Gefühl, und Wexford dachte, er hatte wahrscheinlich befürchtet, die zweihundertfünfzig Pfund würden nicht gezahlt werden. »Wie auch immer, Anfang Juni wurden die Prothesen angefertigt und angepasst. Vor etwa einem Monat ist das gewesen.«

»Wie hat Mr. Hatton Sie bezahlt?«

»Oh, er zahlte in bar, er bezahlte mich am gleichen Tag, bestand darauf, es zu tun. Das Geld bestand aus Fünfpfundnoten, die ich sofort bei meiner Bank eingezahlt habe. Chief Inspector, ich verstehe, worauf Sie hinauswollen, aber ich konnte den Mann ja schließlich nicht fragen, woher er sein Geld hatte, nicht wahr? Bloß, weil er in seiner Arbeitskleidung hier ankam und weil ich wusste, dass er Lastwagenfahrer war? Das konnte ich doch nicht machen.«

»Haben Sie ihn danach noch wieder gesehen?«

»Er kam noch einmal zur Kontrolle. Ach ja, und ein zweites Mal, um mir zu sagen, wie zufrieden er sei.«

Wieder wurde Wexford förmlich benebelt von all den Farben, von dem verführerischen Dekor, das seine Blicke anzog und bannte, wo immer er hinsah. Er beugte den Kopf und konzentrierte sich auf seine großen, hässlichen Hände. »Hat er bei irgendeinem seiner Besuche einen McCloy erwähnt?«

»Ich glaube nicht. Er sprach von seiner Frau und von seinem Schwager, mit dem er beruflich zusammenarbeitete.« Vigo hielt inne und kramte in seiner Erinnerung. »Oh, und er erwähnte einen Freund, der heiraten wollte. Er nahm an, das interessiere mich, weil der Mann öfters hier gewesen ist wegen elektrischer Reparaturarbeiten. Hatton redete auch davon, dass er ihm einen Plattenspieler als Hochzeitsgeschenk kaufen wolle. Na ja, der arme Kerl ist tot, und ich weiß nicht, ob ich das sagen sollte.«

»Sagen Sie es, Mr. Vigo.«

»Also, er gab ziemlich an damit, was für eine Menge Geld er ausgäbe. Ich möchte nicht wie ein Snob klingen, aber ich fand das reichlich vulgär. Auch seine Frau hatte er bloß erwähnt, um mir zu erzählen, dass er ihr gerade was Neues zum Anziehen gekauft habe, und er versuchte mir klarzumachen, sein Schwager, das sei eben ein armer Teufel, der nie auf einen grünen Zweig käme.«

»Aber der Schwager ist im gleichen Beruf tätig.«

»Ich weiß. Das hat mich auch einigermaßen verblüfft. Mr. Hatton sagte, er habe immer verschiedene Eisen im Feuer und manchmal mache er dabei ein verdammt gutes Geschäft. Aber offen gestanden, wenn ich mir überhaupt was dabei gedacht habe, dann dachte ich höchstens, er hätte irgendwelche kleinen Nebenverdienste, malte den Leuten die Häuser an oder putzte ihnen vielleicht die Fenster.«

»Fensterputzer sprechen nicht von verdammt guten Geschäften, Mr. Vigo.«

»Nein, wahrscheinlich nicht. Tatsache ist, dass ich nicht viel zu tun habe mit Leuten von Mr. Hattons …« Vigo stockte. Wexford war überzeugt, er hatte ›Klasse‹ sagen wollen.

»… äh, Herkommen«, sagte der Zahnarzt. »Sicher, Sie deuten jetzt an, diese Nebenverdienste seien nicht ganz legitim gewesen, und rückblickend betrachtet könnte das wohl so sein. Wenn ich jetzt so nachdenke, dann hatte Mr. Hatton wirklich manchmal ein bisschen was Verschlagenes an sich, wenn er davon redete. Aber das war höchstens eine Nuance.«

»Gut, ich will Sie jetzt nicht weiter belästigen.« Wexford stand auf. Es musste wohl an seiner überempfindlich misstrauischen Wachsamkeit liegen, dass er meinte, ein erleichtertes Entspannen jener muskulösen Schultern wahrzunehmen. Vigo öffnete ihm die geschnitzte Eichentür.

»Ich darf Sie hinausbegleiten, Chief Inspector.« Die Diele war ein großer rechteckiger Raum, der Fliesenboden hier und da mit fein gewebten Brücken belegt, und jeder Zentimeter ihres geschwärzten alten Holzwerks glühte förmlich auf in der Sonne. An den Wänden hingen Drucke von Blake, die Infernoszenen, Nebukadnezar mit seinen Adlerklauen, der nackte Newton mit seinen goldenen Locken. Ohne seinen blauen Seidenanzug sähe Vigo vielleicht ganz ähnlich aus, musste Wexford denken. »Ich hatte neulich das Vergnügen, Ihre Tochter bei mir zu sehen«, hörte er den Zahnarzt sagen. »Was ist sie doch für ein entzückendes Mädchen!«

»Ja, ich höre, sie wird viel bewundert«, erwiderte Wexford trocken. Das Kompliment ging ihm irgendwie gegen den Strich. Er empfand es als bewusste Schmeichelei. Außerdem hatte in Vigos Stimme ein Ton der Verblüffung mitgeklungen, als ob er staunte, dass so ein alter Gänserich einen Schwan zeugen könne.

Die Haustür ging auf, und Mrs. Vigo mit dem Kind auf dem Arm kam herein. Jetzt erst fiel Wexford wieder ein, dass es da noch ein anderes Kind gab, ein mongoloides, das irgendwo in einem Heim untergebracht war.

Das Baby, das Vigo jetzt auf den Arm nahm, war vielleicht

sechs oder sieben Monate alt. Niemand hätte an seiner Vaterschaft zweifeln können. Schon jetzt hatte der Kleine seines Vaters Kinn und seine athletischen Gliedmaßen. Vigo hob den Jungen in die Höhe, lachte, als der kicherte, und ein Ausdruck völlig vernarrter Bewunderung trat auf sein Gesicht.

»Darf ich Ihnen meinen Sohn vorstellen, Mr. Wexford? Ist er nicht prächtig?«

»Er ist Ihnen sehr ähnlich.«

»Ja, das sagen alle. Sieht älter aus als sieben Monate, was?«

»Hm, wird ein großer Bengel werden«, meinte der Chief Inspector. »Und nachdem wir uns nun gegenseitig Komplimente über unseren hübschen Nachwuchs gemacht haben, werde ich mich jetzt verabschieden, Mr. Vigo.«

»Gesellschaft zur gegenseitigen Bewunderung, was?« Vigo lachte herzhaft, seine Frau verzog keine Miene. Sie nahm ihm den Jungen fast grob weg, als kränke sie so viel übertriebene Bewunderung. Wieder musste Wexford an das mongoloide Kind denken, dessen Schicksal auch durch noch so viel Geld nicht geändert werden konnte. Gram füllt den Raum, Gram um mein fernes Kind, es liegt in seinem Bettchen, geht auf und ab mit mir.

Wexford trat in den Sonnenschein und den akkuraten Garten hinaus.

9

Wexford war kaum eine halbe Stunde wieder im Polizeipräsidium, da kam der Anruf von Scotland Yard. Im ganzen Land hatte es in der letzten Maihälfte nur zwei Raubüberfälle auf Lastwagen gegeben, und keiner von beiden hatte auf Hattons regulärer Route stattgefunden. Der eine war in Cornwall, der andere in Monmouthshire gewesen, und die Laster waren mit Margarine beziehungsweise mit Pfirsichkonserven beladen gewesen.

Wexford las die Notiz, die Burden ihm hinterlassen hatte, bevor er nach Deptford abgefahren war:

Stamford meldet: keine aktenkundigen Diebstähle aus Lastwagen in ihrem Distrikt im April und Mai.

Unwahrscheinlich, dass Hatton seine Finger in den Überfällen von Cornwall oder Monmouthshire gehabt hatte. Margarine und Früchtekonserven! Selbst wenn es in jedem Falle Tonnen gewesen wären, hätte ein Viertel- oder Fünftelanteil sich nicht auf fünfhundert Pfund belaufen können. Aber vielleicht unterschätzte er Hattons Fischzüge? Er hatte am 22. Mai fünfhundert auf sein Konto eingezahlt, nicht gerechnet die fünfundzwanzig Pfund für die Lampe. Weitere sechzig waren für Kleidung und für den Plattenspieler draufgegangen. Und während der ganzen Zeit, nahm Wexford an, hatte Hatton gelebt wie ein König. Gewiss, die erste und vielleicht auch die zweite Erpressungszahlung waren gekommen, bevor er Anfang Juni seine Zähne bezahlen musste, aber als es dann so weit war, da hatte er die zweihundertfünfzig Pfund dafür bar auf den Tisch gelegt.

Das hieß doch wohl, dass Hatton zwar am 22. Mai fünfhundert eingezahlt, in Wirklichkeit aber viel mehr bekommen hatte, möglicherweise sogar zweimal so viel. Bei einer Gelegenheit jedenfalls hatte er in seiner Brieftasche Geldscheine im Wert von etwa hundert Pfund bei sich gehabt.

Und wenn es nun Ende Mai gar keinen Raubüberfall gegeben hatte? Das würde bedeuten, dass Hattons gesamtes dubioses Vermögen durch Erpressung erworben war, und zwar durch Erpressung nicht in Verbindung mit einem Raubüberfall, sondern mit irgendetwas anderem.

Da steckt weit mehr dahinter, als ich ursprünglich angenommen habe, dachte Wexford frustriert.

»Da scheint weit mehr dahinter zu stecken, als man zunächst annehmen konnte«, sagte Sergeant Camb entrüstet. »Mrs. Fanshawes eigene Schwester hat doch die tote junge Dame als Miss Nora Fanshawe identifiziert.«

»Und nichtsdestoweniger«, sagte die junge Frau, »bin ich Nora Fanshawe.« Sie setzte sich auf einen der schalenförmigen roten Stühle in der Eingangshalle des Polizeipräsidiums, stellte die Füße sittsam eng nebeneinander auf den schwarzweißen Fliesenboden und starrte auf die Schuhe hinunter, die bei Schwester Rose helles Entzücken erregt hatten. »Meine Tante war sicherlich furchtbar durcheinander, und Sie sagen ja, das Mädchen war entsetzlich verbrannt. Sie war ziemlich entstellt, oder?«

»Ja, sehr«, sagte Camb gequält. Sein nächster Vorgesetzter und der Superintendent waren vor zehn Minuten zu einer Besprechung in Lewes aufgebrochen, und er war ausgesprochen ratlos. Ihm graute allein bei dem Gedanken, was der Untersuchungsrichter zu alledem sagen würde.

»Mrs. Fanshawes Schwester schien völlig sicher.« Aber stimmte das? Er erinnerte sich lebhaft an die Szene, wie er die

Frau in die Leichenhalle geführt und die Gesichter aufgedeckt hatte, Jerome Fanshawes zuerst und dann das des Mädchens. Fanshawe hatte auf dem Gesicht gelegen, und das Feuer hatte ihm kaum etwas angetan. Außerdem hatte die Frau den silbernen Schreibstift in seiner Brusttasche wieder erkannt, ebenso seine Armbanduhr und die Narbe der kleinen Schnittwunde am Handgelenk, Relikt irgendeines Schuljungen-Rituals. Das Mädchen zu identifizieren war so grauenhaft abstoßend gewesen. Alles Haar weggebrannt bis auf die schwarzen Wurzeln, und die Gesichtszüge so grotesk zerstört. Er schauderte noch jetzt, wenn er daran dachte, abgehärtet, wie er doch war.

»Ja, das ist meine Nichte«, hatte Mrs. Browne gesagt. Dann hatte sie sich abgewandt und das eigene Gesicht mit den Händen bedeckt. Natürlich hatte er sie gefragt, ob sie auch ganz sicher sei, und sie hatte gesagt, ja, ganz sicher, aber jetzt überlegte er, ob es nicht lediglich Assoziation, logische Folgerung gewesen war, die sie zu dieser Erklärung gebracht hatte, Assoziation und Grauen. Sie hatte gesagt, es sei ihre Nichte, weil das Mädchen jung war und schwarze Haare hatte, und wer sonst als Nora Fanshawe hätte denn auch mit ihren Eltern in dem Wagen gewesen sein können? Und doch war es jemand anders gewesen ... Was, zum Teufel, würde bloß der Untersuchungsrichter dazu sagen!

Noch immer jenes zerstörte, entsetzliche Gesicht vor Augen, wandte er den Blick in das junge, harte, unversehrte Gesicht vor ihm und sagte:

»Können Sie beweisen, dass Sie Nora Fanshawe sind, Miss?«

Sie machte die große lederne Handtasche auf, die sie bei sich trug, und holte einen Pass heraus. Wortlos reichte sie ihn Camb. Das Foto war dem Mädchen, das dort an der anderen Seite des Schreibtisches saß, nicht sehr ähnlich, aber Passfotos waren den Originalen selten sehr ähnlich. Beklommen blickte er zwischen ihr und dem Dokument hin und her, und er las, dass Nora Elizabeth Fanshawe, von Beruf Lehrerin, 1945 in London geboren war, dass sie schwarzes Haar und braune Augen hatte, dass sie einen Meter fünfundsiebzig groß war und keine unveränderlichen Merkmale besaß. Das Mädchen in der Leichenhalle war bestimmt keine eins fünfundsiebzig groß gewesen, aber man konnte von einer Tante schließlich nicht verlangen, dass sie die Größe einer ausgestreckten Leiche richtig abschätzte.

»Warum sind Sie nicht eher zurückgekommen?«, fragte er.

»Wie hätte ich denn? Ich wusste doch nicht, dass mein Vater tot und meine Mutter im Krankenhaus ist.«

»Haben Sie denn nicht mal geschrieben? Haben Sie nicht gewartet, dass sie Ihnen schrieben?«

»Unsere Beziehung war sehr schlecht«, sagte die junge Frau ruhig. »Außerdem, meine Mutter hat ja geschrieben. Ich bekam den Brief gestern und habe das nächste Flugzeug genommen. Hören Sie mal, meine Mutter kennt mich doch, und das sollte Ihnen genügen.«

»Ihre Mutter …« Camb korrigierte sich. »Mrs. Fanshawe ist eine sehr kranke Frau …«

»Sie ist nicht verrückt, falls Sie das meinen. Das Beste wird sein, ich rufe meine Tante an, dann werden Sie mich wohl gehen lassen, damit ich etwas essen kann. Sie wissen es vielleicht nicht, aber ich habe seit acht Uhr nichts mehr gegessen, und jetzt ist es halb drei.«

»Oh, ich werde sofort Mrs. Browne anrufen«, sagte Camb hastig. »Es wäre bestimmt nicht gut für sie, einfach so Ihre Stimme zu hören. O Gott, nein.« Er war beinahe überzeugt.

»Warum denn ich?«, fragte Wexford. »Warum soll ich mit ihr sprechen? Das hat doch mit mir nichts zu tun.«

»Verstehen Sie, Sir, der Superintendent und Inspector Letts sind nach Lewes …«

»Hat die Tante ihre Stimme wieder erkannt?«

»Anscheinend ja. Sie war ganz durcheinander, kann ich Ihnen sagen. Ehrlich, ich hab nicht viel Zutrauen zu dieser Tante.«

»Na schön, bringen Sie sie rauf«, sagte Wexford ungeduldig. »Wenigstens mal 'ne Abwechslung zu den Lastwagen. Und Camb … nehmen Sie den Lift.«

Er hatte weder ihre Mutter noch ihre Tante je gesehen, also konnte er nicht nach Familienähnlichkeiten suchen. Aber sie war die Tochter eines reichen Mannes. Er betrachtete ihre Handtasche, die Schuhe, die Platinuhr, vor allem aber spürte er an ihr geradezu handgreiflich ein Fluidum von Arroganz. Parfum benutzte sie nicht. Schweigend nahm er ihren Pass entgegen, ihren internationalen Führerschein und den Brief von Mrs. Fanshawe. Als er sie durchblätterte, fiel ihm ein, dass Nora Fanshawe – wenn sie Nora Fanshawe war – wahrscheinlich ein beträchtliches Vermögen erben würde. Jerome Fanshawe war ein wohlhabender Börsenmakler gewesen. Es konnte sein, dass dieses Mädchen hier eine Schwindlerin war und er und Camb die ersten Opfer eines kolossalen Betrugs.

»Ich glaube, wir müssten noch ein paar Beweise mehr haben«, sagte er langsam.

»Bitte sehr. Ich weiß zwar nicht recht, was Sie damit meinen …«

»Augenblick mal.« Wexford nahm Camb beiseite. »Gab es denn nichts als die Erklärung dieser Mrs. Browne bei der Identifizierung des toten Mädchens?«, fragte er ziemlich erbost.

Camb blickte niedergeschlagen drein. »In dem Wagen war noch ein Koffer mit Kleidung«, sagte er. »Und wir haben den Inhalt zweier Handtaschen durchsucht, die wir auf der

Straße fanden. Eine gehörte Mrs. Fanshawe. In der anderen war nichts als ein bisschen Make-up, ein Portemonnaie mit zwei Pfund und etwas Kleingeld drin und ein Päckchen Zigaretten.« Und wie zur Rechtfertigung fügte er hinzu: »Es war eine ganz schön teure Handtasche von Mappin and Webb.«

»Mein Gott«, sagte Wexford angewidert, »ich hoffe bloß, ihr habt uns hier keinen weiblichen Tichborne-Prätendenten aufgehalst.« Er ging zu dem Mädchen zurück, setzte sich ihr gegenüber an den Schreibtisch und nickte kurz angebunden. »Sie fuhren also mit Mr. und Mrs. Fanshawe auf Urlaub nach Eastover?«, fragte er. »An welchem Tag war das?«

»Am 17. Mai«, antwortete die junge Frau prompt. »Ich bin Lehrerin für Englisch an einer Schule in Köln. Ende März gab ich meine Stellung dort auf und kehrte nach England zurück.«

»Und seitdem lebten Sie mit Mr. und Mrs. Fanshawe zusammen?«

Falls es der jungen Frau auffiel, dass er von den beiden nicht als von ihren Eltern sprach, so ließ sie sich das nicht anmerken. Steif und angespannt saß sie da, den fein geformten Kopf hoch erhoben. »Zuerst nicht«, sagte sie, und er spürte einen Anflug von Unsicherheit in ihrer Stimme. »Meine Eltern und ich hatten eine Zeit lang kein gutes Verhältnis miteinander. Erst seit Mitte Mai lebte ich wieder mit ihnen zusammen, oder besser gesagt, ich wohnte bei ihnen. Meine Mutter wollte unbedingt, dass ich mit ihnen käme in unser Ferienhaus, und weil ich das auch wollte – ich wollte, dass unsere Beziehung sich besserte –, na ja, da stimmte ich zu mitzufahren.« Wexford nickte unverbindlich, und sie fuhr fort: »Wir fuhren dann gemeinsam am 17. Mai runter nach Eastover …« Ihre Schultern zogen sich zusammen, und sie blickte auf ihre gefalteten Hände. »An jenem Abend hatte ich eine Auseinandersetzung mit meinen Eltern. Es ist wohl nicht nötig, dass ich ins Detail gehe?« Ohne Wexfords Einverständnis mit ihrer Zurückhaltung abzuwarten, übersprang sie den Streit und sagte: »Ich hatte das Gefühl, es war sinnlos zu versuchen, unser Verhältnis zu kitten. Uns trennten Welten, wir ... Das Ergebnis war, dass ich meiner Mutter am Samstagmorgen erklärte, ich sähe keinen Sinn darin, in England zu bleiben und ich würde nach Deutschland zurückgehen und versuchen, dort meinen alten Job wiederzubekommen. Ich nahm einen der Koffer mit Kleidung, die ich mitgebracht hatte, und fuhr nach Newhaven, um das Schiff nach Dieppe zu nehmen.«

»Und haben Sie Ihre alte Stellung wiederbekommen?«

»Glücklicherweise ja. In Deutschland herrscht Lehrermangel, genau wie hier, und sie waren geradezu glücklich, als ich wieder auftauchte. Ich konnte sogar mein altes Zimmer in der Goethestraße wiederbekommen.«

»Ich verstehe. Jetzt hätte ich gern noch Namen und Adresse der Behörde, die Sie beschäftigt, den Namen Ihrer Zimmerwirtin und den der Schule, an der Sie unterrichten.«

Während die junge Frau die verlangten Angaben niederschrieb, meinte Wexford:

»Waren Sie nicht verwundert, während der letzten sechs Wochen nichts von Mr. oder Mrs. Fanshawe zu hören?«

Sie blickte auf und hob ihre dichten schwarzen Augenbrauen. »Ich sagte Ihnen doch, wir hatten Streit. Ich hätte meinen Vater erst auf Knien um Entschuldigung bitten müssen, das kann ich Ihnen sagen, ehe er sich herabgelassen hätte, mir zu schreiben.« Zum ersten Mal gab sie Emotionen preis, und das trug viel mehr dazu bei, Wexford an ihre Geschichte glauben zu lassen, als alle faktischen Beweise, die sie ihm bisher gegeben hatte. »Dieses beiderseitige Schweigen war bei uns gang und gäbe«, sagte sie, »besonders nach solchen Auseinandersetzungen wie an jenem Abend. Sechs Monate konnten da glatt verstreichen. Wie hätte ich auch darauf kommen sollen, dass ihnen was zugestoßen ist? Ich bin ja keine Hellseherin.«

»Aber als Mrs. Fanshawe schrieb, da kamen Sie sofort.«

»Sie ist schließlich meine Mutter. Was halten Sie davon, wenn Sie mich jetzt gehen ließen, damit ich was zum Lunch bekomme?«

»Augenblick noch«, sagte Wexford. »Wo werden Sie jetzt wohnen?«

»Ich wollte gerade Sie bitten, mir hier irgendetwas zu empfehlen«, erwiderte das Mädchen eine Spur ironisch.

»Das *Olive and Dove* ist das beste Hotel. Ich würde Ihnen vorschlagen, sich sofort mit dem Anwalt Ihres verstorbenen Vaters in Verbindung zu setzen.«

Die junge Frau stand auf, und nicht eine Knitterfalte verunzierte den Rock ihres Kostüms. Ihre Selbstsicherheit war umwerfend. Camb hielt ihr die Tür auf, und mit einem knappen »Guten Tag« verabschiedete sie sich. Als ihre Schritte verklungen waren, platzte Camb verzweifelt heraus: »Wenn die nun wirklich Nora Fanshawe ist, wer um Gottes willen war dann das Mädchen auf der Straße?«

»Das ist Ihr Problem, Camb«, sagte Wexford unfreundlich.

»Oder Ihres.«

»Ja, das fürchte ich auch. Als ob ich nicht mit einem Mord schon genug am Hals hätte!«

Lilian Hatton war eine leichtere Nuss zum Knacken als die junge Dame, die sich Nora Fanshawe nannte. Sie brach zusammen und weinte bitterlich, als Wexford ihr erzählte, aus welchen Quellen das zusätzliche Einkommen ihres Mannes geflossen war. Er war fast sicher, dass ihr erst jetzt die Schuppen von den Augen fielen, und stumm und traurig beobachtete er, wie sie das Gesicht in den Händen vergrub und schluchzend den Kopf schüttelte.

»Ihr Bruder hat mir das Fahrtenbuch Ihres Mannes gegeben, Mrs. Hatton«, sagte er sanft, als sie sich ein wenig gefangen hatte, »jetzt möchte ich gern noch wissen, ob Sie selbst vielleicht eine Art Tagebuch oder Terminkalender führen?«

»Bloß einen Notizkalender neben dem Telefon«, schluchzte sie, »wo ich mir manchmal Notizen mache.«

»Könnten Sie mir den bitte freundlicherweise ausleihen?«

»Glauben Sie«, fragte sie und betupfte ihre Augen, als sie mit dem Kalender zurückkam, »glauben Sie, jemand ... jemand hat meinen Charlie getötet, weil er nicht weitermachen wollte mit diesen ... diesen Jobs?«

»Irgend so was vielleicht.« Es war wohl nicht der Zeitpunkt, dieser Frau auseinander zu setzen, dass ihr Mann sowohl ein Erpresser als auch ein Dieb gewesen war. »Wer wusste Bescheid, dass Mr. Hatton an diesem Abend den Weg am Kingsbrook entlanggehen würde?«

Sie knüllte ihr feuchtes Taschentuch zwischen Händen, deren Nägel noch immer genauso lackiert waren, wie Charlie Hatton es gern gehabt hätte, rot und glänzend und auffällig. »Der ganze Darts-Club«, überlegte sie, »und ich – ich wusste das. Und meine Mutter wusste es und mein Bruder auch, Jim. Charlie ging immer diesen Weg, wenn er aus der Kneipe kam.«

»Mrs. Hatton, hat Ihr Mann in dieser Wohnung jemals Besucher empfangen, die Sie nicht kannten? Fremde, meine ich, mit denen er allein reden wollte?«

»Nein, das hat er nie getan.«

»Vielleicht, wenn Sie nicht da waren? Können Sie sich erinnern, dass Ihr Mann Sie je gebeten hat, wegzugehen und ihn mit irgendjemandem allein zu lassen?«

Das Taschentuch war jetzt zerrissen, triefend nass und zum Tränentrocknen nicht mehr zu gebrauchen. Sie drückte es trotzdem gegen die Augen, und als sie es fortnahm, war es schwarz und grün verschmiert. »Wenn er zu Hause war«, sagte sie, »dann bin ich nie weggegangen. Wir sind immer zusammen weggegangen. Wir waren ... unzertrennlich. Mr. Wexford ...« Sie umklammerte die Armlehnen ihres Sessels, und zwei feuerrote Flecken brannten auf ihren Wangen. »Mr. Wexford, ich habe alles gehört, was Sie mir gesagt haben, und ich muss es wohl glauben. Aber was immer mein Charlie auch getan hat, er hat es für mich getan. Er war ein Ehemann wie einer unter Millionen, ein guter, liebevoller Mann, ein wundervoller Mensch seinen Freunden gegenüber. Fragen Sie, wen Sie wollen, fragen Sie Jack ... Er war einer unter Millionen.«

Ach! Welk sind des Kriegs Girlanden, des Kriegers Ruhm gesunken ... Merkwürdig, fand Wexford, wenn es um Charlie Hatton ging, dann dachte man sofort an Krieg und Soldaten und Schlachten. War es, weil das Leben selbst eine Schlacht war und Hatton sich daran mit skrupellosen Waffen beteiligt und reiche Beute gemacht hatte? Weil er gefallen war, als er mit einem Lied auf den Lippen heimwärts marschierte?

Wie sentimental er wurde! Der Mann war ein Erpresser und ein Dieb. Wenn das Leben eine Schlacht war und Charlie Hatton ein Soldat, dann befand er, Wexford, sich in der Position einer Patrouille der Vereinten Nationen, deren Job es ist, Übergriffe auf das Territorium der Schutzlosen zu verhindern.

»Ich möchte Sie jetzt nichts weiter fragen, Mrs. Hatton«, sagte er zu der Witwe, als er sie weinend zwischen den unrechtmäßig erworbenen Reichtümern des toten Mannes zurückließ.

In der High Street stieß er auf Dr. Crocker, der mit dem *British Medical Journal* unter dem Arm aus Grovers Laden trat.

»Na, 'n paar nette Verhaftungen getätigt?«, fragte der Arzt gut gelaunt. »Na, na, denk an deine Hypertonie! Soll ich mal deinen Blutdruck messen? Ich hab das Blutdruckmessgerät im Wagen.«

»Du kannst mich mal mit deinem Messgerät«, knurrte Wexford, durchaus bereit, das genauer zu erläutern. »Anscheinend hat die gesamte Bevölkerung von Kingsmarkham gewusst, dass Charlie Hatton an dem Abend über den Uferweg nach Hause gehen würde.«

»Kein Grund, dass es deshalb ein Einheimischer gewesen sein müsste, oder?«

»Ich bin vielleicht kein Weiser mit einem Blutdruckmesser«, sagte Wexford gereizt, »aber ich bin nicht blöd. Wer immer Charlie Hatton umgebracht hat, der kannte sich aus in der Gegend.«

»Wieso? Er hätte doch bloß von Charlie Hatton zu hören brauchen, dass er an der Brücke von der High Street abbiegt und am Fluss entlanggeht.«

»So, glaubst du? Du meinst wohl, Hatton hat ihm ebenfalls erzählt, dass das Flussbett voller Steine ist, von denen einer eine brauchbare Waffe abgäbe, seinen Informanten aus der Welt zu schaffen?«

»Ich versteh schon, was du meinst. Es könnten zwar mehrere Köpfe hinter dem Mord stecken, aber der Komplize, der die Sache ausführte, müsste ein gestandener Kingsmarkhamer gewesen sein?«

»Ganz recht, Watson. Du machst dich, mein alter Freund«, spöttelte Wexford, »allerhand für einen Knochensäger.« Er verstummte plötzlich, und sein Gesicht wurde hart. Er tippte dem Freund auf den Arm und sagte: »Ich sehe was, was du nicht siehst ... da drüben bei dem Ausstellungsraum der Elektrizitätsgesellschaft!«

Crocker folgte seinem Blick. Aus der Tabard Road kam eine Frau mit einem Kinderwagen und bog in die High Street ein. Vor dem Schaufenster der Beratungs- und Verkaufsstelle der Southern Electricity Board blieb sie stehen. Jetzt gesellten sich noch zwei weitere Kinder zu ihr und danach ein Mann, der ein drittes Kind an der Hand und ein viertes auf dem Arm hatte. Dicht aneinander gedrängt blieben sie auf dem Bürgersteig stehen und starrten wie hypnotisiert auf das überwältigende Angebot von elektrischen Küchengeräten.

»Mr. und Mrs. Cullam und ihre Nachkommenschaft«, sagte Wexford.

Die Familie war zu weit entfernt, als dass man ihre Unterhaltung hätte hören können, allem Anschein nach eine hitzige und sogar ziemlich aggressive Diskussion. Offensichtlich herrschte völlige Uneinigkeit darüber, ob ein Kühlschrank oder Heizofen nötiger sei. Die Kinder ergriffen erbittert Partei. Cullam schüttelte eine seiner Töchter, knuffte dem ältesten Sohn auf den Kopf, und dann stürmten sie alle in den Ausstellungsraum.

»Tust du mir einen Gefallen?«, fragte Wexford den Arzt. »Geh mal da rein und kauf eine Glühbirne oder sonst was. Ich will wissen, worauf die reizende Familie aus ist.«

»Du meinst, ich soll denen nachspionieren und dann petzen?«

»Du hast eine charmante Art, dich auszudrücken. Ich hab mein ganzes Leben auf diese Weise zugebracht. Ich setz mich in deinen Wagen. Kann ich die Schlüssel haben?«

»Ist gar nicht abgeschlossen«, meinte Crocker verlegen.

»Ach so? Dann komm mir bloß nicht wieder zeternd an, wenn dir das nächste Mal einer der einheimischen Hippies 'ne Ladung Stoff klaut. Also, mach zu, eine Vierzig-Watt-Birne. Kriegst es aus der Portokasse vergütet.«

Der Doktor zog widerstrebend ab. Wexford saß im Wagen und lachte sich ins Fäustchen. Wie Crocker sich dort unter hastigen Seitenblicken an das Schaufenster heranpirschte, das rief ihm längst vergangene Tage wieder ins Gedächtnis, als Wexford, damals Schüler der sechsten Klasse, ebendiesen Mann als zehnjähriges Kind beobachtet hatte, wie es Treppenhäuser hinaufwetzte und an den Wohnungstüren Klingelstreiche verübte. Damals war der kleine Crocker leichtfüßig und vergnügt die Gartenwege entlanggerannt, um einen Türklopfer oder eine Klingel in stürmische Bewegung zu setzen, und hatte sich dann noch, als Gipfel der Unverfrorenheit, hinter einer Hecke versteckt, um den wilden Flüchen der verärgerten Hausbewohner zuzuhören. Hier gab es keine Hecke, und Crocker war fünfzig. Ob ihm vielleicht gleichfalls wehmütige Kindheitserinnerungen aufgeblitzt waren, als er drüben in den Verkaufsraum trat?

Wieder musste Wexford an Justice Shallow denken. Jesus, die verrückten Tage, die ich durchlebte! Und nun zu sehen, wie viele meiner alten Kumpel tot sind ... Schluss damit! Andererseits erinnerte ihn das an Stamford, und er überlegte, wie Burden wohl vorankam. Irgendwie stimmte eine kleine Firma in Deptford nicht so ganz mit den Vorstellungen überein, die er persönlich von McCloys Herkommen hatte.

Samantha Cullam stolperte auf den Bürgersteig hinaus. Als Nächstes erschien ihre Mutter und wuchtete den Kinderwagen heraus. Als die ganze Brut beisammen war, scheuchte der Vater sie mit schlecht gezielten Püffen voran, und sie alle verschwanden auf dem gleichen Weg, den sie gekommen waren. Dann tauchte Crocker auf, der sprichwörtliche Wolf im Schafspelz.

»Na?«

»Fauch mich nicht so an, alter Mistkerl«, sagte der Doktor, ungeheuer zufrieden mit sich. »Ich stelle Fallen, wie der Psalmist so schön sagt, ich fange Menschen.«

»Was hat Cullam gekauft?«

»Er hat nicht direkt was gekauft, aber er hat's auf einen Kühlschrank abgesehen.«

»Den kriegt er mit Prozenten?«

»Über Geld wurde nicht gesprochen. Sie haben sich ein bisschen gekabbelt, Monsieur und Madame, und eins der Kinder riss eine Pyrexschüssel von einem Herd runter. Cullam, das brutale Schwein, hat dem armen kleinen Kerl vielleicht eine Backpfeife verpasst! Die sind alle ganz versessen auf diesen Kühlschrank, das kann ich dir sagen.«

»Schön, und was ist mit den Fallen, die du gestellt hast?«

»Das war bloß so 'ne bildliche Floskel«, sagte der Arzt. »Hab ich's vielleicht nicht gut gemacht? Und die Glühbirne hab ich auch gekauft, wie du gesagt hast. Einsneun, wenn ich bitten darf. Ich tu das schließlich nicht zu meinem Vergnügen.«

10

»Die Firma nennt sich McCloy Ltd.«, sagte Burden müde, »aber das letzte Firmenmitglied dieses Namens starb vor zwanzig Jahren. Das ist ein alteingesessener Laden, aber ich glaube, der liegt jetzt in den letzten Zügen. In unserer so genannten Überflussgesellschaft kaufen die Leute neue Sachen, die wollen doch diesen wieder aufbereiteten Schrott nicht.«

»Das können Sie noch mal sagen«, bekräftigte Wexford und musste an Cullam denken.

»Der Yard hat mich noch auf die Spur von sechs weiteren McCloys gesetzt, alle mehr oder weniger in der Eisenwarenbranche oder deren Randgebieten tätig. Alles ordentliche Leute. Aus Stamford hab ich eine weitere Liste einheimischer McCloys, und auch von denen hat keiner Dreck am Stecken, soweit sie wissen. Aber ich fahre morgen selbst nach Stamford rüber und seh mich mal ein bisschen um. Man hat mir dort alle erforderliche Hilfe zugesagt.«

Wexford lehnte sich in seinen Drehsessel zurück, und die sinkende Sonne schien ihm ins Gesicht. »Mike«, sagte er, »ich frag mich, ob wir nicht das Pferd am Schwanz aufzäumen. Wir suchen die ganze Zeit nach McCloy, damit er uns zu dem Mörder führt. Vielleicht sollten wir lieber erst den Mörder finden, damit der uns dann zu McCloy führt.«

»Cullam?«

»Möglich. Ich möchte, dass Martin ihn beschattet, und wenn Cullam hingeht und den Kühlschrank bar bezahlt, dann sind wir wirklich ein Stück weitergekommen. Inzwischen nehme ich mir mal Hattons Fahrtenbuch und Mrs.

Hattons Telefonkalender als Hausaufgabe für heute Abend mit. Aber als Erstes – wie wär's denn mit einem schnellen Drink im *Olive and Dove?*«

»Nicht für mich, danke, Sir. Ich war seit einer Woche keinen Abend mehr zu Hause. Meine Frau hat zwar prinzipiell was gegen Scheidung, aber womöglich kommt sie noch auf die Idee einer legalen Trennung.«

Wexford lachte, und sie fuhren gemeinsam mit dem Lift nach unten. Der Abend war warm und klar, und diese Beleuchtung mit ihren langen, sanften Schatten schmeichelte der Hauptstraße eines kleinen Marktfleckens weit mehr als die helle Mittagssonne. Die alten Häuser sahen dann besonders hübsch aus, weil ihre Schäbigkeit, die Risse im Putz verwischt wurden, so wie ein alterndes Gesicht vom Kerzenlicht verklärt und geglättet wird. Bei Tageslicht waren die schmalen Seitenstraßen, die in ein reizloses Hinterland führten, Dreck- und Rattenlöcher, jetzt aber wirkten sie wie romantische Gässchen, in denen sich unter den Straßenlaternen Liebespaare trafen, um nach Sonnenuntergang den Mond aufgehen zu sehen über den dicht aneinander gedrängten Dächern mit ihren Zinnen und Schornsteinen. Wie in einem Grimmschen Märchen.

Aber es war erst acht Uhr, und die Sonne weigerte sich zu verschwinden, ohne zuvor ihre Anbeter mit einem Feuerwerk aus rosenroten und goldenen Flammen erfreut zu haben, das den ganzen westlichen Horizont auflodern ließ. Wexford stand an der Südseite der Brücke und hörte dem Plätschern des Flusses zu. Ein unschuldiger Fluss, außer dass er ein Geheimnis hütete und einer seiner Steine einen Mann für immer um den Anblick dieses Sonnenunterganges gebracht hatte.

Alle Fenster an der Straßenseite des *Olive and Dove* standen offen, Gardinen blähten sich über Blumenkästen und

Fuchsien, deren rote Blüten sanft hin und her schaukelten. Auf dem Vorplatz hatte sich eine Gruppe von Morris Dancers versammelt. Sie trugen kunterbunte Narrenkostüme, und einer von ihnen hüpfte auf einem Steckenpferd umher. Zu seinem größten Vergnügen entdeckte Wexford George Carter unter der Gesellschaft.

»Schöner Abend, was, Mr. Carter?«, meinte er jovial. Ziemlich verlegen winkte ihm Carter mit seinem Narrenstab zu, an dem Bänder und Schellen befestigt waren. Wexford ging in die Bar.

In einer Nische an der Wand des Speisesaals saß an einem Tisch die junge Frau, die Camb am Spätvormittag zu ihm gebracht hatte, und neben ihr eine ältere Frau und ein Mann. Wexford holte sich sein Bier, und als er an ihnen vorüberging, stand der Mann gerade auf, als ob er sich verabschieden wolle.

»Guten Abend«, sagte Wexford, »haben Sie sich entschlossen, hier im *Olive* zu wohnen?«

Die junge Frau lächelte sparsam. Sie nickte kurz angebunden und sagte förmlich: »Darf ich Sie mit dem Anwalt meines Vaters bekannt machen, Mr. Updike. Onkel John, dies ist Chief Inspector Wexford.«

»Guten Abend.«

»Und meine Tante haben Sie, glaube ich, schon kennen gelernt? Mrs. Browne.«

Wexford blickte von einem zum anderen. Fantastisch, dass er dauernd Cambs Arbeit erledigen musste! Die Tante sah blass und aufgeregt aus, der Anwalt zufrieden und entgegenkommend. »Ich bin inzwischen davon überzeugt, Miss Fanshawe, dass Sie Miss Fanshawe sind«, sagte Wexford.

»Ich kenne Nora schon seit ihrer Kindheit«, sagte Updike. »Sie brauchen wirklich keinen Zweifel zu hegen, dass dies Nora ist.« Und er überreichte Wexford eine Karte mit dem

Namen einer Londoner Kanzlei, Updike, Updike and Sanger, Ava Maria Lane. Der Chief Inspector las es flüchtig, dann blickte er die Tante an. Das war Nora Fanshawe als alte Frau. »Ich bin völlig überzeugt.« Damit ging er an einen freien Tisch hinüber.

Der Anwalt verabschiedete sich, um seinen Zug zu erreichen, und gleich darauf hörte er die Tante sagen:

»Ich hab einen langen Tag gehabt, Nora. Ich ruf noch mal im Krankenhaus an, und dann geh ich nach oben ins Bett.«

Wexford saß am Fenster und sah den Morris Dancers zu. Die Musik war dilettantisch und die Tänzer ungelenk, aber der Abend war schön, und wenn man die Augen schloss vor den Autos und den modernen Schaufensterzeilen, dann fühlte man sich in das England der Shakespeare-Zeit versetzt. Ein Kellner trug den neun Männern ein Tablett mit Bierflaschen hinaus, und der Zauber war gebrochen.

»Bitte kommen Sie in die Lounge«, sagte eine Stimme hinter ihm. Nora Fanshawe hatte die Jacke ihres Kostüms ausgezogen, und in der dünnen kaffeebraunen Bluse sah sie zwar etwas weiblicher aus, aber die harten Linien und Flächen ihres Körpers wurden kaum gemildert. Sie lächelte noch immer nicht.

»Darf ich Sie zu einem Drink einladen, Miss Fanshawe?«, fragte Wexford beim Aufstehen.

»Lieber nicht.« Ihre Stimme war schroff, und sie bedankte sich nicht für das Anerbieten. »Ich hab heute schon zu viel getrunken.« Und mit einem freudlosen Lachen setzte sie hinzu: »Wir haben gefeiert, wie meine Tante es ausdrückte. Die Wiederauferstehung von den Toten, verstehen Sie?«

Sie gingen in die Halle, setzten sich in tiefe Sessel, die mit einem geblümten Baumwollstoff bezogen waren.

»Mr. Updike wollte mir die Details des Unfalls nicht erzählen. Er wollte mich damit verschonen.« Nora Fanshawe nickte einem Kellner zu und sagte, ohne Wexford zu fragen: »Bringen Sie zwei Kaffee.« Dann zündete sie eine lange Zigarette an und steckte sie in eine Bernsteinspitze. »Sie werden es mir erzählen.«

»Sie wollen also nicht verschont werden?«

»Natürlich nicht. Ich bin kein Kind mehr, und ich mochte meinen Vater nicht.«

Wexford hüstelte, und dann begann er: »Am 20. Mai gegen zehn Uhr sah ein Mann, der mit seinem Tankwagen in nordsüdlicher Richtung die Fernstraße hinunterfuhr, im Abschnitt Stowerton auf der Überholspur der Gegenfahrbahn einen Wagen liegen, der sich überschlagen hatte und in Flammen stand. Er meldete es umgehend, und als Polizei und Krankenwagen an der Unfallstelle ankamen, fanden sie die Leichen eines Mannes und einer jungen Frau – teilweise verbrannt – auf der Straße liegend. Eine weitere Frau, Ihre Mutter, war auf die weiche Böschung der Fahrbahntrasse geschleudert worden. Sie hatte schwere Verletzungen und einen Schädelbruch.«

»Weiter.«

»Was von dem Wagen noch übrig war, wurde untersucht, aber so weit man das sagen konnte, waren weder Bremsen noch Lenkung defekt, und die Reifen waren nahezu neu.«

Nora Fanshawe nickte.

»Die gerichtliche Untersuchung wurde verschoben, bis Ihre Mutter das Bewusstsein wiedererlangte. Die Straße war feucht, und Ihre Mutter hat ausgesagt, dass Ihr Vater möglicherweise außergewöhnlich schnell gefahren sei.«

»Er fuhr immer zu schnell.« Sie nahm den Kaffee, den der Kellner gebracht hatte, und reichte Wexford eine Tasse. Mit seiner Ahnung, sie werde ihn schwarz und ohne Zucker trinken, hatte er Recht. »Nachdem das tote Mädchen nun erwiesenermaßen nicht ich war«, sagte sie kühl, »wer war es dann?«

»Ich hatte gehofft, das werden *Sie* uns sagen können.«

Sie zuckte die Achseln. »Woher soll ich das wissen?«

Wexford betrachtete die zusammengepressten Lippen, die harten Augen. »Miss Fanshawe«, sagte er scharf, »ich habe Ihre Frage beantwortet, aber Sie sind mir noch kein bisschen entgegengekommen. Heute Nachmittag sind Sie in mein Büro gekommen und haben sich benommen, als täten Sie mir einen Gefallen. Meinen Sie nicht, es ist an der Zeit, ein bisschen entgegenkommender zu werden?«

Sie errötete und stammelte: »Ich bin nie sehr entgegenkommend.«

»Nein, das sieht man. Sie sind dreiundzwanzig, nicht wahr? Finden Sie nicht, dass diese theatralische Reserviertheit ziemlich lächerlich ist?«

Ihre Hände waren klein, aber ohne Ringe und mit den kurzen Nägeln sahen sie aus wie Männerhände. Als sie nach der Kaffeetasse griffen, dachte er einen Moment lang, sie werde jetzt ihren Kaffee nehmen und gehen. Sie runzelte die Stirn ein wenig, und ihr Mund wurde noch härter.

»Ich werde Ihnen was erzählen über meinen Vater«, sagte sie schließlich. »Vielleicht hilft Ihnen das weiter. Ich war zwölf, als ich erstmals was von seinen Seitensprüngen merkte«, fing sie an, »oder sagen wir besser, als ich merkte, dass er sich nicht wie die Väter anderer Kinder benahm. Er brachte ein Mädchen mit nach Hause und erklärte meiner Mutter, die würde jetzt bei uns wohnen. Sie hatten einen Riesenkrach in meiner Gegenwart, und zu guter Letzt gab er meiner Mutter fünfhundert Pfund.« Sie nahm die Zigarettenkippe aus der Spitze und steckte eine neue hinein. Dieses plötzliche Kettenrauchen war das einzige sichtbare Anzeichen einer Emotion. »Er bestach sie, verstehen Sie? Ganz direkt, ganz offen. ›Lass sie hier bleiben, und du kriegst dieses Geld.‹ So war das. Das Mädchen blieb sechs Monate. Zwei Jahre später kaufte er meiner Mutter einen neuen Wagen, und genau um diese Zeit ertappte ich ihn in seinem Büro mit seiner Sekretärin.« Sie inhalierte tief. »Auf dem Fußboden«, sagte sie kalt. »Von da an war es abgemachte Sache, dass mein Vater, wenn er ein neues Verhältnis wollte, meine Mutter angemessen bezahlte. Damit meine ich, gemessen daran, was das Mädchen ihm wert war. Er wollte, dass meine Mutter blieb, weil sie eine gute Gastgeberin war und das Haus gut führte. Als ich achtzehn war, ging ich nach Oxford.

Nach meinem Abschlussexamen erklärte ich meiner Mutter, jetzt könne ich sie unterhalten und sie solle meinen Vater verlassen. Ihre Reaktion war, dass sie alles abstritt und erklärte, sie werde dafür sorgen, dass mein Vater mir meinen Monatswechsel sperrte. Er weigerte sich aber, das zu tun – vor allem wohl deshalb, weil meine Mutter es von ihm verlangte, nehme ich an. Ich habe das Geld jetzt seit zwei Jahren nicht mehr abgehoben, aber …« Sie blickte flüchtig auf ihre Tasche, auf ihre Armbanduhr, »man kann sich nicht mehr weigern, Geschenke anzunehmen«, sagte sie schroff, »nicht, wenn es die eigene Mutter ist, nicht, wenn man das einzige Kind ist.«

»Deshalb nahmen Sie eine Stellung in Deutschland an?«, fragte Wexford.

»Ja, ich dachte, es wäre ganz gut wegzugehen.« Eine unschöne, fleckige Röte stieg ihr ins Gesicht. »Im Januar«, fuhr sie zögernd fort, »lernte ich einen Mann kennen, einen Vertreter, der von England aus häufig Geschäftsreisen nach Köln unternahm.« Wexford dachte, sie werde jetzt von Liebe sprechen, und es versetzte ihm einen merkwürdigen Schock, als er sie sagen hörte: »Ich gab meine Stellung auf, wie ich Ihnen schon erzählte, und ging nach London zurück, um dort mit ihm zusammenzuleben. Als ich ihm erklärte, dass ich nach unserer Heirat meinen Vater nicht um einen einzigen Penny bitten würde, da … na ja, da warf er mich raus.«

»Und Sie kehrten zu Ihren Eltern zurück.«

Nora Fanshawe hob den Kopf, und zum ersten Mal sah er sie lächeln, ein hässliches, hartes Lächeln voller Selbstironie. »Sie sind ein ganz schön kalter Fisch, was?«

»Ich habe nur den Eindruck, Sie verabscheuen Mitleid, Miss Fanshawe.«

»Vielleicht tue ich das. Möchten Sie noch mehr Kaffee? Nein, ich auch nicht. Ja, ich bin zu meinen Eltern zurückgekehrt. Meine Mutter tat mir immer noch Leid, wissen Sie. Ich dachte, mein Vater wäre jetzt älter und ich selbst auch. Ich wusste, ich könnte nie mehr mit ihnen zusammenleben, aber ich dachte ... Familienstreitigkeiten sind so unzivilisiert, meinen Sie nicht? Meine Mutter war ziemlich gerührt und sagte, sie hätte sich schon immer gewünscht, eine erwachsene Tochter als richtige Freundin zu haben.« Nora Fanshawe zog verächtlich die Nase kraus. »Selbst theatralisch reservierte Leute haben ihre weichen Stellen, Chief Inspector. Ich fuhr mit ihnen nach Eastover.«

»Und der Streit dort, Miss Fanshawe?«

»Darauf komme ich gleich. Bis dahin nämlich kamen wir überraschend gut miteinander aus. Mein Vater nannte meine Mutter ein- oder zweimal sogar Liebling. Sie wollten wissen, was ich tun würde, ob ich schon eine neue Stellung in Aussicht hätte, und es herrschte eitel Frieden. Es war so friedlich, dass meine Mutter, nachdem wir in unserm Ferienhaus gemeinsam Abendbrot gegessen und ein paar Drinks genommen hatten, etwas tat, was sie noch nie getan hatte. Mein Vater war schon nach oben ins Bett gegangen, und auf einmal fing sie an, mir zu erzählen, wie ihr Leben mit ihm gewesen war, all die Bestechungen, die Demütigungen und alles das. Sie redete wirklich, als ob ich eine gleichaltrige Freundin sei, eine Vertraute. Na ja, das ging etwa eine Stunde lang so, da fragte sie mich, ob ich selbst auch irgendwelche romantischen Pläne hätte. Genau das waren ihre Worte. Und ich Idiotin erzählte ihr von dem Mann, mit dem ich zusammengelebt hatte. Aber wenn ich keine solche Idiotin gewesen wäre, dann wäre ich vielleicht das tote Mädchen auf der Straße gewesen.«

»Ihre Mutter reagierte verständnislos?«

»Sie *glotzte* mich einfach bloß an«, sagte Nora Fanshawe betont. »Und dann, bevor ich es verhindern konnte, holte sie meinen Vater aus dem Bett und erzählte ihm alles. Gemeinsam fielen sie über mich her. Meine Mutter wurde hysterisch, und mein Vater warf mir eine Menge unschöner Bezeichnungen an den Kopf. Ich ließ es eine Weile über mich ergehen, aber dann hab ich ihm gesagt, der Apfel falle nicht weit vom Baum und *ich* sei wenigstens nicht verheiratet.« Sie seufzte und hob die eckigen Schultern. »Was glauben Sie, was er mir geantwortet hat?«

»Dass es bei Männern was anderes ist.«

»Woher wissen Sie das? Jedenfalls bildeten meine Eltern erstmals eine geschlossene Front. Nachdem meine Mutter vor meinen Ohren ihm gehorsam alles ausgeplaudert hatte, was ich ihr anvertraut hatte, sagte er, *den* Mann werde er finden – er heißt Michael – und ihn zwingen, mich zu heiraten. Ich konnte es nicht länger ertragen, also habe ich mich in meinem Zimmer eingeschlossen, und am nächsten Morgen fuhr ich nach Newhaven und ging aufs Schiff. Von meiner Mutter hab ich mich so eben noch mit ein paar knappen Worten verabschiedet. Mein Vater war weggegangen.«

»Danke für Ihr Entgegenkommen, Miss Fanshawe. Wollten Sie damit andeuten, dass das tote Mädchen die Geliebte Ihres Vaters gewesen sein könnte?«

»Halten Sie es für unmöglich, dass mein Vater gemeinsam mit seiner Frau *und* seiner Geliebten nach London zurückgefahren ist? Ich versichere Ihnen, das ist durchaus nicht unwahrscheinlich. Für ihn hätte das lediglich bedeutet, das Mädchen kurzerhand mitzubringen, meiner Mutter zu erklären, sie käme mit, und ihr für diese Unannehmlichkeiten eine ansehnliche Entschädigung zu zahlen.«

Wexford vermied es, Nora Fanshawe ins Gesicht zu blicken. Sie war so ein vollkommener Gegensatz zu Sheila. Gemeinsam hatten die beiden lediglich ihre Jugend, ihre Gesundheit und die Tatsache, dass sie wie alle Frauen irgendjemandes Tochter waren. Der Vater des Mädchens hier war tot. In einem Anflug ungewohnter Sentimentalität dachte Wexford, er wolle lieber tot sein als ein Mann, über den eine Tochter derartige Dinge sagen konnte.

Mit ruhiger Stimme meinte er: »Wenn ich Sie richtig verstanden habe, gab es bei ihm zur Zeit keine andere Frau außer Ihrer Mutter. Sie haben keine Idee, wer dieses Mädchen gewesen sein könnte?«

»Ja, diesen Eindruck hatte ich. Aber offenbar habe ich mich geirrt.«

»Miss Fanshawe, dieses Mädchen kann nicht einfach eine Bekannte oder eine Nachbarin aus Eastover gewesen sein, die Ihre Eltern zufällig nach London mitnahmen. In dem Falle hätten doch Verwandte nach ihr gesucht, hätten sich sofort nach dem Unfall gemeldet.«

»Aber das müsste doch in jedem Fall geschehen sein, egal, wer sie war?«

»Nicht unbedingt. Es könnte ein Mädchen ohne feste Adresse gewesen sein oder eine, deren Vermieterin oder Freunde damit rechneten, dass sie an genau diesem Wochenende ausziehen würde. Sie kann sogar irgendwo als vermisst gemeldet sein, und man hat noch keine Nachforschungen angestellt, weil bei ihrem Lebenswandel gelegentliches Verschwinden nichts Ungewöhnliches war. Mit anderen Worten, es könnte sich um ein Mädchen handeln, das ein etwas unstetes Leben führte, die mal hier, mal dort einen Job annahm oder überall im Lande herumzog, um mit verschiedenen Männern zusammenzuleben. Nehmen Sie zum Beispiel mal an, sie hätte das Wochenende in irgendeinem Badeort an der Südküste verbracht und hätte versucht, sich als Anhalterin von Ihrem Vater mitnehmen zu lassen?«

»Mein Vater hätte nie im Leben einen Anhalter mitgenommen. Beide, meine Mutter und mein Vater, verabscheuten das Trampen. Chief Inspector, Sie reden, als ob alle Insassen des Wagens jetzt tot seien. Vergessen Sie dabei nicht, dass meine Mutter sehr wohl lebendig ist? Sie befindet sich auf dem Wege der Besserung, und ihr Gehirn ist nicht beschädigt. Und sie besteht mit Nachdruck darauf, dass niemand im Wagen war außer meinem Vater und ihr.« Nora Fanshawe hob den Blick, und ihre Stimme verlor ein wenig von ihrer Sicherheit. »Es wäre natürlich denkbar, dass sie so etwas wie einen psychologischen Block hat. Sie *will* glauben, dass mein Vater sich verändert hat und dass kein Mädchen bei ihnen im Wagen gesessen hat, also versteift sie sich darauf, sie sei mit ihm allein gewesen. Das könnte natürlich sein.«

»Ich bin überzeugt, dass es so gewesen ist.« Wexford stand auf. »Gute Nacht, Miss Fanshawe. Vielen Dank für den Kaffee. Ich nehme an, Sie bleiben ein paar Tage hier?«

»Wir bleiben in Verbindung. Gute Nacht, Chief Inspector.«

Als Nächstes, so überlegte er beim Heimgehen, würden sie die Listen der vermissten Personen in den Ferienorten überprüfen und, wenn das ergebnislos bliebe, auch die aus London. Das waren Routinearbeiten und nicht seine Angelegenheit. Warum verfolgte er eigentlich überhaupt diesen Verkehrsunfall, der doch nicht einmal direkt in seine Zuständigkeit fiel, und ließ sich dadurch von dem Mordfall Hatton ablenken? Wegen Begleitumständen, die so dubios und unerklärlich waren, dass niemand sie einfach ›weginterpretieren‹ konnte?

Natürlich würde sich am Ende herausstellen, dass das tote Mädchen einfach von Jerome Fanshawe an jenem Wochenende irgendwo aufgegabelt worden war, weil sie ihn reizte. Es musste nicht gleich so dramatisch zugegangen sein, wie Nora Fanshawe meinte. Warum sollte Fanshawe nicht einfach zu seiner Frau gesagt haben: »Dieses junge Mädchen hier hat den letzten Zug verpasst, und da sie in London wohnt, habe ich ihr angeboten, wir würden sie mitnehmen.« Aber in dem Falle hätte Mrs. Fanshawe die Gegenwart des Mädchens wohl kaum bestritten.

Nein, da steckte mehr dahinter. Da gab es zum Beispiel diese Handtasche. Camb hatte die Tasche untersucht und darin nichts gefunden außer Make-up und ein bisschen Kleingeld. Das war ungewöhnlich. Wexford überlegte. Wo waren ihre Schlüssel? Wo waren all die anderen Sachen und kleinen Dinge, die Frauen gewöhnlich in ihre Handtaschen stopften, Kassenzettel aus Modegeschäften, Rezepte, Fahrscheine, Füller, Briefe? Die Sachen, die sich in der Handtasche befunden hatten, waren völlig anonym, die fehlenden Sachen hätten wahrscheinlich eine Identifizierung ermöglicht.

Wexford schloss die Tür seines Hauses auf, und Klytämnestra kam angestürzt, um ihn zu begrüßen.

»Was würdest du machen«, fragte er seine Frau, »wenn ich ein junges Mädchen mit nach Hause brächte und dir dafür tausend Pfund anbieten würde, dass du sie dableiben lässt?«

»Du hast keine tausend Pfund«, sagte Mrs. Wexford.

»Stimmt. Immer ist irgendwo 'ne Fliege in der Suppe.«

»Da wir gerade von jungen Mädchen und von Geld reden: Mr. Vigo hat eine Rechnung für die Zähne deiner Tochter geschickt, die haut dich glatt um.«

Wexford warf einen Blick darauf und stöhnte. »Pergolas!

Laubengänge!«, fluchte er. »Chinesisches Chippendale! Ich wünsch mir bloß, dass einer meiner Klienten ihm sein Planetarium klaut, das ist alles! Gibt's hier vielleicht ein Bier im Haus?«

Seine Frau verbiss sich ein Lächeln, stieg über den zusammengerollten Wuschelhund hinweg, ging in die Küche und machte eine Bierdose auf.

Einen Bierkrug neben sich, verbrachte Wexford die nächsten zwei Stunden damit, Hattons Fahrtenbuch und Mrs. Hattons Notizkalender zu studieren. Es war die Woche unmittelbar vor dem 21. Mai, die ihn interessierte. Am 22. hatte Hatton fünfhundert Pfund auf sein Bankkonto eingezahlt, und zwei Tage vorher war er entweder schon im Besitz eines größeren Geldbetrages gewesen oder doch zumindest überzeugt, ihn demnächst zu bekommen, denn am 21., einem Dienstag, hatte er seine Zahnprothesen in Auftrag gegeben.

Mrs. Hattons Notizkalender war in Buchform gebunden. Jeweils auf der linken Seite waren Fotos mit englischen Landschaftsidyllen und Versen, die sowohl zu den Bildern als auch zu der entsprechenden Jahreszeit passten, während die rechten Seiten in jeweils sieben Abschnitte unterteilt waren, in denen links der Wochentag stand und daneben ein Kästchen von etwa drei mal zwölf Zentimetern frei blieb für kurze Eintragungen.

Wexford schlug es bei Sonntag, dem 12. Mai, auf.

Die Fotografie zeigte eine Obstplantage in Kent, und der Spruch darunter stammte aus ›*Wie es euch gefällt*‹: ›Männer sind Mai, wenn sie freien, und Dezember in der Ehe. Mädchen sind Frühling, solange sie Mädchen sind, aber der Himmel verändert sich, wenn sie Frauen sind.‹ Bei den Hattons stimmte das nicht, dachte er. Wollen doch mal sehen, womit sich Mrs. Hatton während dieser speziellen Woche beschäftigt hat.

Unter Sonntag – nichts. Montag, 13. Mai: *C. fährt nach Leeds. Mutter zum Tee.* Dienstag, 14. Mai: *Gaswerk angerufen. C. 15 Uhr zurück. Kino.* Und hier in Hattons Fahrtenbuch fand sich die Bestätigung dieser Fahrt nach Leeds. Auf dem Hinweg hatte er zweimal angehalten, zum Lunch in Norman Cross im *Merrie England Café* und später noch einmal zum Teetrinken im *Dave's Diner* in der Nähe von Retford. Sein Zimmer in Leeds hatte er bei einer Mrs. Hubble in der Ladysmith Road 21, und auf der Rückfahrt hatte er nur einmal gehalten, wiederum im *Merrie England Café.* Bis zu diesem Punkt gab es in dem Fahrtenbuch nichts, was Wexford stutzig gemacht hätte. Hatton hatte die Fahrt in der kürzestmöglichen Zeit zurückgelegt, sodass ihm keine Minute für verborgene Aktivitäten geblieben sein konnte. Er wandte sich wieder dem Kalender zu.

Mittwoch, 15. Mai: *C. nicht zur Arbeit. Arzt angerufen; auf Krankenschein, nicht privat.* Interessant: Hatton war krank gewesen und zu diesem Zeitpunkt anscheinend nicht gut bei Kasse. Donnerstag, 16. Mai: *C. Sommergrippe. Jack und Marilyn anrufen, Essen absagen.* Für Freitag, den 17. Mai, gab es keine Eintragung.

Sonnabend, 18. Mai: *C. besser. Arzt noch mal da. Besuch von Jim und Mutter.*

Damit war die Woche zu Ende. Wexford blätterte um auf Sonntag, 19. Mai: *C. nach Leeds. Will mich 20 Uhr anrufen. J. und M. abends zu Drinks und Karten.* Gegenüber war das Foto eines großen Landhauses und darunter die Zeilen: Es ist eine allgemein anerkannte Tatsache, dass ein Mann mit Vermögen zwangsläufig eine Frau braucht. Wexford schmunzelte grimmig. Montag, 20. Mai: *C. geht's wieder schlecht. Spät aus Leeds abgefahren. 22 Uhr zu Hause.*

Schnell verglich Wexford das mit dem Fahrtenbuch. Richtig, hier war Hattons Eintragung, dass er zu krank gewesen sei, die Rückfahrt vor Mittag anzutreten. Er war langsam nach Hause gefahren und hatte auf dem Weg zweimal gehalten, am *Hollybush* bei Newark und beim *Merrie England.* Aber war er wirklich krank gewesen oder hatte er simuliert, um in Leeds Zeit herauszuschlagen? Denn wie immer er auch zu dem Geld gekommen war, er musste es sich, davon war Wexford überzeugt, zwischen dem 19. und 20. Mai verschafft haben.

Dienstag, 21. Mai: *C. wieder fit. Freier Tag. Jack und Marilyn besucht. 14 Uhr Termin beim Zahnarzt.*

Eine präzise kleine Frau, diese Lilian Hatton. Unmöglich zu sagen, ob sie etwas gewusst hatte. Auf jeden Fall wäre dieser Terminkalender das Letzte gewesen, dem sie ihre Geheimnisse anvertraut hätte.

Es hatte nicht den Anschein, als ob Hatton an diesem Montagvormittag in Leeds viel unternommen hätte, aber wissen konnte man das nicht. Blieb noch die Nacht zwischen Sonntag und Montag, die man unter die Lupe nehmen musste. Nach allem, was Wexford jetzt wusste, konnte es vielleicht in Leeds zu dieser Zeit einen Bankraub gegeben haben. Das musste alles überprüft werden. Er fragte sich bloß, weshalb die Fanshawe-Geschichte ihm dauernd im Kopf herumspukte und seine Konzentration störte. Und auf einmal wusste er es:

Fanshawe hatte seinen Wagen am Montag, dem 20. Mai, zu Bruch gefahren. Ein nicht identifiziertes Mädchen war am 20. Mai gestorben, und ebenfalls am 20. Mai hatte sich für Charlie Hatton eine Goldgrube aufgetan.

Aber da konnte es doch keinen Zusammenhang geben. Fanshawe war ein wohlhabender Börsenmakler mit einer Wohnung in Mayfair und hatte, abgesehen von seinen anrüchigen Moralvorstellungen, keinen Flecken auf der Weste. Und Charlie Hatton war ein schlitzohriger kleiner Fernfahrer, der wahrscheinlich sein Lebtag nicht in Mayfair gewesen war.

Es war wohl nur eine eigenartige Koinzidenz, dass Hatton genau einen Tag später ermordet wurde, nachdem Mrs. Fanshawe das Bewusstsein wiedererlangt hatte.

Wexford schloss die beiden Bücher und trank sein Bier aus. Er war müde und ein bisschen benebelt, weil er zu viel getrunken hatte. Er gähnte ausgiebig, ließ Klytämnestra zur Hintertür hinaus, blieb auf der Schwelle stehen, während er auf sie wartete, und starrte blicklos zum wolkenlosen, sternenübersäten Himmel empor.

11

»Guten Morgen, Miss Thompson«, sagte Wexford mit einer Herzlichkeit, die er nicht empfand.

»Mrs. Pertwee, wenn's Ihnen nichts ausmacht.« Sie griff sich einen der Drahtkörbe, die draußen vor dem Supermarkt aufgestapelt standen, und blickte ihn herausfordernd und feindselig an. »Jack und ich haben gestern Nachmittag in aller Stille geheiratet.«

»Dann darf ich als einer der Ersten dazu gratulieren?«

»Vielen Dank. Ja, stimmt, wir haben keinem was davon erzählt. Jack war so fertig wegen Charlie. Wann werden Sie denn endlich seinen Mörder fassen, das möcht ich mal wissen? Aber ich nehme an, Sie reißen sich kein Bein aus – war ja bloß ein kleiner Arbeiter. Wenn's einer von den Großkopferten gewesen wär – das wäre was anderes gewesen! Diese kapitalistische Gesellschaft, in der wir leben, ist zum Kotzen. Wirklich, kotzen könnte man!«

Wexford trat einen Schritt zurück aus Angst, sie könnte ihr Wort in die Tat umsetzen. Die Frischvermählte blitzte ihn unter ihren Zahnbürstenwimpern an. »Nun machen Sie sich mal auf die Socken«, sagte sie erbarmungslos. »Für den Mörder von Charlie ist Hängen noch viel zu gut!«

»Na, na, meine Liebe«, meinte Wexford besänftigend, »und ich dachte immer, ihr Progressiven wärt total gegen die Todesstrafe?«

Sie stürmte in den Supermarkt, und Wexford setzte mit kaum verhohlenem Lächeln seinen Weg fort. Camb blickte ihn skeptisch an, als er das Polizeipräsidium betrat.

»Der Fall Fanshawe scheint Sie zu interessieren, Sir? Ich traf Miss Fanshawe, als ich ankam.«

»Richtig«, meinte Wexford, »ich bin so daran interessiert, dass ich Detective Constable Loring in die Ferienorte runterschicke, um festzustellen, wer dort vermisst wird, und vielleicht täten wir gut daran, das Gleiche auch in London zu tun.«

Burden war schon weg, nach Stamford. Wexford trat in den Lift und beschloss, die Londoner Überprüfung selbst vorzunehmen. Allmählich gingen ihm diese jungen Frauen auf die Nerven. Es liefen so viele von ihnen herum, und er hatte den Eindruck, sie machten der Polizei genauso viel Ärger wie Einbrecher. Wenn man sich allein ansah, wie viele von ihnen in London als vermisst galten! Diese Tätigkeit war ein bisschen unter seiner Würde, aber ehe nicht Burden und Sergeant Martin ihm neue Informationen lieferten, hatte er wenig anderes zu tun, und auf diese Weise konnte er sicher sein, dass es anständig gemacht wurde!

Bis zum Mittag hatte er seine Suchaktion von zwölf vermissten jungen Frauen im Bezirk London auf drei Fälle konzentriert. Die Erste war Carol Pearson aus Muswell Hill. Sie interessierte ihn, weil sie als Volontärin in einem Friseurgeschäft in Eastcheap gearbeitet hatte. Jerome Fanshawes Büro war in Eastcheap, und das Friseurgeschäft hatte auch einen Herrensalon. Außerdem war sie von Bedeutung, weil sie schwarzes Haar hatte und die Vermisstenmeldung seit dem 17. Mai bestand.

Das zweite Mädchen, Doreen Dacres, war genau wie Carol Pearson schwarzhaarig und zwanzig Jahre alt, und sein Interesse war durch die Tatsache geweckt worden, dass sie am 15. Mai ihr Zimmer in Finchley aufgegeben hatte, um einen Job in Eastbourne anzutreten. Seither hatte man nichts mehr von ihr gehört, weder in Finchley noch in dem Club in Eastbourne.

Bridget Culross war der letzte Name, mit dem er meinte sich befassen zu sollen. Sie war zweiundzwanzig Jahre alt und Krankenschwester an der Princess Louise Clinic in der New Cavendish Street gewesen. Am Sonnabend, dem 18. Mai, war sie weggefahren, um das Wochenende mit einem unbekannten Freund in Brighton zu verbringen, aber sie war nicht in die Klinik zurückgekehrt. Es wurde unterstellt, dass sie mit ihrem Freund durchgebrannt sei. Ihr Haar war gleichfalls dunkel, ihre Lebensführung chaotisch, und ihre einzige Verwandte war eine Tante in County Leix.

Junge Frauen! dachte Wexford irritiert, und er musste dabei auch an seine eigene Tochter denken, die ihn seelenruhig den letzten Penny aus seinen Taschen kratzen ließ, damit sie irgendwann in nebelhafter Zukunft in die Kamera würde lächeln können.

Der lange Tag verging träge, und es wurde sehr heiß. Über den dicht gedrängten Dächern der Stadt ballten sich schwere Gewitterwolken zusammen. Aber sie milderten nicht die Hitze, im Gegenteil, sie bildeten eine bleierne Dunstglocke mit einer erstickenden Hitze. Die Sonne war verschwunden.

Wexford saß weit zurückgelehnt mit geschlossenen Augen am offenen Fenster, und die warme, atemlose Luft umgab ihn wie sonst nur die Heizungsluft im Winter aus dem Gitterrost unten in der Wand. Niemand störte ihn, und er war glücklich. Er dachte nach.

In Stamford regnete es, als Burden zu einem Landhaus fuhr, das angeblich von einem Mann namens McCloy bewohnt wurde, fand es jedoch verlassen, die Türen verschlossen und den Garten verwildert. Nachbarn gab es nicht, niemanden, der ihm sagen konnte, wohin McCloy verschwunden war.

Inspector Loring fuhr die Promenaden der südlichen Küstenstädte entlang, fragte in Polizeirevieren nach und klapperte vor allem jene Clubs und Cafés und Unterhaltungs-Etablissements ab, in denen Mädchen kamen und gingen und sich nur flüchtig kennen lernten. Er fand auch wirklich einen Club, wo eine Doreen Dacres engagiert worden, jedoch nie angekommen war, und das befriedigte ihn aufs Höchste. Er rief umgehend bei Wexford an, um es ihm zu erzählen, aber seine gehobene Stimmung bekam einen Dämpfer, als er hörte, dass der Chief Inspector genau dasselbe drei Stunden zuvor ebenfalls herausgefunden hatte.

Das Gewitter brach um fünf Uhr los.

In der Zeit davor hatte sich ein Wolkengebirge aufgetürmt, und der westliche Himmel leuchtete purpurn und schwärzlich. Die Umrisse der Gebäude hoben sich in gestochener Klarheit ab, und dazwischen die Bäume mit bleigrauem Schimmer. Trotz der lastenden Hitze begannen die Leute bei ihren Einkäufen zu hasten, aber der Regen, der nach feuchten Tagen so bereitwillig fiel, ließ jetzt, nach vierzehntägiger Trockenheit, beharrlich auf sich warten.

Die erste flüsternde Brise kam wie ein heißer Atem, und Wexford schloss das Fenster. Anfangs kaum wahrnehmbar, begannen sich die Blätter der Straßenbäume in der High Street zu bewegen. Den größten Teil der Auslagen vor den Gemüse- und Blumengeschäften hatte man schon hereingeholt, jetzt waren die Sonnensegel und -schirme dran, und wasserdichte Persennings erschienen an ihrer Stelle. Wexford lehnte den Kopf gegen die Scheibe und beobachtete, wie am westlichen Himmel die aschblauen Kumuluswolken grellweiße Ränder bekamen.

Es war ein gegabelter Blitz, sich urplötzlich ausbreitend wie ein Feuerwerk, und er bildete die Äste eines lodernden

Baumes. Als die äußersten Zweige feurig aufflammten und in die tintenschwarzen Wolken schnitten, da rollte der Donner aus dem Westen heran.

Wexford liebte Gewitter sehr. Er mochte die verästelten Blitze lieber als die zickzackförmigen, und sogleich wurde er mit einem zweiten vielarmigen Blitzbaum belohnt, der direkt aus dem Fluss aufzusprießen schien und im Himmel über den Kingsbrook-Wiesen erblühte. Dieses Mal krachte der Donner wie ein Pistolenschuss, und unvermittelt begann der Regen zu fallen.

Die ersten schweren Tropfen schlugen unten wie Münzen auf das Trottoir, und die rosa Blumen in ihren Kübeln auf dem Vorplatz schaukelten und duckten sich. Einen kurzen Moment schien es, als zaudere der Regen noch, als tröpfele er nur lustlos ein wenig in die staubigen Gossen, wo seine Tropfen wie Quecksilberkügelchen umherrollten. Aber dann, nach einer Serie zuckender Blitze, ergoss sich das Wasser in mächtigen Bächen. Es schwappte gegen die Scheiben, schwemmte in großen, reinigenden Strömen den Staub herunter, und Wexford trat vom Fenster weg. Die plötzliche Sturzflut war wie eine Woge, und sie verdunkelte die Scheiben genau wie die Dämmerung.

Er hörte einen Wagen durch die Pfützen spritzen und anhalten, dann Türenschlagen – Burden vielleicht. Das Haustelefon läutete, und Wexford nahm den Hörer ab.

»Ich habe Cullam hier, Sir.« Es war Sergeant Martins Stimme. »Soll ich ihn raufbringen? Ich dachte, Sie würden sich gern mal mit ihm unterhalten.«

Maurice Cullam hatte Angst vor dem Gewitter, und das kam Wexford nicht ungelegen. Verächtlich betrachtete er das bleiche Gesicht, die knochigen, zitternden Hände.

»Na, Cullam, Angst? Keine Sorge, wir sterben gemeinsam.«

»Haha, sehr komisch«, sagte Cullam und zuckte zusammen, als ein Donnerschlag über ihren Köpfen krachte. »Ich glaube nicht, dass es hier sehr sicher ist, so weit oben. Ich war mal als Kind in einem Haus, wo es eingeschlagen hat.«

»Aber Sie sind ungeschoren davongekommen, was? Na ja, es heißt ja, der Teufel sorgt für die Seinen. Weshalb bringen Sie ihn her, Sergeant?«

»Er hat den Kühlschrank gekauft«, erwiderte Sergeant Martin. »*Und* einen elektrischen Heizofen *und* noch einen Haufen elektrischen Krimskrams. Und bar bezahlt hat er, fast hundertzwanzig Pfund.«

Wexford knipste das Licht an, denn hinter den strömenden Scheiben war der Himmel dunkel wie an einem Winterabend. »Also los, Cullam, woher haben Sie das Geld?«

»Hab's gespart.«

»Ich verstehe. Wann hatten Sie doch noch Ihre Waschmaschine gekauft, in der Sie Ihre Klamotten gewaschen haben, nachdem Hatton tot war?«

»Im April.« Das Gewitter ließ nach, und der Donner wurde zu einem fernen Grollen. Cullams Schultern sanken herab, und er hob verdrossen den Blick. »Ja, das war im April.«

»Dann haben Sie also in zwei Monaten hundertzwanzig Pfund gespart. Was kriegen Sie in der Woche? Zwanzig? Zweiundzwanzig? *Sie,* mit fünf Kindern und den Mietzahlungen für eine Gemeindewohnung, Sie wollen das in zwei Monaten gespart haben? Das glauben Sie doch selbst nicht, Cullam. Ich könnte das nicht in sechs Monaten zusammensparen, und meine Kinder sind erwachsen.«

»Sie können nicht beweisen, dass ich's nicht gespart hab.«

Cullam zuckte zusammen, als die Deckenbeleuchtung plötzlich flackernd verlosch und gleich darauf wieder anging. Ein rollendes Dröhnen wie von vielen Trommeln, weit entfernt zuerst, ging in ein krachendes Stakkato über, welches anzeigte, dass das Gewitter nach Kingsmarkham zurückkehrte. Unruhig rutschte Cullam auf seinem Stuhl herum und biss sich auf die Lippen.

Wexford lächelte, als ein Zickzackblitz die sanfte Beleuchtung des Büros schlagartig in gleißende Helligkeit verwandelte. »Hundert Pfund«, sagte er, »das ist 'ne klägliche Bezahlung für das Leben eines Menschen. Was meinen Sie, Sergeant?«

»Ich bin mit fünftausend versichert, Sir.«

»Das ist nicht ganz das, was ich wissen wollte, aber lassen wir das. Man sieht, ein Mörder wird immer entsprechend seiner Selbsteinschätzung bezahlt. Egal, was das Leben des Opfers wert ist. Wenn ein Strauchdieb den König umbringt, kann er nicht den gleichen Lohn erwarten wie ein General. Er würde ihn auch gar nicht erwarten. Seine Maßstäbe sind niedrig. Wenn also jemand einen Mörder anheuern will und er ist ein Geizkragen, dann sucht er sich das Mieseste vom Miesen aus, um seine dreckige Arbeit zu machen. Natürlich, die wird dann auch nicht gerade optimal erledigt.«

Wexfords letzte Worte gingen im Donnergetöse unter. »Was meinen Sie damit, das Mieseste vom Miesen?« Cullam blickte ihn unterwürfig und hinterhältig zugleich an.

»Na, das stimmt doch wohl, oder? Mieser als Sie geht's doch gar nicht mehr, Cullam, was? Erst mit einem Mann trinken – den Whisky, den *er* bezahlt hat – und ihm dann auflauern, um ihn umzubringen?«

»Ich hab doch Charlie Hatton nicht umgebracht!« Cullam kam zitternd auf die Füße. Der Blitz flammte auf, er legte eine Hand über die Augen und sagte verzweifelt: »Um Gottes willen, können wir nicht runtergehen?«

»Ich glaube, Hatton hatte Recht, als er Sie ein altes Weib nannte, Cullam«, sagte Wexford angewidert. »Wir gehen runter, wenn ich hier mit Ihnen fertig bin. Jetzt reden Sie, und wenn Sie mir gesagt haben, wo McCloy ist und wie viel er Ihnen bezahlt hat, dann können Sie runtergehen und Ihren Kopf in den Sand stecken.«

Cullam stand noch immer, stützte sich auf den Schreibtisch und ließ den Kopf hängen. »Das ist eine Lüge«, flüsterte er. »Ich kenne McCloy nicht, und ich habe Hatton nicht angerührt.«

»Woher haben Sie dann das Geld? Mensch, setzen Sie sich hin, Cullam. Was für ein Mann sind Sie eigentlich, dass Sie vor so 'nem bisschen Gewitter Angst haben? Ist doch lächerlich – Angst vor Gewitter, aber tapfer genug, im Dunkeln unten am Fluss zu lauern und Ihrem Freund eins über den Schädel zu hauen! Also, nun mal los, Sie können es uns doch ebenso gut gleich erzählen. Früher oder später müssen Sie es ja doch tun, und ich nehme an, dieses Gewitter dauert noch Stunden. Also – Hatton war sauer geworden auf McCloy, was? Und da hat McCloy Ihnen ein bisschen Schmiergeld gegeben, damit Sie mit Hatton nach Hause gehen und ihn hinterrücks fertig machen. Mordwaffe und -methode blieben Ihnen überlassen. Merkwürdig, Sie waren sogar so mies, dass Sie ihm nicht mal einen anständigen Knüppel gegönnt haben.«

Wieder stammelte Cullam: »Das ist alles Lüge.« Er ließ sich wieder auf den Stuhl fallen, vergrub den Kopf in den Händen und wandte ihn vorsichtshalber vom Fenster weg. »*Ich* und Charlie mit so 'nem Stein da auf den Kopf knallen? Da würd ich nicht mal im Traum dran denken, ich würde doch …«

»Und woher wissen Sie, dass es einer der Steine aus dem Fluss war, womit er erschlagen wurde?«, nagelte Wexford ihn triumphierend fest. Sehr langsam hob Cullam den Kopf, und auf seiner Haut glänzte Schweiß. »*Ich* habe Ihnen das jedenfalls nicht gesagt.«

»Ich auch nicht, Sir«, warf der Sergeant ein.

»Oh, Gott«, sagte Cullam mit leiser, bebender Stimme.

Die schwarzen Wolken teilten sich, und in den Spalten zeigte sich ein grünlich bleicher Sommerhimmel. Unvermindert trommelte der Regen gegen die Scheiben.

Die Polizei in Stamford wusste nichts über Alexander James McCloy. Er stand auf der Wählerliste verzeichnet als wohnhaft in Moat Hall, jenem kleinen Landhaus, das Burden verlassen vorgefunden hatte. Aber ganz offensichtlich hatte er es schon vor Monaten verlassen. Burden trottete durch den Regen von Immobilienmakler zu Immobilienmakler, und schließlich fand er Moat Hall in den Listen einer kleinen Firma in den Außenbezirken der Stadt. Es war im Dezember von McCloy an eine amerikanische Witwe verkauft worden, die jedoch – ohne dort überhaupt gewohnt zu haben – ihre Meinung geändert und es wiederum diesem Makler an die Hand gegeben hatte, um dann abzureisen und den Sommer in Schweden zu verbringen.

Mr. McCloy hatte ihnen keine Adresse hinterlassen. Warum hätte er das auch tun sollen? Das Geschäft mit ihnen war zufrieden stellend abgewickelt worden, er hatte das Geld von der amerikanischen Lady genommen und war verschwunden.

Nein, in Mr. McCloys Verhalten habe es eigentlich nichts Auffälliges gegeben, nichts, was den Verdacht erregt hätte, er sei kein integrer Mann.

»Was meinen Sie mit ›eigentlich‹?«, fragte Burden.

»Das Anwesen war sehr ungepflegt, nicht so, wie man es von einem Gentleman erwarten sollte. Es war wirklich eine Schande zuzusehen, wie das Grundstück verkam. Nun ja, er war Junggeselle und hatte, soweit ich weiß, keinerlei Personal.«

Moat Hall lag einen guten Kilometer von der A 1 entfernt in einer Mulde zwischen den Hügeln. »War er immer allein, wenn Sie wegen des Hauses mit ihm zu tun hatten?«, wollte Burden wissen.

»Einmal hatte er zwei Männer bei sich. Nicht so ganz seine Klasse, fand ich.«

»Sagen Sie, hat er Sie überall im Haus und auf dem Grundstück herumgeführt, damit Sie Ihre Bestandsaufnahme machen konnten, oder wie Sie das nennen?«

»Ja, sicher. Und es war alles ganz in Ordnung – nicht allzu sauber, aber das nur nebenbei. Mr. McCloy ließ mir freie Hand, hinzugehen, wo ich wollte, ausgenommen die beiden großen Nebengebäude. Die würden als Lagerräume benutzt, sagte er, und insofern hatte ich da nichts zu besichtigen. Die Türen waren ohnehin mit Vorhängeschlössern zugesperrt, und für meine Zwecke reichte es ja, dass ich sie von außen gesehen hatte.«

»Und da standen doch bestimmt auch diese oder jene Lastwagen rum?«

»Nicht dass ich welche gesehen hätte.«

»Aber in den Schuppen hätten welche gewesen sein können?«

»Möglich wär das schon gewesen«, meinte der Makler nachdenklich. »Der eine war beinahe so groß wie ein Hangar.«

»Ja, das habe ich auch gesehen«, antwortete Burden grimmig. Er war fast sicher, seinen Mann gefunden zu haben, um sagen zu können: *McCloy was here.* Aber was hatte er letzten Endes erreicht, außer ein winziges Segment aus dem Leben dieses Mannes aufgedeckt zu haben? McCloy war hier gewesen und war wieder verschwunden. Alles, was man tun konnte, war, in Moat Hall das Unterste zuoberst zu kehren in der vagen Hoffnung, dass an diesem verlassenen Ort irgendetwas zurückgeblieben war, das Aufschluss gab über das derzeitige Versteck seines vormaligen Eigentümers.

»Wollen Sie mir eine Mordanklage anhängen?«, fragte Cullam dumpf.

»Ihnen und McCloy und vielleicht noch ein paar anderen, wenn Sie uns endlich sagen, wer die sind. Gemeinschaftlicher Mord lautet die Anklage dann. Nicht dass der Unterschied sehr groß wäre.«

»Aber ich habe fünf Kinder!«

»Die Gefängnisse sind voll von Vätern, Cullam. Also nun mal raus mit der Sprache! Sie wollen doch nicht ganz allein in den Knast, oder? Sie wollen doch nicht, dass McCloy unbehelligt davonkommt und sich ins Fäustchen lacht, während Sie fünfzehn Jahre abbrummen? Für ihn läuft es auf das gleiche Urteil hinaus, müssen Sie wissen. Der kommt kein bisschen besser davon, bloß weil er Ihnen gesagt hat, Sie sollen Hatton umbringen.«

»Das hat er ja gar nicht!«, versetzte Cullam aufgebracht. »Wie oft soll ich Ihnen denn noch sagen, ich kenne diesen McCloy nicht?«

»Verdammt oft, eh ich Ihnen das glaube, Cullam. Weshalb hätten Sie denn Hatton aus eigenem Antrieb töten sollen? Man muss doch einen Mann nicht gleich umbringen, bloß weil er mehr Geld und ein schöneres Zuhause hat als man selbst.«

»Ich habe ihn nicht umgebracht!« Cullams Stimme war dem Schluchzen bedenklich nahe.

Wexford schaltete das Licht aus, und einen Augenblick lang kam ihm der Raum sehr dunkel vor. Aber als die Augen sich daran gewöhnt hatten, merkte er, dass es nicht dunkler war als sonst auch an Sommerabenden nach einem schweren Regen. Die Beleuchtung draußen hatte einen Stich ins Blaue, und die Luft war viel frischer geworden. Er machte das Fenster auf, und eine kühle Brise fuhr herein und verfing sich in den Vorhängen. Unten auf dem Vorplatz lagen die rosa Blumen, erschlagen in der nassen Erde.

»Jetzt hören Sie mal zu, Cullam«, sagte er, »Sie sind doch dort gewesen. Sie sind doch zehn Minuten *vor* Hatton an der Brücke losgegangen. Es war zwanzig vor elf, als Sie sich von Hatton und Pertwee verabschiedeten, und selbst wenn Sie langsam gegangen wären, hätten Sie gegen elf zu Hause sein müssen. Aber da sind Sie erst Viertel nach elf angekommen. Und dann waschen Sie am nächsten Morgen das Hemd, das Sie angehabt haben, und den Pullover und die Hose. Und Sie wissen, dass Hatton mit einem Stein aus dem Fluss erschlagen worden ist. Und heute gehen Sie, der zwanzig Pfund in der Woche verdient und nie einen Penny übrig hat, hin und geben hundertzwanzig Pfund für teure Küchengeräte aus: Das müssen Sie mir erst mal erklären, Cullam, das müssen Sie mir wirklich mal erklären. Das Gewitter ist jetzt vorbei, Sie brauchen keine Angst mehr zu haben, höchstens vor fünfzehn Jahren Knast.«

Cullam spreizte seine grobschlächtigen Hände, ballte sie und beugte sich vor. Der Schweiß auf seinem Gesicht war getrocknet. Er schien Schwierigkeiten zu haben, die Muskeln, die an seiner Stirn und in seinen Mundwinkeln arbeiteten, unter Kontrolle zu halten. Wexford wartete geduldig, denn er sah, dass der Mann im Augenblick außer Stande war zu sprechen. Die Angst hatte seine Stimmbänder ausgedörrt und paralysiert. Er wartete geduldig, wenn auch ohne eine Spur von Mitleid.

»Die hundertzwanzig Pfund und seine Lohntüte …«, brachte Cullam schließlich hervor, »… die hab ich genommen. Von der Leiche.«

12

»Wozu brauchte er es denn noch, der saubere Charlie Hatton? Ich bin in seiner Wohnung gewesen, ich hab gesehen, was der alles hatte. Haben Sie mal seine Frau gesehen, ja? Aufgedonnert wie 'ne Nutte, mit ihren Kleidern und ihrem Schmuck und all dem Kleister auf dem Gesicht, und den ganzen Tag nichts zu tun, nichts, als vor der Farbglotze zu sitzen und ihre Freundinnen anzurufen. Die beiden haben keine Kinder, die sich auf einen stürzen und einem die Ohren volljaulen, sobald man zur Tür reinkommt, die die ganze Nacht auf einem rumkriechen, weil sie ihre verdammten Zähne kriegen. Wollen Sie wissen, wann meine Alte das letzte Mal ein neues Kleid gekriegt hat? Wollen Sie wissen, wann wir das letzte Mal abends ausgegangen sind? Die Antwort ist – nie, seit das erste Baby da war. Meine Frau muss die Sachen für die Kinder im Trödelladen kaufen, und wenn sie ein Paar neue Strümpfe braucht, dann sind die dritte Wahl. Große Klasse, finden Sie nicht? Lilian Hatton hat mehr Klamotten als ein Filmstar, aber sie muss natürlich losgehen und dreißig Pfund für einen neuen Fummel für Pertwees Hochzeit ausgeben. Hundert Pfund? Die würde sie noch nicht mal vermissen. Die kann sie als Fidibus benutzen, um ihre Zigarette anzuzünden!«

Die Schleusen waren geöffnet, und jetzt redete Cullam, der verstockte, misstrauische Cullam, ungebremst von der Leber weg. Wexford hörte mit großer Konzentration zu, obgleich er aussah, als ob er überhaupt nicht hinhöre. Wäre Cullam in der Verfassung gewesen, das Verhalten seines Ge-

genübers zu beobachten, er hätte ihn für gelangweilt oder geistesabwesend halten müssen. Aber Cullam wollte nichts anderes als reden. Seine Zuhörer waren ihm dabei egal. Alles, was er brauchte, war der Luxus der Stille und eines nahezu leeren Raumes.

»Ich hätt das ja alles ertragen«, sagte er, »bloß diese ewige Prahlerei! ›Steck's weg, Maurice‹, sagte Charlie etwa, ›hast es nötiger als ich.‹ Und dann erzählte er mir von der Halskette, die er für seine Frau gekauft hat. ›Wo das herkommt, da ist noch viel mehr‹, sagte er dann auch noch. Menschenskind, und ich weiß nicht, woher ich das Geld nehmen soll, um meinen Kindern neue Schuhe zu kaufen! Als ich so lange verheiratet war wie Hatton, da hatte ich schon zwei Kinder. Ist das vielleicht gerecht? Ist das in Ordnung? Das müssen Sie mir mal sagen!«

»Parteipolitische Rundfunksendungen hab ich genug gehört«, unterbrach Wexford ihn. »Und Ihr Neid interessiert mich einen Dreck. Ihr Neid ist übrigens ein verdammt gutes Motiv für einen Mord.«

»So? Und was hätte ich davon, wenn ich ihn umgebracht hätte? *Ich* war in seinem Testament nicht bedacht. Ich hab Ihnen gesagt, was ich getan hab. Ich hab das Geld von seiner Leiche genommen. Fünf Kinder hab ich, und der Milchmann kommt nicht vor elf Uhr vormittags. Haben Sie mal versucht, Milch für fünf Kinder während einer Hitzewelle ohne Kühlschrank frisch zu halten?« Er hielt inne, und mit giftigem, unstetem Blick fuhr er fort: »Wissen Sie, was Hatton Sonnabend gemacht hätte, wenn er nicht umgebracht worden wäre? Erst mal die Hochzeit, Pertwees Hochzeit, und Hatton flott mit Zylinder neben seiner aufgetakelten Nutte. Und hinterher dann Geschäftebummel, nicht, um was einzukaufen, sondern bloß so, zum Zeitvertreib. Charlie hat mir doch selbst erzählt, so mal eben zwanzig Pfund auf den Kopf zu hauen, wenn sie in den Geschäften rumstöberten, das sei bei ihnen gar nichts. Hier 'ne Flasche Wein, da ein bisschen Zeug für ihr Gesicht. Und dann ins *Olive,* erst einen Schluck vorweg und dann Dinner. Danach dann ins Kino, natürlich auf den besten Plätzen. Ein ziemlicher Unterschied zu mir, was? Wenn ich mich erholen will, dann geh ich raus in den Garten oder sonst wohin, bloß weg von dem ewigen Geplärr der Gören.«

»Sind Sie Katholik, Cullam?«

Das überraschte den Mann. Er hatte wohl eine massivere Entgegnung erwartet. Er ließ die Schultern hängen und brummte: »Ich hab überhaupt keine Religion.«

»Dann verschonen Sie mich mit dem Klagelied wegen der Kinder. Kein Mensch zwingt Sie, Kinder zu kriegen. Schon mal was von der Pille gehört? Mein Gott, von Familienplanung wusste man doch schon zwanzig, dreißig Jahre, bevor Sie geboren wurden.« Wexfords Stimme wurde hart, als er jetzt auf sein Lieblingsthema kam. »Kinder zu haben ist ein Privileg, eine Freude, oder sollte es wenigstens sein, und bei Gott, Cullam, ich hetz Ihnen die Gemeinde auf den Hals, wenn ich noch mal sehe, wie Sie Ihren Jungen auf den Kopf schlagen! Sie sind ein richtiges Tier, Cullam, bloß ein Tier ... Ach, was hat's für einen Sinn bei Ihnen! Was machen Sie hier eigentlich – reden mir die Hucke voll, stehlen mir die Zeit? Hören Sie auf, mir etwas vorzujammern, und erzählen Sie mir, was neulich abend passiert ist. Was ist passiert, nachdem Sie Hatton und Pertwee an der Brücke zurückgelassen haben?«

Das Stamforder Revier hatte Burden alle Hilfe zugesagt, die sie leisten konnten, und sie hielten Wort. Ein Sergeant und ein Wachtmeister fuhren noch einmal mit ihm zur Moat Hall hinaus, und die Schlösser der beiden Schuppen wurden aufgebrochen.

Drinnen fanden sie Ölflecken auf dem Betonboden und als Abdrücke darin die Muster von Autoreifen. Abgesehen davon aber gab es nichts, was auf eine verdächtige Nutzung hinwies, allenfalls zwei zerknautschte Pappkartons in einer Ecke. Beide hatten Pfirsichkonserven enthalten.

»Damit haben wir kein Glück«, meinte Burden zu dem Sergeant und warf die flach gedrückte Pappe angeekelt weg. »So was hab ich zu Hause in meiner Garage auch. Die stellt mir der Supermarkt zur Verfügung, wenn ich freitags die Einkäufe meiner Frau nach Hause befördere.«

Er trat aus dem Tor und ging langsam über den verlassenen Hof. Er sah sie förmlich vor sich, hier und jetzt, sah sie ankommen, die gestohlenen Lastwagen, wie sie hereinfuhren, wie die großen Türen sich öffneten und hinter ihnen schlossen. Und McCloy und die Männer, die nicht so ganz seine Klasse waren, luden sie aus und verstauten die Ladung da drinnen. Dann schlugen sie sich gegenseitig auf den Rücken, lachten sich scheckig, und Charlie Hatton ging auf einen Drink und einen Happen zu essen mit ins Haus, ehe er den Laster wegfuhr und ihn irgendwo abstellte.

»Ich würde mir gern das Haus genauer ansehen«, sagte er, »aber gewaltsam einbrechen ist nicht mein Fall. Also werden wir die Erlaubnis der Amerikanerin aus Schweden abwarten müssen.«

Cullam stand auf und ging zum Fenster hinüber. Anscheinend erwartete er, dass Wexford ihn daran hinderte, aber der sagte nichts.

»Dauernd hat er all das Geld rumgezeigt im *Dragon.* Und um nichts anderes ging es bei ihm auch die ganze Zeit, während wir gemeinsam zur Brücke runtergingen.« Cullam stand am Fenster und starrte wie gebannt auf die Straße, die er mit Hatton und Pertwee entlanggegangen war. Das nasse

Straßenpflaster warf spiegelnde Reflexe zurück. Der Kingsbrook musste jetzt angeschwollen sein, vermutete Wexford, und die Steine überspült wie von einem reißenden Mühlbach. »Pertwee sagte noch, ich solle doch auf Hatton warten«, fuhr Cullam fort, »aber das wollte ich nicht. Mein Gott, ich hatte den und sein Geld so satt!« Langsam fuhr er sich mit der Hand durch sein aschfarbenes Haar. »Außerdem hab ich Ihnen ja erzählt, dass ich mich nicht wohl fühlte. Ich bin einfach so im Dunkeln den Weg entlanggegangen.«

Und hast wohl überlegt, was dich zu Hause erwartet und was dagegen Hatton zu Hause erwartete, dachte Wexford. Außer dem eintönigen Plätschern des Wassers war dort unten wahrscheinlich kein Geräusch zu hören gewesen. Und über Cullam, über den Zweigen der Bäume das schweigende Weltall und ein Netz von Sternen. Neid und Habgier konnten aus dem Herzen eines Menschen alles vertreiben, bis auf – nun ja, bis auf Neid und Habgier. Wenn Cullam überhaupt etwas bemerkt hatte, während er dort entlangging, dann höchstens den Unrat, das Schwemmgut, das der Fluss auf seiner Reise durch die Wiesen aufgenommen und mitgeführt hatte.

»Und haben Sie auf ihn gewartet?«

»Gewartet? Nein!«, sagte Cullam heftig. »Warum denn? Ich konnte den doch nicht ausstehen.« Wexford überlegte, wie lange es her war, dass jemand in seinem Büro in so kurzer Zeit so viele verheerende Eingeständnisse von sich gegeben hatte. Cullam explodierte förmlich. »Mir war schlecht! Ich hab gekotzt – unter den Bäumen. Hundsmiserabel hab ich mich gefühlt, das kann ich Ihnen sagen!« Er schauderte ein bisschen, ob in der Erinnerung an die Übelkeit unten am Fluss oder an etwas noch Übleres, konnte Wexford nicht sagen. Er fixierte den Mann scharf, ungerührt durch die Unsicherheit in dessen Augen und das Zittern, das seine Hände befallen hatte. »Ich bin nicht an Whisky gewöhnt. Wenn, dann trinke ich ein halbes Bitterbier.«

»Da sind Sie nicht der Einzige«, sagte Wexford scharf. »Was geschah dann? Haben Sie Hatton kommen hören?«

»Ja, 'ne Weile hab ich ihn gehört. Ich konnte ihn von fern pfeifen hören. Er pfiff sein dämliches kleines Lied von dem Mann, der sich fürchtet, im Finstern heimzugehen.« Wexford blickte auf und begegnete den unsteten Augen des anderen. Sie wandten sich verschlagen ab, und die rosa Lider zwinkerten. War Cullam ein völlig tumber Klotz oder begriff er, wie makaber seine Worte waren? Ein Mensch musste doch ohne einen Funken von Fantasie sein, um dabei nicht von Entsetzen oder Trauer gepackt zu werden.

Ach, liebste Mabel, hör mich an:
Im Park, da lauert ein Räubersmann …

Burden, der das Lied kannte, hatte sich den Text gemerkt und ihn seinem Chef wiederholt. »Im Park da lauert ein Räubersmann …« Wie ging es doch weiter? Irgendwie von wegen nirgends so schön wie zu Hause … aber heimgehen im Finstern …? Es war Wexford, dem jetzt ein Schaudern über den Rücken lief. Trotz seines Alters und seiner Erfahrung überlief es ihn kalt.

»Und dann ist es passiert«, sagte Cullam. Seine Stimme zitterte. »Aber das glauben Sie mir ja doch nicht, oder?«

Wexford hob die Schultern.

»Es ist aber die Wahrheit. Ich schwöre, es ist die Wahrheit!«

»Das Schwören heben Sie sich man für die Anklagebank auf, Cullam.«

»O Gott …« Die Worte brachen aus ihm hervor, stoßweise, gepresst. »Das Pfeifen hörte auf. Ich hab so ein Geräusch gehört …« Die Fähigkeit des Beschreibens ging ihm ab, er verfügte nur über wenige Adjektive in seinem beschränkten Wortschatz. »So 'ne Art Würgen, so 'ne Art … also, oh Gott, es war so grauenhaft! Und mir war doch sowieso schon so schlecht. Ein bisschen später bin ich dann aufgestanden und … und ich bin zurückgegangen. Ich war halb verrückt vor Angst. War irgendwie unheimlich da unten … Sehen konnte ich nichts, und ich … ich bin über ihn gestolpert. Er lag auf dem Weg. – Kann ich einen Schluck Wasser haben?«

»Seien Sie nicht so 'n Waschlappen!«, fauchte Wexford ihn an.

»Sie brauchen gar nicht so grob zu mir zu sein«, winselte Cullam, »schließlich erzähl ich's Ihnen ja. Ich muss es Ihnen ja nicht erzählen.«

»Doch, das müssen Sie, Cullam.«

»Ich hab ein Streichholz angezündet«, stammelte der Mann weiter. »Charlies Kopf war ganz kaputtgeschlagen. Ich hab ihn umgedreht, und dabei bin ich blutig geworden.« Seine Worte wurden immer kraftloser, aber dann redete er hastig drauflos: »Ich weiß nicht, was in mich gefahren ist. Ich hab meine Hand in sein Jackett gesteckt, und plötzlich hatte ich seine Brieftasche in den Fingern. Da waren hundert Pfund drin, ziemlich genau hundert. Und er war noch ganz warm …«

Wexford starrte ihn entsetzt an. »Aber er war doch tot?«

»Ich weiß nicht … ich weiß … o Gott, ja, er war tot! Er *muss* tot gewesen sein! – Was machen Sie jetzt mit mir?« Der Mann vergrub den Kopf in den Händen, und seine Schultern zuckten. Wexford packte ihn grob am Jackett und versetzte ihm einen Schubs, dass sein Kopf in die Höhe fuhr. Die Tränen auf Cullams Gesicht verursachten ihm Übelkeit und Zorn zugleich, so heftig, dass er sich nur mit Mühe zurückhalten konnte, ihn zu schlagen. »Das ist alles, wirklich alles«, flüsterte Cullam schlotternd. »Die Leiche ist die Böschung runtergerollt. Da bin ich nach Hause gerannt. Wie verrückt bin ich gerannt.« Er bohrte sich die Fäuste in die Augen wie ein Kind. »Das ist alles wahr«, sagte er.

»Der Stein, Cullam, was war mit dem Stein?«

»Der lag neben ihm. Bei seinen Beinen. Ich weiß nicht, warum, aber ich hab ihn wieder ins Wasser geschmissen. Da klebte Blut dran und Haare, so Strähnen von Haar, und noch was anderes …«

»War ein bisschen spät, um plötzlich zimperlich zu werden, was?«

Wexfords Ton war messerscharf und die Wirkung wie ein elektrischer Schock. Cullam sprang auf, stieß einen gellenden Schrei aus und trommelte mit den Fäusten auf den Schreibtisch.

»Ich hab ihn nicht getötet, nein, nein, nein … Sie *müssen* mir glauben!«

Burden war eben hereingekommen, durchnässt und verstimmt, als Wexford wie ein wütender Stier aus dem Lift stürmte.

»Wo ist Martin?«

»Keine Ahnung. Ich bin gerade zweihundertfünfzig Kilometer gefahren, und ich …«

»Vergessen Sie es. Ich hab den Cullam oben, und der hat mir gerade eine feine Geschichte aufgetischt.« Er hatte Mühe, seine Stimme unter Kontrolle zu bringen, während er Burden kurz ins Bild setzte. »Sagt, er hat das Geld von Hattons Leiche genommen. Möglich, dass das wirklich alles war, was er getan hat. Ich weiß es einfach nicht.«

»Aber festhalten wollen Sie ihn? Ihn hier behalten auf Grund des Diebstahls von hundert Pfund und einer Lohntüte?«

»Irgend so was. Darum soll Martin sich kümmern. Ich möchte, dass Sie und Loring, und wer sonst verfügbar ist, gleich mal mit rüberkommen nach Sewingbury, um Cullams Haus zu durchsuchen.«

»Für den Fall, dass er McCloys Blutgeld irgendwo versteckt hat?«

»Mike«, meinte Wexford gedehnt, »ich frage mich mittlerweile wirklich, ob dieser McCloy nicht ein Mythos ist, eine Fiktion. Cullam ist ein verdammter Lügner, und alles, was wir über McCloy wissen, basiert einzig auf seiner Aussage. Warum könnte er nicht McCloy einfach erfunden haben – als nettes kleines Ablenkungsmanöver?« Er seufzte. »Bloß, der hat nicht einen Funken Fantasie«, fügte er hinzu.

»McCloy? Oh, doch, der existiert tatsächlich«, sagte Burden mit Nachdruck, »das ist zwar ein scheuer Vogel, aber existieren tut er.«

Es war elf, als Wexford nach Hause kam. Sie hatten Cullams Haus durchsucht, hatten fleckige, ungemachte Betten durchwühlt, Schränke, voll gestopft mit Kleidungsstücken, die nach Essensresten rochen, Schubladen, voll gepfercht mit zerbrochenem Krempel. Sie hatten alles abgesucht, aber das einzige Geld, das sie fanden, waren zwei Pfund und acht Pence in Mrs. Cullams Handtasche, einer weißen Plastiktasche mit schwarzem Schmutz in den Falten. Und die einzige finstere Entdeckung, die sie gemacht hatten, waren Blutergüsse und Quetschungen an den Beinen eines der Kinder …

»Gib eine Unze Zibet mir, mein guter Arzt«, sagte Wexford zu Klytämnestra, »zu süßen meine Fantasie.« In dem Glauben, er habe zu ihr gesagt, sie sei ein guter Hund, wedelte Klytämnestra mit dem Zottelschwanz. Die Tür ging auf, und Sheila kam herein. »Was machst du denn an einem Mittwoch zu Hause?«, fragte Wexford unfreundlich.

»Das Ding von meinem Zahn ist abgegangen. Ich hab Milky Way gegessen, und da ist es abgebrochen. Also musste ich herkommen und zu Mr. Vigo gehen.« Sie schenkte ihm ein entwaffnendes Lächeln und küsste ihn auf die Backe. Ihr Haar war zu einer Pyramide dicker Locken frisiert, und sie sah aus wie eine Kokotte aus der Restaurationszeit.

»Na und? Hat er's in Ordnung gebracht?«

»Hm, hm. Auf der Stelle. Und er hat gesagt, er würde es mir nicht berechnen.«

»*Dir* nicht berechnen? Du meinst wohl *mir*. Und das will ich auch hoffen!« Wexford grinste und streifte die Erinnerung an Cullams Widerwärtigkeit ab wie eine schmutzige Haut. »Jetzt, wo du falsche Zähne hast, darfst du eben keine Toffees mehr essen.«

»Ich hab keine falschen Zähne. Ich hab bloß eine Krone. Willst du was abhaben von meinem Schokokaffee? Nescafé mit Trinkschokolade gemixt. Schmeckt irre.«

»Lieber nicht. Trotzdem vielen Dank, Liebling.«

»War richtig nett mit Mr. Vigo«, erzählte Sheila. Sie ließ sich auf den Boden fallen, lag mit aufgestützten Ellbogen auf dem Bauch und blickte ihm von unten her ins Gesicht. »Er hat mich zum Tee eingeladen, in diesen chinesischen Salon. Hab kaum gewagt, mich darin zu rühren, man merkt richtig, wie versessen er ist auf all das Zeug. Seine Frau kam rein und knallte die Tür zu, und er wurde wütend, weil dadurch das Porzellan klapperte. Sie hätte eben keine Ahnung, sagte er.«

»Sehr gediegen. Ganz neue Masche, könnte man sagen.«

»Ach, Pa, *so* war das doch gar nicht. Beim Weggehen traf ich seine Sprechstundenhilfe, und wir gingen zusammen in die Stadt. Sie erzählte mir, Mr. Vigo hätte tatsächlich aus Geldgründen geheiratet. Sie ist eine reiche Erbin, so an die hunderttausend Pfund, und Mr. Vigo brauchte Geld, um diesen chinesischen Kram zu sammeln. Und jetzt bleibt er bloß noch wegen des Babys mit seiner Frau zusammen. Und meistens fährt er am Wochenende weg. Manchmal kommt er überhaupt erst spät am Montagabend zurück. Das Mädchen meinte, er hätte wohl eine Freundin in London. Und sie kam mir ein bisschen eifersüchtig vor. Weißt du, ich könnte wetten, mit der schläft er auch.«

Wexford verzog keine Miene. Er war nicht schockiert über das, was sie ihm erzählt hatte, er war bloß erstaunt, dass es ihm von seiner eigenen Tochter erzählt worden war. In gewisser Weise war er stolz und dankbar. Über dreißig Jahre waren vergangen, seit er so alt war wie Sheila jetzt. Hätte er seinem Vater solche Sachen sagen können? Er wäre doch lieber gestorben!

Sheila reckte sich und sprang leichtfüßig auf. »Wenn ich nun schon mal zu Hause bin«, meinte sie, »dann kann ich ja auch meine Pflichten erfüllen. Was hältst du von zehn Minuten unten am Fluss, Hund?«

Wexford sagte hastig: »Nein, nicht da runter, Liebling.«

Wie konnte er seinem Kind erlauben, dort unten an diesem finsteren Gewässer allein spazieren zu gehen! »Ich geh schon mit dem Hund raus.«

»Wirklich?«

»Ja. Mach, dass du zu Bett kommst. Bei der Frisur wirst du noch 'ne Menge Arbeit haben.«

Sheila kicherte. »Du wirst dich wundern!« Verblüfft und ein bisschen entsetzt sah er zu, wie sie die Perücke wie einen Hut abnahm und sie über eine Kristallvase stülpte.

»Mein Gott, weise ist der Vater, der sein eigenes Kind kennt!« Er fixierte misstrauisch ihre Augenwimpern, die langen Fingernägel. Was würde sie jetzt noch alles ablegen? Wexford, der bei all seinen Erfahrungen mit Verbrechern kaum je aus dem Gleichgewicht zu bringen war, wurde von der eigenen Tochter immer aufs Neue verblüfft. Mit schiefem

Lächeln griff er nach der Hundeleine und scheuchte Klytämnestra von dem besten Sessel herunter.

Die Nachtluft war frisch, rein gewaschen durch das Gewitter. Es war kaum ein Stern zu sehen, denn der Himmel war von einem zarten Dunstschleier überzogen, schneeweiß gebleicht vom Mond, der eben in einem klaren, wolkenfreien Streifen aufging. Das Wiesengras, das er auf jenem früheren Spaziergang mit einem Teppich verglichen hatte, war inzwischen gemäht worden, und die Landschaft hatte sich in eine stoppelig blasse Wüste verwandelt. Es war kalt für die Jahreszeit. Als er an den Fluss kam, sah er, dass er stark angeschwollen war. Stellenweise waren die Steine völlig unter dem reißenden Wasser verschwunden.

Wexford pfiff dem Hund und schritt kräftig aus. Jetzt konnte er die Brücke sehen. Ihre Steine schimmerten silbrig, und der Hirschzungenfarn dazwischen flimmerte wie zarte Metallstreifen. Jemand stand oben auf dem Brückenbogen, lehnte sich über das Geländer und blickte hinunter. Wexford konnte noch nicht erkennen, ob es ein Mann oder eine Frau war, und als er merkte, dass es eine Frau war, sagte er laut und deutlich guten Abend, damit sie keine Angst zu haben brauchte.

»Guten Abend, Chief Inspector.« Die Stimme war tief und ironisch und unverkennbar. Wexford trat auf Nora Fanshawe zu, und sie wandte sich zu ihm um.

»Schöner Abend nach dem Gewitter«, sagte er. »Wie geht es Ihrer Mutter?«

»Sie wird's überleben«, sagte die junge Frau kühl. Eine Reserviertheit, die zum Teil aus persönlicher Abneigung bestand, machte ihr Gesicht undurchdringlich. Wexford kannte diesen Ausdruck. Er hatte ihn hundertfach gesehen auf den Gesichtern von Leuten, die sich einbildeten, sie hätten ihm gegenüber zu viel gesagt, hätten ihm zu sehr ihr Herz ausgeschüttet. Vermutlich bildeten sie sich ein, ihre Bekenntnisse führten dazu, dass er fortan abschätzig oder mitleidig oder argwöhnisch auf sie herabblickte. Wenn sie doch bloß begriffen, dass ihre Enthüllungen nichts weiter waren als Ziegelsteine für das Haus, das er zu bauen versuchte, Sprossen auf der Leiter der Ermittlung, gewundene, vertrackte Teilchen seines jeweiligen Puzzles!

»Nichts Neues, das ihr eingefallen wäre?«

»Falls Sie damit das Mädchen im Wagen meinen, so sagt sie immer noch, da sei kein Mädchen gewesen. Und ich weiß, wann sie die Wahrheit sagt.«

»Leute, die einen Schlag über den Schädel bekommen haben, erinnern sich nie an das, was unmittelbar vorher passiert ist«, wandte Wexford unbekümmert ein. »Besonders nicht, wenn sie einen Schädelbruch kriegen. Das ist eine medizinische Tatsache.«

»Ach ja? Ich will Sie nicht länger aufhalten, Chief Inspector. Wissen Sie, dass Ihr Hund auf der Straße rumläuft?«

Wexford scheuchte Klytämnestra aus der Spur eines einsamen herankommenden Wagens. Der Fahrer kurbelte das Fenster herunter und beschimpfte ihn, eigentlich solle er das der Polizei melden.

»Du bist die Plage meiner alten Tage!«, sagte Wexford zu dem Hund, als er die Leine am Halsband befestigte, »eine ständige Quelle der Erniedrigung.« Er sah dem Mädchen nach, wie sie aufs *Olive and Dove* zuging, und der Mond malte ihren Schatten schwarz, aufrecht und dürr aufs Pflaster.

13

Detective Constable Loring war entzückt bei der Aussicht auf einen Tag in London. Er hatte richtiggehend Angst vor Wexford, der ihn, wie er fand, mit zwar gerechter, aber doch unbarmherziger Strenge behandelte. Jemand hatte Loring von der nahezu väterlichen Zuneigung des Chief Inspectors für seinen Vorgänger Mark Drayton erzählt und von seiner Enttäuschung, als Drayton zu Fall gekommen war. Er war über eine Mädchengeschichte und eine Bestechung gestolpert. Drayton, so hatte man ihm erzählt, hatte sein Haar lang getragen, war forsch, sarkastisch und scharfsinnig gewesen und wie der Teufel hinter den Frauen her. Darum hatte sich Loring das Haar geradezu exzentrisch kurz schneiden lassen und war so eifrig und aufmerksam und zuvorkommend, wie er nur konnte. So würde auch er es zu Scharfsinn bringen. Zurzeit konnte er es darin mit Wexford und Burden noch nicht aufnehmen, die ständig ringsum mit ihrem Scharfsinn brillierten. Und was die Frauen betraf ... Nun, da war Loring rechtschaffen kühn. Es bereitete ihm jedenfalls beträchtliches Vergnügen, auf der Suche nach drei vermissten Mädchen nach London zu fahren. Sehnsüchtig dachte er daran, wie verdienstvoll es wäre, wenn er die Richtige fände und womöglich von einem wohlmeinenden Wexford anerkennend beim Vornamen genannt würde. Drayton war öfters diese Würdigung zuteil geworden.

Denn trotz all seiner Träume und seiner Naivität war Loring ein durchaus kompetenter Polizeibeamter. Er machte seine Fehler, aber er machte kein Hehl daraus. Mit seinen einundzwanzig Jahren war er fast eins neunzig groß, noch genauso dünn, wie er mit vierzehn gewesen war, und er wartete mit verzweifelter Ungeduld auf den Tag, an dem endlich seine Akne verschwinden würde. Trotz alledem – die Pickel waren längst nicht so sichtbar, wie er glaubte – nahmen die Mädchen, die er zum Ausgehen einlud, seine Einladungen gewöhnlich an, und ältere Frauen strichen sich das Haar zurecht und lächelten, wenn er mit seiner Befragung begann. Er war überrascht und ein bisschen verärgert über seinen Empfang bei dem Friseur in Eastcheap.

Er ermittelte im Fall der vermissten Carol Pearson und hatte bereits die Mutter des Mädchens in Muswell Hill aufgesucht. Sie war eine exaltierte Dame von vierzig Jahren mit der Mentalität und dem Geschmack einer Achtzehnjährigen. Affektiert hatte sie ihn angelächelt und ihm Gin angeboten. Ach Gott, man war halt nur einmal jung – Mrs. Pearson sah aus, als beabsichtige sie, noch etliche Male von neuem jung zu sein –, und wenn Carol nun mal beschlossen habe, mit ihrem Freund für ein paar Monate zu verschwinden, dann würde *sie* ihr doch nicht im Wege stehen. Der Freund war verheiratet, was konnte die arme Carol denn sonst auch machen? Tatsache war eben, dass ihr der Job total zum Halse raushing und dass sie schon immer drauf und dran gewesen war, ihn hinzuschmeißen. Ob Loring wisse, was für miserable Löhne die zahlten und dass die Mädchen praktisch von ihren Trinkgeldern leben mussten? Der Freund hatte Geld, das war ein Vertreter, ein Reisender, erklärte Mrs. Pearson vage. Aber an seinen Namen konnte sie sich nicht erinnern, den hatte sie auch der Polizei nicht sagen können, als die neulich danach fragten. Jack, so hatte Carol ihn genannt. Briefe schreiben tat sie nie. Leben und leben lassen, da war sie wie ihre Mutter. Und Mrs. Pearson bedachte ihn mit einem neckischen Lächeln. Sie würde schon eines schönen Tages wieder auftauchen.

Also hatte Loring die U-Bahn nach Tower Hill genommen und sich dann ein paar Mal verlaufen. Er ging die Eastcheap hinunter und fand anhand des Messingschildes an dem marmornen Eingang des Gebäudes das Büro des verstorbenen Jerome Fanshawe. Der Frisiersalon *Roma*, wo Carol gearbeitet hatte, war schräg gegenüber. Loring ging hinein.

Nie in seinem Leben hatte er so etwas gesehen wie die Frau am Empfang. Sie gehörte nicht zu der Sorte Mädchen, die man zu küssen wagte – falls man das wollte. Ihr Haar war eine kunstvoll zerzauste rote Lockenmähne, das Gesicht darunter ein Gemälde aus Creme- und Bernsteintönen in allen Schattierungen mit samtschwarzen Augen und bleich erloschenem Mund. Sie trug ein fast knöchellanges schwarzes Kleid, rote Stiefeletten, die hinten offen waren, und eine kurze, rote, goldbestickte Weste.

Als Loring eintrat, klingelten die beiden weißen Telefonapparate gleichzeitig. Sie hob einen Hörer nach dem anderen ab und sagte jedes Mal: »Hier Salon *Roma.* Guten Morgen. Würden Sie bitte einen Moment warten?« Dann legte sie beide nebeneinander auf ihren riesigen Terminkalender. »Was kann ich für Sie tun?«

Loring erklärte, er sei Kriminalbeamter, und wies seine Karte vor. Sie ließ sich keine Überraschung anmerken. »Einen Moment bitte.« Die Telefongespräche wurden eins nach dem anderen abgewickelt, Termine im Buch notiert. Loring blickte sich in dem Salon um. So was wie dies hatte man in Kingsmarkham noch nicht gesehen, wo die Kundinnen noch immer jede für sich in kleinen Kabinen saßen. Hier waren die Wände mit einer Tapete beklebt, die wie Pumpernickel aussah. Die Deckenleuchten waren schwarze und silberne Mobiles, und der Fußboden wirkte wie ein gefrorener See aus Scharlachrot. Die meisten Angestellten waren Männer, müde und erschöpft aussehende junge Männer in Anzügen aus dünnem Stoff, an denen Haare aller Farbtöne hafteten.

»Wenn Sie wegen Carol Pearson kommen«, sagte die Empfangsdame verächtlich, »dann müssen Sie mit Mr. Ponti sprechen. Einen Augenblick bitte.« Das linke Telefon hatte schon wieder geklingelt. »Hier Salon *Roma.* Guten Morgen. Würden Sie bitte einen Moment warten? – Er ist im Herrensalon, und er ist gerade beschäftigt, Sie können ihn jetzt nicht ... Augenblick bitte.« Sie hob den zweiten Telcfonhörer ab. »Salon *Roma*. Guten Morgen. Würden Sie bitte ...«

»Vielen Dank für all Ihre Hilfe«, sagte Loring. Er ging wieder auf die Straße und öffnete die nächste Tür. Diesmal betrat er offensichtlich einen ganz normalen Herrenfriseurladen, der sich kaum von seinem Gegenstück in Kingsmarkham unterschied.

Mr. Ponti glich eher einem Volksschullehrer als einem Friseur. Er war groß und hager und trug einen schmucklos strengen, fast asketischen dunklen Anzug. Das einzige Anzeichen für seinen Beruf waren die Griffe einer Schere, die aus der Brusttasche ragten, und der ›pädagogische‹ Eindruck auf Loring war so überwältigend, dass er sie zuerst für ein Brillengestell gehalten hatte.

Die anderen Friseure wichen zur Seite, als er sich seinen Weg zwischen den Stühlen hindurchbahnte. Das Tageslicht von der Tür ließ den braunen Puder auf seinen Wangen sichtbar werden, und jetzt, da er nahe genug war, sah Loring in ihm einen Schauspieler, sorgfältig zurechtgemacht, um in eine akademische Rolle zu schlüpfen. Die leicht vornübergeneigte Haltung, der zugleich abwesende wie scharfe Ausdruck, die kurzsichtigen Augen, alles war da.

Ponti sprach mit kaum wahrnehmbarem italienischen Akzent. »Carol?«, sagte er. »Die Polizei war bereits hier, und ich habe schon gesagt, dass wir nicht helfen können.« Er nahm die schwarze lederne Handtasche, die Loring ihm entgegenhielt, und befühlte sie anerkennend. »Sehr gute Qualität, wirklich sehr gut.« Mit einem Stirnrunzeln zog er eine Falttür zu, die einen Teil des Ladens abtrennte. »Hören Sie, so was hat die bestimmt nicht gehabt. Ich möchte nicht zu hart sein, aber sie war ein billiges kleines Mädchen. Kein Stil, keine Eleganz. Ha!« Aus dem Innern der Tasche zog er den Kompaktpuder von Woolworth und den Lippenstift mit seiner zerkratzten Metallhülse hervor. »Das könnte sie schon eher gehabt haben, diesen billigen Schund.« Seine lange Nase vibrierte angeekelt.

Loring fand ihn widerlich. »Hatten Sie einen Mr. Jerome Fanshawe unter Ihren Kunden?«

Der Name war ihm offensichtlich bekannt. »Den Börsenmakler von gegenüber? Ich habe gehört, er ist bei einem Autounfall ums Leben gekommen.« Loring nickte. »Der ist nie hier gewesen.«

»Sind Sie sicher?«

»Ich vergesse nie den Namen eines Kunden. All meine Kunden sind mir persönlich bekannt.« Ponti ließ die Tasche zuschnappen, lehnte sich mit gelangweilter Miene gegen den Tresen.

»Wäre es möglich, dass Miss Pearson ihn vielleicht gekannt hat«, fragte Loring und versuchte, dem Rasierwasserduft des Mannes auszuweichen. »Hat sie ihn mal erwähnt, oder haben Sie sie in sein Büro gehen sehen?«

»Davon weiß ich nichts.« Ponti schob die Tür einen Spaltbreit auf und schnippte mit den Fingern. »Die Fotos von Carol«, rief er herrisch, und zu Loring gewandt, sagte er: »Ich hab sie auch den anderen Polizisten gezeigt. Vielleicht wollen Sie sie ebenfalls gern sehen.« Er fixierte Lorings Haarschnitt mit seinen fahlbraunen Augen, begutachtete ihn nachdenklich und mit leisem Missfallen.

Die Fotos wurden durch den Türspalt gereicht, und Loring nahm sie entgegen. »Ich hab sie mal als Modell benutzt«, erklärte Ponti. »Aber sie war nicht gut, ach, überhaupt nicht gut.«

Loring erschien sie durchaus gut. Er hatte einen simplen Geschmack, was Frauenschönheit betraf, er erwartete lediglich, dass ein Mädchen hübsch und natürlich war und viel lächelte. Für dieses Foto war Carols Haar zu einer fantastischen Pyramide von Stocklocken frisiert worden, von denen einige sich bis auf ihre Schultern ringelten. Sie blickte ziemlich unglücklich drein, als trüge sie statt ihres eigenen Haars einen Britannia-Helm, unter dessen Gewicht sie förmlich zusammenschrumpfte. Ihr Lächeln war verkrampft und die Augen lächerlich bemalt mit schrägen Lidstrichen, die vom unteren Lid bis in die Schläfen ragten. Die Ohrläppchen wurden von bombastischen Ohrgehängen in die Länge gezogen. Unter dieser ganzen Aufmachung aber war sie ein hübsches Mädchen, eine klassische Schönheit vom Lande, und Loring erinnerte sich schmerzlich daran, dass sie womöglich die Tote war, grauenhaft entstellt durch Blut, Feuer und Wasser.

»Nein, überhaupt nicht gut«, sagte der Friseur noch einmal.

Doreen Dacres war wieder aufgetaucht.

Es war eine merkwürdige Geschichte, die Loring von ihrer verheirateten Schwester in Finchley hörte. Doreen war losgefahren, um ihren Job in dem Nachtclub in Eastbourne anzutreten. Sie war zu früh angekommen, und man ließ sie im verlassenen Foyer warten. Dort hatte eine wohlinformierte Reinmachefrau sie über ihre zukünftigen Pflichten aufgeklärt. Da hatte sie es mit der Angst bekommen und war davongelaufen.

Sie hatte lediglich fünf Pfund in der Tasche, und ihre Situation war eindeutig: Zimmer und Job in London hatte sie aufgegeben, ihre verheiratete Schwester hatte ihr klargemacht, dass sie bei ihr und ihrem Mann als Logiergast nicht willkommen war, und ihre Eltern wohnten in Glasgow, einer Stadt, von der Doreen sich geschworen hatte, nie mehr dorthin zurückzukehren. Zu guter Letzt hatte sie ihr Gepäck in eine Pension gebracht, und weil sie fürchtete, der Clubbesitzer würde sie dort womöglich ausfindig machen, hatte sie sich als Doreen Day eingetragen und unter demselben Namen auch eine Stelle als Verkäuferin angenommen. Erst als sie ein paar Kleidungsstücke nachgeschickt haben wollte, hatte sie sich sechs Wochen später bei ihrer Schwester gemeldet. Dankbar strich Loring sie von seiner Liste.

Seine letzte Ermittlungsadresse war die Princess Louise Clinic in der New Cavendish Street. Dort wurde er vom Pförtner zum Schwesternwohnheim verwiesen. Das war ein schönes vierstöckiges Regency-Gebäude, dessen leuchtend blaue, mit blinkendem Messing reich verzierte Haustür von zwei weißen Säulen flankiert war. Eine Schwester, die sich Heimschwester nannte, kam herunter, und ehe Loring noch ein Wort sagen konnte, legte sie einen rosa Finger auf ihre Lippen.

»Still wie ein Mäuschen, bitte. Wir dürfen nicht vergessen, dass die Nachtschwestern ihren Schönheitsschlaf brauchen, nicht wahr?«

Tiefe Stille herrschte in der Diele und ein zarter Duft, himmelweit entfernt von dem strengen antiseptischen Geruch im Krankenhaus selbst. Loring musste an junge Mädchen denken, ganze Schwärme von jungen Mädchen, deren frisch gebadete Körper beim Durchqueren dieser Diele vielfältige Duftspuren von Jasmin und Russisch Leder und Fougère und Frischem Heu zurückließen. Auf Zehenspitzen ging er hinter der stämmigen dunkelblauen Frau her, die ihm halb wie eine Wärterin, halb wie die Mutter Oberin vorkam. Sie traten in einen kleinen Gemeinschaftsraum mit chintzbezogenen Sesseln und Blumen und einem alten Fernsehapparat.

»Das Mädchen, das das Zimmer neben Schwester Culross hatte, wird Ihnen wohl am besten helfen können«, sagte die Heimschwester. »Sie heißt Schwester Lewis, aber es kommt natürlich gar nicht in Frage, dass sie gestört wird, falls sie noch schläft.« Sie blickte ihn streng an. »Kommt gar nicht in Frage«, sagte sie nochmals. »Und wenn Sie der Innenminister persönlich wären, ich würde es nicht dulden.« Anscheinend erwartete sie irgendeinen Widerspruch, und als Loring lediglich eingeschüchtert ihren Blick erwiderte, verlor sie ein wenig von ihrer Unnahbarkeit und sagte: »Ich werde mich mal erkundigen, aber versprechen kann ich nichts. Vielleicht wollen Sie sich unterdessen ein paar Bücher ansehen?«

Damit meinte sie die Illustrierten und Hefte. Das Princess-Louise-Schwesternheim war weniger anspruchsvoll als Vigos Wartezimmer, und statt *Nova* und *Elle* bot es den *Nursing Mirror* und zwei Ausgaben der *Nursery World*, die, wie Loring feststellte, fünfzehn Jahre alt waren. Als er allein war, blickte er auf die Straße hinaus.

Angeschlossen an das Krankenhaus war eine Entbindungsstation; sie war zwar ein Teil davon, jedoch deutlich abgegrenzt gegen das größere Gebäude. Während er wartete, sah Loring einen Bentley heranfahren. Eine junge Frau stieg aus und lehnte sich schwer auf den Arm ihres Mannes. Ihr Leib war dick und unbeholfen, und offensichtlich hatte sie bereits Wehen. Zehn Minuten verstrichen, und ein Jaguar erschien. Eine ähnliche kleine Szene spielte sich ab, bloß in diesem Fall war die potenzielle Mutter älter, und ihr Umstandskleid verriet deutlicher den Couturier, von dem es stammte. Die Princess Louise Clinic war wohl eine gut besuchte Entbindungsklinik der gehobenen Klassen.

Es war fast fünf Uhr, als sich die Tür langsam öffnete und Schwester Lewis zu ihm kam. Ihre Augenlider waren schwer, als sei sie gerade erst aufgewacht. Sie trug kein Make-up und sah untadelig sauber aus, die Bluse frisch gestärkt aus der Wäscherei, das blasse, fast sahnefarbene Haar noch feucht und streifig dort, wo ein Kamm mit kräftigen Zinken soeben hindurchgefahren war.

»Es tut mir Leid, dass ich Sie habe warten lassen. Sie sehen, ich habe Nachtdienst.«

»Ist schon gut«, sagte Loring. »Ich muss selbst manchmal nachts arbeiten und weiß, wie das ist.«

Schwester Lewis setzte sich, und ihre nackten Beine glänzten. Ihre rosigen Zehen waren wie die eines kleinen Mädchens und lugten aus den Klein-Mädchen-Sandalen.

»Was möchten Sie wissen? Ich hab doch schon neulich mit der Polizei gesprochen.« Sie lächelte ernst. »Ich hab denen alles gesagt, was ich über Bridie Culross wusste, aber viel war das nicht, verstehen Sie? Bridie schloss keine engen Freundschaften mit Mädchen, sie war nur für Männer.«

»Ich würde gern alles hören, was Sie mir erzählen können, Miss Lewis.« Man muss sie einfach reden lassen, das hatte er von Wexford gelernt. »Zum Beispiel, was für ein Typ Mädchen sie war. Sie hatte wohl viele Männerfreundschaften?«

»Nun, dies ist kein Lehrkrankenhaus, Medizinstudenten gibt es also hier nicht. In dem einen Jahr nach ihrem Abschlussexamen ist sie mit sämtlichen Männern, die hier arbeiten, aus gewesen.«

Loring notierte sich das.

»Der Mann, auf den sie am meisten scharf war – also den habe ich nicht kennen gelernt. Sie nannte ihn Jay.«

»Als ob das ein Anfangsbuchstabe wäre, meinen Sie nicht? Wie eine Abkürzung für John oder James oder – Jerome?«

»Ja, wahrscheinlich. Ich hab das alles schon den Polizisten

erzählt, wissen Sie. Die schienen aber nicht sonderlich interessiert daran.«

»Sie müssen verstehen, für gewöhnlich machen wir nicht viel Aufhebens von vermissten Mädchen.«

»Und warum tun Sie es jetzt?«

»Lassen wir das mal zunächst beiseite, ja, Miss Lewis? Erzählen Sie mir mehr über diesen Jay.«

Sie schlug ihre langen, nackten Beine übereinander. »Ich habe ihn nie gesehen«, sagte sie. »Ich schätze, er war verheiratet. Bridie störte sich an solchen Dingen nicht besonders. Oh, und ich erinnere mich, dass sie mal gesagt hat, seine Frau sei hier Patientin gewesen.«

Reizend, dachte Loring. Er besucht seine Frau im Krankenhaus und gabelt sich dabei eine von den Schwestern auf.

»Ich weiß, was Sie jetzt denken«, sagte Schwester Lewis, »und es war auch nicht sehr anständig. Er besaß haufenweise Geld und einen schönen Wagen und alles. Bridie ...« Sie zauderte und wurde rot. »Also Bridie hat regelrecht mit ihm zusammengelebt.«

»Mit ihm zusammengelebt? In diesem Haus?«

»So hab ich es nicht gemeint.«

»Ah, ich verstehe.« Schwestern, die an die Tatsachen des Lebens eigentlich gewöhnt sein sollten, waren oft erstaunlich prüde, fand er. »Äh – sie fuhr also weg, um mit diesem Mann das Wochenende zu verbringen? Am Samstag, dem 18. Mai? Und nach Brighton?«

»Ja, richtig, mit Jay.« Schwester Lewis war noch immer rot im Gedanken an dieses Wochenende. »Sie ist nicht wiedergekommen. Und ich hörte, wie die Heimschwester sagte, diesmal wolle sie sie auch nicht wiederhaben, wenn sie zurückkäme.«

»Sie meinen, sie hat also so was auch schon früher gemacht?«

»Na ja, sie ist ziemlich oft zu spät gekommen, und manchmal kehrte sie nachts überhaupt nicht mehr zurück. Sie sagte, sie dächte nicht dran, für den Rest ihres Lebens Operierte zu verbinden und Bettpfannen zu schieben. Sie mache es lieber auf die bequeme Tour. Genau das sagte sie. Ich dachte, sie wäre mit Jay auf und davon gegangen, um richtig mit ihm zusammenzuleben. Na ja, nicht richtig, aber Sie wissen schon, was ich meine.«

»Erzählen Sie mir, hat er ihr Geschenke gemacht? Hatte sie vielleicht eine sehr schöne schwarze Handtasche mit einem Etikett von Mappin and Webb? Diese hier?«

»O ja! Er hat sie ihr zum Geburtstag geschenkt. Sie wurde zweiundzwanzig. Aber ...« Sie runzelte die Stirn und beugte sich vor. »Was soll das heißen? Sie haben ihre Handtasche gefunden, aber sie selbst nicht?«

»Wir sind noch nicht sicher«, sagte Loring, aber er war sicher.

Wexford würde unzufrieden sein, wenn er mit nichts weiter als diesem nach Hause käme. Loring wäre gern noch einen weiteren Tag in London geblieben, aber es lohnte wohl kaum, sich deshalb Wexfords Zorn auszusetzen. Er ging in das Hauptgebäude der Klinik und drückte auf den Klingelknopf am Informationstresen. Während er wartete, blickte er sich um, und ihm fiel auf, dass er noch nie in einem Krankenhaus wie diesem gewesen war. Er hatte den Eindruck, dass er seit langer Zeit der erste Mensch mit weniger als fünftausend im Jahr war, der hier hereinkam, und er musste an das Krankenhaus in Stowerton denken, wo die ambulanten Patienten auf harten Stühlen saßen, wo die Farbe von den Wänden blätterte und wo jeder abgehetzt und in Eile war.

Hier dagegen herrschte eine Atmosphäre heiterer Gemächlichkeit wie in einem großzügigen Privathaus. Ein verschwindender Hauch von Desinfektionsmitteln wurde nahezu vollständig übertönt durch Blumenduft – Wickensträuße in Kupferkrügen und auf dem Empfangstresen eine einzelne Rose in langstieliger Vase. Der Fußboden war mit dunkelrotem Velour ausgelegt.

Loring blickte die geschwungene Doppeltreppe hinauf und sah dort das Mädchen von der Anmeldung herabkommen. Er bat sie um eine Liste sämtlicher Patienten, die während des letzten Jahres in der Klinik gewesen waren, und sein Ansinnen wurde mit einem Blick zorniger Fassungslosigkeit quittiert.

Es kostete ihn fast eine halbe Stunde, während der er von einer Instanz zur anderen gereicht wurde, bis er die Liste hatte.

Sie war lang und eindrucksvoll. Loring hatte nie den *Debrett* gesehen, aber er hatte das Gefühl, dieser Katalog hier könne ein Teil davon sein. Nahezu der Hälfte der Namen ging ein Titel voran, und unter den bloßen ›Misters‹ erkannte er einen berühmten Industriellen, einen ehemaligen Kabinettsminister und einen Fernsehstar, dessen Name in aller Munde war. Unter den Frauen war eine Herzogin, eine Primaballerina und ein berühmtes Fotomodell. Dorothy Fanshawe konnte Loring darunter nicht finden. Er suchte die ganze Liste noch einmal durch, denn er war so überzeugt gewesen, ihren Namen darauf zu finden. Aber er war nicht darauf.

J. für Jerome, aber J. ebenso für John, James, Jeremy, Jonathan, Joseph. War Bridget Culross' Liebhaber der Ehemann der Ehrenwerten Mrs. John Frazer-Bennet aus Wilton Crescent gewesen oder der Ehemann Lady James Fynes aus The Boltons? Nein, Loring kam zu der Schlussfolgerung – und er nahm an, Wexford werde das Gleiche tun –, dass es der verstorbene Ehemann der Dorothy Fanshawe gewesen war.

14

Die jungen Pertwees verlebten ihre Flitterwochen im Haus von Jacks Vater. Ihre eigene Wohnung würde erst in vierzehn Tagen fertig sein, und die Hotelbuchung hatte Jack rückgängig gemacht. Es gab sonst nichts, wo sie hätten hingehen können, und viel zu tun gab es auch nicht. Jack hatte seinen Jahresurlaub genommen, also blieb er ständig zu Hause. Wo hätte er auch hingehen sollen? Schließlich waren es die einzigen Flitterwochen, die er je haben würde. Gewöhnlich hatte er in seiner freien Zeit nebenher ein bisschen Maler- oder Dekorationsarbeit übernommen, oder er war zum Hunderennen oder in den *Dragon* hinuntergegangen. Marilyn hatte Kleider genäht und sich mit ihren Freundinnen amüsiert, oder sie war zu Versammlungen gegangen, um den Klassenkampf anzuheizen. Aber das alles waren keine Tätigkeiten für die Flitterwochen, und die jungen Pertwees fanden, es sei eine Art Entweihung, ihren gewohnten Hobbys nachzugehen während dieser Zeit, die doch festlichem Müßiggang und den Gefühlen der Liebe vorbehalten sein sollte.

Aber wie Jack so richtig sagte, man konnte nicht den ganzen Tag im Bett bleiben. Also brachten sie den größten Teil des Tages damit zu, Hand in Hand in dem wenig benutzten Wohnzimmer zu sitzen. Marilyn wusste lediglich zu politischen Themen etwas zu sagen, und Jack war ohnehin nicht gesprächig. Keiner von ihnen las jemals ein Buch, und so langweilten sie sich abgrundtief. Aber jeder wäre lieber gestorben, als es dem anderen einzugestehen, und tief in ihren Herzen wussten sie auch, dass dieses Schweigen kein Vorbote künftiger Entfremdung war. Alles würde gut sein, wenn Jack wieder zur Arbeit ginge und wenn sie erst in ihrer eigenen Wohnung wohnten. Dann konnten sie über seine Arbeitskollegen und über die Einrichtung reden, und ihre Mutter käme zum Tee. Jetzt füllten sie ihr Schweigen mit traurigem Gedenken an Charlie Hatton aus, und auch das war kein richtiges Thema für die Flitterwochen. Ihre gemeinsame Erinnerung an ihn, ausgedrückt in unbeholfenen und sentimentalen Sätzen, ließ die Zeit verstreichen, und weil sie selbstlos und tiefernst war, verstärkte sie ihre Liebe.

So traf Wexford sie an.

Marilyn machte ihm auf, und ihre Begrüßung bestand in einem mürrischen Achselzucken. Aber auch er konnte lakonisch und schroff sein, und als Jack sich umständlich erhob, sagte Wexford knapp: »Ich komme, um mit Ihnen über McCloy zu reden.«

»Na, dann reden Sie mal. Das müssen *Sie* mir nämlich erzählen.«

Darüber lächelte das Mädchen zufrieden. »Gib uns 'ne Zigarette, Jack«, sagte sie und warf ihrem Mann einen stolzen, liebevollen Blick zu. »Ja«, sagte sie und trat dicht an Wexford heran, »halten Sie uns mal einen Vortrag. Wir würden das sehr gern wissen, nicht wahr, Jack? Es macht uns nichts aus zuzuhören, wir haben sonst nichts zu tun.«

»Klingt nicht besonders gut für die Flitterwochen.«

»Schöne Flitterwochen«, meinte Jack bitter, »glauben Sie vielleicht, ich hatte mir das so vorgestellt?«

Wexford setzte sich und blickte die beiden an. »Ich habe Charlie Hatton nicht umgebracht«, sagte er, »ich habe ihn nicht mal gekannt. Aber Sie haben ihn gekannt. Es heißt, Sie seien sein Freund gewesen. Merkwürdige Art haben Sie, das zu zeigen.«

Ein Schmerz durchzuckte Jack, und sein rotes Gesicht

wurde blass. Er griff nach der Hand seiner Frau und atmete tief. »Er ist tot. Man kann nicht mit einem Toten befreundet sein. Alles, was man noch hat, sind die Erinnerungen.«

»Geben Sie mir ein Stückchen Ihrer Erinnerungen, Mr. Pertwee.«

Jack blickte ihm voll ins Gesicht, und jetzt strömte das Blut zurück und pochte unter der Haut. »Sie spielen immer so großartig mit Worten rum, verdrehen sie, tun wer weiß wie klug ...«

Seine Frau fuhr dazwischen: »Bloß um Ihre Scheißbildung zu zeigen!«

»Lass das, Liebling, ich denk zwar genauso, aber das bringt nichts. Das ist ... Sie haben sich in den Kopf gesetzt, dass Charlie ein Gauner war, stimmt's? Es würde also nichts bringen, wenn ich Ihnen erzählte, wie er in Wirklichkeit war, großzügig, gutherzig, ließ einen nie im Stich. Aber das würde wirklich nichts bringen, hab ich Recht?«

»Ich bezweifle bloß, dass es mir hilft rauszufinden, wer ihn umgebracht hat.«

»Er hat uns unsere Wohnung verschafft«, erzählte Jack. »Wissen Sie, was er gemacht hat? Der Typ, der drin wohnte, der wollte 'ne Abstandszahlung. Zweihundert hat er gewollt, und Charlie hat die ausgelegt. Geliehen natürlich, aber Zinsen wollte er keine haben. Am 21. Mai war das. Das Datum vergess ich nie, solange ich lebe. Charlie war den ganzen Tag davor gefahren, ganz vom Norden runter. Aber am Morgen kommt der doch hier an und sagt, er hat 'ne Wohnung für uns gefunden! Ich war auf Arbeit, aber Marilyn konnte sich ein paar Stunden freinehmen im Geschäft, und die ist mit ihm da hingegangen. Hat Charlie dem Typen doch glatt das Geld versprochen, eher so, als wär er ihr Vater, als ... als einfach bloß ein Freund.«

Der 21. Mai. Der Tag, an dem Hatton sein Gebiss in Auftrag gegeben hatte. Direkt nach dem Überfall war das bestimmt nicht gewesen. Hier hatten sie also wieder einen Beweis, was Hatton mit dem kleinen Vermögen angestellt hatte, das er irgendwie aus McCloy herausgequetscht hatte.

»Kannst es kriegen, wann immer du willst, hat Charlie gesagt. Brauchst bloß einen Ton zu sagen. Und Sie hätten ihn mal sehen sollen, als wir dann wirklich was sagten! Ich glaub, es machte ihn richtig glücklich, wenn er was verschenken konnte.«

»Diese Wohnung«, sagte Marilyn ungewöhnlich sanft, »die ist natürlich längst nicht mehr so schön ohne Charlie Hatton, das können Sie uns glauben.«

Sentimentales Gewäsch, dachte Wexford grimmig. »Woher hatte er all das Geld, Mrs. Pertwee?«

»Hätt ich ihn das vielleicht fragen sollen? Einfach so, ja? Ich gehöre zwar zur Arbeiterklasse, aber ich bin anständig erzogen, Sie, ich weiß, was sich gehört. Also lassen Sie mich um Gottes willen aus dem Spiel.«

»Mr. Pertwee?«

Der würde ihm antworten müssen, dachte Wexford. Er hatte bereits zu viel gesagt und war auch viel zu ruhig und sicher gewesen, um sich jetzt hinter seiner Trauer zu verschanzen. Jack presste die Faust gegen die Stirn und stützte sich auf den Ellbogen.

»Woher hatte er das? Zweihundertfünfzig Pfund für seine Zähne, zweihundert für Sie …« Wie sich das summierte! »Geld für seine Wohnungseinrichtung, Geld für die Kleider seiner Frau, Geld für Ihr Hochzeitsgeschenk, Geld, das Woche für Woche auf die Bank eingezahlt wurde. Er verdiente zwanzig Pfund die Woche, Mr. Pertwee. Was verdienen Sie?«

»Kümmern Sie sich um Ihren eigenen Dreck!«

»Komm, lass das, Liebling«, sagte Pertwee unglücklich. Er

biss sich auf die Lippen, als er Wexford anblickte. »Bisschen mehr als das«, sagte er. »In 'ner guten Woche bisschen mehr.«

»Könnten Sie Ihrem besten Freund zweihundert Pfund leihen?«

»Mein bester Freund ist tot!«

»Keine Ausflüchte, bitte«, sagte Wexford scharf. »Sie wussten, was Hatton für ein Leben führte, Pertwee. Erzählen Sie mir nicht, Sie hätten sich nie gefragt, wo all das viele Geld herkam. Sie haben sich gefragt, und Sie haben auch ihn gefragt. Wie kam es, dass Hatton am 21. Mai eine Goldgrube auftat?«

Und jetzt glättete sich Pertwees Stirn. Er atmete tief, und in seinen Augen lag ein Schimmer von Triumph. »Ich weiß es nicht. Und da können Sie mich fragen, bis Sie schwarz werden, ich kann es Ihnen nicht sagen, weil ich es nicht weiß.« Er stockte. »Sie haben mich nach McCloy gefragt«, sagte er dann. »Charlie hat am 21. Mai kein Geld von McCloy gekriegt. Konnte er gar nicht.«

Und nun quetschte Wexford ihn aus, verhörte ihn nach allen Regeln der Kunst, die ihm durch jahrelange Erfahrung zu Gebote stand. Pertwee hielt die Hand seiner Frau, schüttelte den Kopf, antwortete einsilbig und verstummte schließlich ganz.

In der Vorverhandlung bekannte sich Cullam schuldig, von der Leiche Charlie Hattons einhundertzwanzig Pfund gestohlen zu haben, und er blieb bis auf weiteres in Haft. Burden bedeutete ihm, es könnten noch weitere Beschuldigungen gegen ihn erhoben werden.

Er glaubte nicht, dass Cullam ein Mörder war. Man hatte sein Haus von oben bis unten auf den Kopf gestellt und kein Geld gefunden. Cullam besaß kein Bankkonto und hatte lediglich ein paar Shilling bei der Post. Das einzige Ergebnis der Durchsuchung war die zufällige Entdeckung der brutalen Blutergüsse an Samantha Cullams Beinen, sodass ihre Unterbringung in einer Einrichtung der Gemeindefürsorge verfügt werden musste. Er würde noch mit einer Anklage wegen Kindesmisshandlung rechnen müssen, aber keine, die in den Bereich Mord und Diebstahl fiel.

»Was wird nun Ihr nächster Schritt sein?«, fragte Dr. Crocker beiläufig, nachdem er die Verletzungen des kleinen Mädchens untersucht hatte. »Ein Schwein, das ein Kind derartig misshandelt, schreckt auch vor einem Mord nicht zurück, wenn Sie mich fragen.«

»Das ist nicht zwingend.«

»Das Dumme bei euch ist, ihr sucht immer geradezu nach komplizierten Lösungen. Ah, da ist ja der Boss. Ich hab hier gerade schon Mike gefragt, ob ihr in eurem Team nicht einen Posten für mich frei habt, jetzt, wo ihr seht, wie ich euch bei euren Ermittlungen geholfen habe.«

Wexford warf ihm einen mürrischen Blick zu. »Cullam ist kein Mörder.«

»Vielleicht nicht. Sucht sich seine Opfer lieber unter den Wehrlosen, Kleinen – weiblich möglichst.« Er ließ eine hitzige Tirade gegen Cullam vom Stapel.

»O Mann, ich hab die Nase voll von der Sache!«, schrie Wexford plötzlich. »Den ganzen Vormittag hab ich damit verbracht, aus Pertwee irgendwas rauszuholen. Sentimentaler Waschlappen, der! Jeder weiß, dass Hatton ein Dieb und ein Lügner war, aber Pertwee will nicht reden, weil er das Andenken seines Freundes nicht verunglimpfen will.«

»Gar kein so schlechtes Prinzip«, meinte Burden.

»Jedes Prinzip ist schlecht, Mike, das in der Praxis dazu führt, dass ein Mörder ungeschoren davonkommt. Hatton hat krumme Dinger für McCloy gedreht, und eines schönen Wochenendes im Mai fing er an, seinen alten Auftraggeber zu erpressen. Und ganz ordentlich hat er ihn ausgequetscht, das kann ich euch sagen. Zweihundert Pfund für Pertwee, zweihundertfünfzig für Vigo ... Ach, ich kann das einfach nicht alles noch mal wiederkäuen.«

»Also gibst du auf?«, fragte der Arzt.

Burden blickte ihn schockiert an und schnalzte altjüngferlich mit der Zunge. Wexford sagte ruhig: »Ich versuche zunächst mal, eine andere Linie zu verfolgen, und ich vertraue darauf, dass du mir die Wege ebnest. Wozu bist du schließlich Arzt.«

Mrs. Fanshawe war allein, als sie das nächste Mal im Krankenhaus erschienen, aber sie war nicht im Bett. Eingehüllt in ein schwarzes Nylon-Negligé – später nannte Crocker es ein Peignoir –, saß sie in einem Lehnsessel und las *›Fanny Hill‹*.

»Der Chief Inspector, ein Arzt und noch ein Inspector wollen Sie besuchen«, verkündete Schwester Rose. Mrs. Fanshawe schob *›Fanny Hill‹* hastig unter die neue Ausgabe von *Homes and Gardens.* Sie wusste inzwischen, dass Schwester Rose eine Krankenschwester und kein Dienstmädchen war und dass sie sich im Krankenhaus befand. Aber das war kein Grund, dass diese Person so tat, als werde ihrer Patientin durch diesen Besuch eine Ehre erwiesen. Mrs. Fanshawe wusste, was ihr gebührte. Außerdem glühte sie förmlich in dem Bewusstsein, dass man ihr tagelang nicht geglaubt hatte und dass sie jetzt Recht behalten hatte. Nora war am Leben; Nora war hier oder doch nur wenige Kilometer entfernt in Kingsmarkham. Vermutlich war diese Delegation hier, um sich zu entschuldigen, geschickt von jenen Instanzen, die so stumpfsinnig beteuert hatten, Nora sei begraben worden.

Hastig griff sich Mrs. Fanshawe eine Hand voll Ringe aus

der Schmuckkassette, die ihre Schwester ihr gebracht hatte, und so streckte sie Wexford eine pompös geschmückte Hand huldvoll entgegen.

Wexford blickte in ein missmutiges Gesicht mit erschlafften Kinnmuskeln und tiefen Furchen, die die Mundwinkel nach unten zogen. Mrs. Fanshawes Augen waren hart und hell und ihre Stimme schneidend, als sie sagte:

»Sie sehen, ich bin nicht verrückt. Jeder dachte, ich sei geistesgestört, als ich sagte, meine Tochter sei am Leben. Ich nehme an, jetzt möchte man sich bei mir entschuldigen.«

»Gewiss, Mrs. Fanshawe, wir entschuldigen uns alle.« Entschuldigungen kosteten nichts. Er lächelte das verdrossene Gesicht liebenswürdig an, und ihm fiel wieder ein, was die Tochter dieser Frau ihm erzählt hatte: dass ihr Vater die Mutter bezahlt hatte, damit sie seine Mätressen im Hause duldete. »Niemand dachte, Sie seien geistesgestört«, sagte er, »aber Sie hatten einen sehr schweren Unfall.« Sie nickte selbstgefällig, und Wexford dachte, die ist nicht verrückter, als sie schon immer war. Aber was konnte dabei schon herauskommen? Sehr gescheit, fürchtete er, war sie wohl nie gewesen.

Schwester Rose kam mit zwei zusätzlichen Stühlen hereingepoltert, und sie strahlte verschämt kichernd, als alle drei Männer ihr überschwänglich dankten.

»Sie können mir noch ein Kissen bringen«, sagte Mrs. Fanshawe. »Nein, kein Kopfkissen, ein richtiges festes Kissen. Und dann können Sie meine Tochter anrufen.«

»In zehn Minuten, Mrs. Fanshawe«, sagte Schwester Rose, müde, aber zuvorkommend wie immer.

»Wie Sie wollen.« Mrs. Fanshawe wartete, bis sie gegangen war, dann beschwerte sie sich: »Dies hier soll angeblich ein Privatzimmer sein, aber darauf würde kein Mensch kommen bei der noblen Behandlung, die man hier erfährt. Die meiste Zeit drückt man die Klingel, aber es kommt keiner.«

Wexford fragte trocken: »Sie finden es hier nicht so komfortabel wie in der Princess Louise Clinic?«

»Was soll denn das nun bedeuten?«

»Ich habe gehört, Sie waren letztes Jahr in der Princess Louise Clinic in London?«

»Da haben Sie falsch gehört. Das einzige Mal, dass ich überhaupt in einem Krankenhaus gelegen habe, war, als meine Tochter geboren wurde.« Sie seufzte ungeduldig, als sich die Tür auftat und Schwester Rose mit Tee für vier Personen eintrat. »Ich denke, Sie haben Personalmangel? Diese Herren sind beruflich hier, sie machen keinen Privatbesuch.«

Aber Dr. Crocker sagte schnell: »Vielen Dank, meine Liebe«, und lächelte Schwester Rose charmant an. »Mrs. Fanshawe, tun Sie uns den Gefallen und spielen Sie die Gastgeberin?«

Die Ringe klimperten, als sie den Tee einschenkte. Misstrauisch blickte sie ihn an. »Also, meine Tochter ist am Leben«, sagte sie, »und in der Princess Louise Clinic bin ich nie gewesen. Was wollen Sie noch?«

Wexford warf Burden einen verstohlenen Blick zu, und Burden sagte: »Ihre Tochter ist am Leben, aber neben den Trümmern Ihres Wagens lag ein totes Mädchen. Haben Sie eine Idee, wer sie sein könnte? Sagt Ihnen der Name Bridget Culross irgendetwas?«

»Überhaupt nichts.«

»Sie war Krankenschwester.« Mrs. Fanshawes verächtliches Schnaufen machte ihm deutlich, was sie von Krankenschwestern hielt. »Sie war zweiundzwanzig Jahre alt und ein Mädchen, das möglicherweise mit Ihrem Mann zusammen dort auf der Straße starb.«

»Zusammen gelebt hat sie jedenfalls mit meinem Mann in unserem Wagen nicht.«

»Mrs. Fanshawe«, mischte sich Wexford vorsichtig ein,

»sind Sie ganz sicher, dass Sie niemanden mitgenommen haben von Eastbourne oder von Eastover?«

»Jetzt reicht mir's aber«, sagte Dorothy Fanshawe, »ich weiß wirklich nicht, wie oft ich es Ihnen schon gesagt habe: Es war niemand sonst im Wagen!«

Er sah sie an. Und wenn – *würdest* du es mir dann erzählen? Schämst du dich, weil dein Mann vor deinen Augen mit seinen Mätressen turtelte, weil er dich dafür bezahlte? Oder ist dir das schon alles egal, seit Jahren schon, und es war wirklich sonst niemand im Wagen?

Dorothy Fanshawe betrachtete ihre Ringe, die in der Sonne funkelten. Sie vermied es, den Augen dieser lästigen Männer zu begegnen. Die hielten sie für dumm oder für eine Lügnerin. Sie wusste sehr wohl, worauf sie hinauswollten. Nora hatte geredet. Nora besaß eben nicht den Anstand und die Diskretion, über Jeromes unerquickliche Gewohnheiten zu schweigen.

Wie dämlich diese Männer waren! Diese Gesichter – so verlegen und geniert! Glaubten die wirklich, sie grämte sich über das, was Jerome getan hatte? Jerome war tot und begraben, basta. Den war sie los. All das viele Geld gehörte jetzt ihr und Nora, mehr Geld, als all diese blöde dreinschauenden Männer samt und sonders in ihrem ganzen Leben verdienen würden. Nein, solange Nora nicht irgendetwas Dummes anstellte, wie zum Beispiel diesen Michael zu heiraten, gab es nichts auf der Welt, über das sie sich grämte.

Dorothy Fanshawe trank ihren Tee aus und setzte die Tasse geräuschvoll ab. Dann drückte sie auf die Klingel, und als die Tür sich öffnete, sagte sie:

»Wir brauchen noch mehr heißes Wasser.«

Sie hatte ›bitte‹ sagen wollen, aber sie verkniff es sich und schluckte es hinunter. Denn auf einmal hatte Schwester Rose, pummelig und rosa und jung, genauso ausgesehen wie jenes

Dienstmädchen, das Jerome zu befummeln pflegte, wenn es die Betten machte. Und dennoch lächelte sie ein bisschen, denn Jerome war tot, und dort, wo er jetzt war, gab es keine Dienstmädchen oder Krankenschwestern oder sonstwelches junges Fleisch.

»Exhumieren?«, rief Burden. »Damit kämen Sie nicht durch!«

»Doch, Mike«, erwiderte Wexford sanft, »ich glaub schon, dass ich eine Genehmigung dazu kriegen würde. Bloß, sie ist schon so lange tot, und das Gesicht war völlig unkenntlich und ... o Gott, ich könnte diesem dummen Camb den Hals umdrehen!«

»Die Tante war so sicher«, meinte Burden zögernd.

»Am besten, wir holen uns dieses Mädchen, die Lewis, aus der Princess Louise Clinic und zeigen ihr die Kleider. Aber wenn die Tote nun Bridget Culross war, was hatte sie dann im Wagen der Fanshawes zu tun?«

»Ich glaube Mrs. Fanshawe, Sir.«

»Ich auch, Mike, ich auch.« Wexford wiederholte, um sich selbst zu überzeugen. »Ich kann mir durchaus vorstellen, dass Fanshawe fähig gewesen wäre, das Mädchen in sein Ferienhaus mitzunehmen und da mit ihr zu schlafen, während auch seine Frau dort war. Und ich glaube, Mrs. Fanshawe hätte das verkraftet. Was das Mädchen betrifft – nun, wir wissen nicht genug über sie, um das zu beurteilen. Aber Nora Fanshawe wusste nichts davon, und Nora Fanshawe war bis zum Samstag mit ihnen zusammen. Und sie dachten doch, sie werde auch weiterhin bleiben. Wie passt da die Culross ins Bild? Und wo hat er sie am Freitagabend versteckt?«

»Das ist so widerlich«, sagte Burden und machte ein angeekeltes Gesicht.

»Kommen Sie, vergessen Sie die moralische Seite und konzentrieren Sie sich auf die Beweise. Je mehr ich darüber nachdenke, desto mehr kehre ich zu meinen anfänglichen Ideen zurück.«

»Und die wären?«

»Nach unserem neuesten Erkenntnisstand hat Bridget Culross Fanshawe gar nicht gekannt. Seine Frau war nie Patientin in der Princess Louise Clinic, und darum ist er nicht Jay. Wahrscheinlich fuhr sie mit diesem Jay nach Eastbourne oder Brighton, kriegte Streit mit ihm und versuchte auf eigene Faust nach London zurückzukommen. Vielleicht ist sie getrampt. Ein Lastwagenfahrer setzt sie am Zubringer Stowerton raus, sie hält den Daumen hoch, um sich von Fanshawe mitnehmen zu lassen – tritt vielleicht sogar auf die Fahrbahn raus, er kann nicht mehr bremsen, erwischt sie am Kopf und überschlägt sich. Wie klingt das?«

Burden blickte zweifelnd drein. »Das bedeutet, sie hätte, um jemanden zum Anhalten zu bewegen, auf dem Grünstreifen zwischen den beiden Fahrbahnen stehen müssen.«

»Und jeder normale Anhalter steht auf der anderen Seite, nicht an der Überholspur, und wartet, dass jemand auf der Normalspur ankommt?«

»Hm – andererseits wissen wir, dass Mrs. Fanshawe gehört hat, wie ihr Mann direkt vor dem Unfall ›Mein Gott!‹ geschrien hat. Und das war auch das Letzte, was er überhaupt gesagt hat.«

»Ich hoffe bloß, dieser Schrei ist von der Vorsehung gehört und als Bitte um Vergebung interpretiert worden.« Er lachte grimmig. »Er sieht also das Mädchen auf der Straße, schreit, gerät ins Schleudern, erwischt sie. Und warum hatte sie lediglich ein bisschen Kleingeld in der Handtasche, keine Schlüssel, nichts, um sie zu identifizieren? Und warum setzt ein Lastwagenfahrer sie am Zubringer ab und nicht in der Stadt?«

»Das ist Ihre Theorie, Sir.«

»Weiß ich ja, verdammt noch mal!«

Aber er dachte weiter über den Lastwagenfahrer nach. Charlie Hatton war eine Viertelstunde vor dem Unfall an dieser Stelle vorbeigekommen. Er konnte also den Unfall nicht gesehen haben. Konnte er ein Mädchen mit ausgestrecktem Daumen gesehen haben? Oder konnte er der Fahrer gewesen sein, der sie dort abgesetzt hatte? Das Dumme war bloß, Charlie Hatton war in entgegengesetzter Richtung gefahren.

Das war am 20. Mai gewesen, und am 21. Mai war Charlie Hatton ein reicher Mann. Da musste es eine Verbindung geben. Aber wie passte McCloy in diese ganze Angelegenheit?

Sämtliche Polizeikräfte in England und Wales suchten jetzt nach Alexander James McCloy, hellbraunes Haar, mittelgroß, zweiundvierzig Jahre alt, früher wohnhaft in Moat Hall bei Stamford in Lincolnshire. Auf Grund Burdens jüngster Entdeckungen suchte man ihn jetzt auch in Schottland.

Diesmal war es Mr. Pertwee senior, der ihn ins Haus ließ. Die Flitterwöchner saßen vorm Fernseher, noch immer Hand in Hand.

»Mein Gott, *muss* das sein?«, sagte Marilyn unwirsch, als ihr Mann aufstand und die politische Sendung ausschaltete. »Was wollen Sie denn schon wieder?«

»Im November letzten Jahres richtete Ihr Freund Hatton es so ein, dass der Lastwagen, den er für seinen Arbeitgeber, Mr. Bardsley, fuhr, überfallen wurde. Wenn ich sage, er richtete es so ein, dann meine ich damit, er handelte dabei nach den Instruktionen seines anderen Arbeitgebers, Alexander James McCloy. Hatton kriegte einen leichten Schlag über den Schädel, und man fesselte ihn, damit die Sache realistischer aussähe. Glücklicherweise war Mr. Bardsley versichert. Nicht jedoch beim zweiten Überfall im März. Dieses Mal musste er den Verlust selber tragen, nicht ahnend natürlich, dass ein guter Prozentsatz davon direkt in Hattons Tasche landete.«

Er hielt inne und sah in Jack Pertwees fahles Gesicht. Jack erwiderte den Blick einen Moment, und dann vergrub er das Gesicht in den Händen.

»Bloß nichts zugeben, Jack!«, sagte Marilyn aufgebracht.

»Am 19. Mai«, fuhr Wexford weiter fort, »befand sich Hatton auf dem Weg nach Leeds. Er war krank geworden und ließ sich Zeit, als er am nächsten Tag, Montag, den 20., zurückfuhr. Während er in Leeds war, oder auch unterwegs, hatte er eine Auseinandersetzung mit McCloy. Ob er einen Streit mit ihm hatte oder etwas über ihn erfahren hatte, ist im Moment unwesentlich, es versetzte ihn jedenfalls in die Lage, McCloy um mehrere Tausend Pfund erpressen zu können.«

»Das ist eine gemeine Lüge«, sagte Jack mit erstickter Stimme.

»Nun gut, Mr. Pertwee. Ich möchte Sie bitten, mit mir zum Polizeipräsidium zu kommen, wenn's recht ist …«

»Aber er ist doch frisch verheiratet!«, fuhr sein Vater dazwischen.

»Mrs. Pertwee kann ihn begleiten, wenn sie möchte. Es wurden hier bei der Aufklärung eines Mordfalles Informationen vorsätzlich zurückgehalten. Sind Sie so weit, Mr. Pertwee?«

Jack rührte sich nicht. Seine Hände, die die Stirn umschlossen, begannen zu zittern. Marilyn warf schützend die Arme um ihn und machte einen Mund, als ob sie Wexford am liebsten ins Gesicht gespuckt hätte.

»Erpressung?«, stammelte Jack. »Charlie?« Er nahm die Hände fort, und Wexford sah, dass er weinte. »Das ist doch Irrsinn!«

»Das glaube ich nicht, Mr. Pertwee.«

»Das konnte er doch gar nicht«, sagte Jack und murmelte etwas, das Wexford nicht ganz verstand.

»Was haben Sie gesagt?«

»Ich sagte, das konnte er gar nicht. McCloy sitzt. Sie sind doch ein Bulle, nicht wahr? Sie wissen doch, was das heißt. McCloy ist im Gefängnis.«

15

Die Benachrichtigung aus Schottland erfolgte fast zur selben Zeit wie Jack Pertwees Enthüllung. Alexander James McCloy war am 23. April zu zwei Jahren Gefängnis verurteilt worden, nachdem er für schuldig befunden war, zusammen mit zwei anderen Männern an einem Tag mit frühem Ladenschluss den Einbruch in einen Supermarkt in Dundee organisiert und Waren im Wert von zwölfhundert Pfund gestohlen zu haben. Ein Wachmann war bei dem Überfall leicht verletzt worden, und McCloy hätte mit einem härteren Urteil rechnen müssen, wäre er nicht ohne Vorstrafen gewesen.

»Während Hatton also an diesem Wochenende im Mai in Leeds war«, erklärte Wexford am nächsten Morgen, »saß McCloy bereits seit einem Monat oben in Schottland hinter Schloss und Riegel.«

»Scheint so«, sagte Burden.

»Und das bedeutet nicht bloß, dass er für Erpressung nicht in Frage kam, sondern auch, dass für Hatton die Quelle seiner – ich hätte fast gesagt ›legitimen‹ Einkünfte verstopft war. Und tatsächlich, im Mai war Hatton knapper bei Kasse als vermutlich zu irgendeinem anderen Zeitpunkt, seit er geheiratet hatte.«

»Mrs. Hatton erzählte, er habe gezögert, den Arzt privat kommen zu lassen, als er in der vorangegangenen Woche krank war. Damals hatte er wahrscheinlich bereits alles ausgegeben, was er ergaunert hatte, als er im März Bardsleys Wagen klaute.«

»So, wie er mit dem Geld umging, bestimmt«, warf Wexford ein. »Und das muss ihm verdammt unangenehm gewesen sein. Können Sie sich vorstellen, Mike, wie der in die Zukunft gesehen hat? Keine Spendierrunden mehr im *Dragon*, keine großkotzigen Einkaufsbummel mehr mit seiner Frau. Aus mit dem spendablen Gönner bei der Hochzeit seines Freundes.«

»Ich nehme an, er hat sich schleunigst nach einer anderen Geldquelle umgesehen.«

»Fahren wir gleich zum Stowerton-Zubringer raus und gehen der Sache auf den Grund.« Wexford stand auf. »Unsere beiden Fälle bewegen sich aufeinander zu, Mike, und wenn mich nicht alles täuscht, stoßen sie demnächst zusammen.«

»Ein Koffer war da nicht«, sagte Sergeant Martin, »aber ich möchte, dass Sie sich mal die Sachen ansehen, die sie angehabt hat. Es ist kein schöner Anblick, Miss Lewis. Versuchen Sie, ruhig zu bleiben.«

Sie war Krankenschwester und daran gewöhnt, sich zusammenzunehmen. Martin ging mit ihr in einen anderen Raum, wo die verbrannten, zerrissenen Kleidungsstücke wie Abfallhaufen auf dem Tisch lagen. Jedes Teil lag für sich, und das ganze Arrangement hatte etwas von der Parodie einer Schaufensterauslage eines Stoffgeschäftes an sich. Die Oberteile von Mantel und Kleid waren zerschlissene Fetzen, die Rockteile dagegen nahezu intakt, und zwischen den Brandflecken schimmerten gelbe und orangene Farbinseln hervor. Der Büstenhalter des toten Mädchens war nur noch eine Ellipse aus Draht, von der jeder Faden von Stoff und Spitze weggebrannt war. Margaret Lewis schauderte, sie hielt die Hände auf dem Rücken verkrampft. Dann berührte sie die orangefarbenen Schuhe, die weißen Spitzenstrümpfe, weitmaschig und fein wie ein Haarnetz, und sie fing an zu weinen.

»Die Strümpfe hab ich ihr geschenkt«, flüsterte sie, »zum Geburtstag.«

Die oberen Ränder waren lediglich zerlöchert, aber eine lange braune Spur zog sich bis zum Knie hinunter, dort, wo eine Flamme entlanggezüngelt war. Martin legte seinen Arm unter den Ellbogen des Mädchens und führte sie weg.

»Ich erzähl Ihnen alles, was ich über Bridie weiß«, sagte sie und schluckte gierig den Tee, den Loring ihr gebracht hatte. »Und alles, was sie mir über diesen Jay erzählt hat. Sie hat ihn im Oktober kennen gelernt, während sie seine Frau pflegte. Die Frau war lange im Krankenhaus, weil Gefahr einer Toxikamie bestand, und Bridie ging immer mit ihm aus, nachdem er sie besucht hatte. Sie hatte um halb neun Dienstschluss, verstehen Sie, und um die Zeit ging er dann auch.

Na ja, als seine Frau aus der Klinik entlassen wurde, ließ er Bridie fallen, und ich dachte, damit wäre es zu Ende. Aber das war es nicht. Im Mai tauchte er wieder auf, und die ganze Sache begann von vorne. Bridie fing schon an, davon zu reden, sie würde ihn heiraten. Oh, es war scheußlich, wirklich, und ich hab immer gar nicht richtig hingehört. Jetzt wollte ich, ich hätte es.«

»Haben Sie ihn je gesehen, Miss Lewis?«, fragte Martin.

Margaret Lewis schüttelte den Kopf. Die Farbe war in ihre Wangen zurückgekehrt, und sie trug kein Make-up, das ihr makelloses Taschentuch hätte verschmieren können, als sie sich die Augen abtupfte. »Wir haben nicht auf derselben Station gearbeitet, wissen Sie. Aber es müssen ihn viele Leute gesehen haben. Fragen Sie doch mal die anderen Schwestern. Bridie sagte, er sei ziemlich alt, viel, viel älter als sie, und das war auch der einzige Punkt, weshalb sie – na ja, weshalb sie zögerte, wenn Sie verstehen, was ich meine.«

»Dann wissen Sie also nicht, ob er dies hier ist?« Martin

zeigte ihr ein Foto von Jerome Fanshawe. Es war eine Blitzlichtaufnahme bei einem Gesellschaftsdinner, und das Gesicht war hart, selbstbewusst, mit schwerem, erschlafftem Kinn, aber durch die Arroganz und Kraft trotz seines Alters nicht unattraktiv für Frauen.

Sie betrachtete das Bild mit dem Abscheu des unerfahrenen Mädchens, und ohne seine Frage zu beantworten, sagte sie: »Ich hab Ihnen doch erzählt, dass sie am 18. Mai nach Brighton gefahren sind?« Loring nickte. »Bridie wollte sich am Marble Arch mit ihm treffen. Sie hat sich noch von mir verabschiedet in diesem gelben Mantel und dem Kleid. Und sie sagte, sie müsse sich tagsüber allein amüsieren, weil Jay dann in seiner Konferenz sei. Deshalb fuhr er nämlich hin, wissen Sie, er hatte dort eine Konferenz.«

Loring lächelte sie ermutigend an. Genau dies waren die Sachen, die Wexford brauchte. Dann fiel ihm seine vergebliche Suche auf der Patientenliste der Klinik wieder ein.

»Den Namen des Mannes, den wir im Auge hatten«, sagte er vorsichtig, »konnten wir unter den Klinikpatienten nicht finden, und seine Frau bestreitet, je dort gewesen zu sein.«

Das Mädchen griff nach dem Foto, und plötzlich blickte sie verwirrt auf. »Um Himmels willen, wie alt ist die eigentlich?«

»Die Frau? Fünfzig, fünfundfünfzig.«

»Tut mir Leid«, Margaret Lewis errötete, »ich glaube, das war mein Fehler. Jays Frau lag in der Entbindungsstation. Die sind in Krankenhäusern immer getrennt, wissen Sie, die allgemeinen und die Entbindungsstationen. Bridie hatte ihr Hebammenexamen, und sie pflegte Jays Frau, als sie vor der Geburt krank war und dann auch während des Wochenbettes.«

Burden saß am Steuer. Wexford hatte die Unfallskizze, die Camb ihm gegeben hatte, auf den Knien. Er blickte auf und sagte:

»Halten Sie bei der nächsten Parkbucht, Mike, den Rest laufen wir zu Fuß.« Ein alter Meilenstein, der schon immer auf der Anhöhe gestanden hatte, seit diese Straße die Hauptverkehrsader nach London war, markierte zufällig die Unfallstelle. Von hier aus wand die Straße sich sanft abfallend ins Tal.

Die nach Norden und nach Süden führenden Fahrbahnen dieses Abschnittes, der vor einem Jahr eröffnet worden war, wurden durch einen Grünstreifen getrennt, auf dem vereinzelt schlanke Birken wuchsen. Fanshawes Jaguar hatte eine dieser Birken erfasst, sich überschlagen und Feuer gefangen. Wexford und Burden warteten ab, bis zwei Pkw und ein Laster vorbeigefahren waren, und gingen dann über die Fahrbahn auf den Mittelstreifen. Eine große Fläche des Grünstreifens war damals verbrannt, aber inzwischen war neues Gras nachgewachsen, und nichts außer einem zersplitterten schwarzen Stumpf zeigte noch, wo der Unfallbaum gestanden hatte.

»Gehen wir mal davon aus«, begann Wexford, »dass das Mädchen mit den Fanshawes im Wagen gesessen hat, dass sie Jerome Fanshawes Betthäschen war und dass er sie nach London zurückbrachte. Wer sitzt wo? Mrs. Fanshawe im Fond und ihre Nebenbuhlerin neben dem Don Juan oder umgekehrt?«

»Also, bis zu einem gewissen Grad wurde wohl der Schein gewahrt«, meinte Burden und zog befremdet die Nase kraus. »Das kann sich doch nicht so in aller Öffentlichkeit abgespielt haben. Bestimmt hat das Mädchen hinten gesessen.«

»Aber der Sitz *neben* dem Fahrer, Mike, ist der Selbstmordsitz, und während das Mädchen tot ist, hat Mrs. Fanshawe überlebt. Wenn das Mädchen überhaupt dabei gewesen ist, dann hat es vorn gesessen.« Wexford machte eine weit ausholende Geste mit der rechten Hand. »Hier kommt also Fanshawe an, fährt wie ein Wahnsinniger. Aber es gibt keinen Hinweis, dass etwa ein Reifen geplatzt ist oder zuvor die Windschutzscheibe zu Bruch ging. Was hat Fanshawe gesehen, das ihn ›Mein Gott!‹ schreien und das Steuer herumreißen ließ?«

»Ein Hindernis auf der Straße?«

»Ja, aber was? Ein großes Metallstück oder eine Holzkiste? Über einen Pappkarton wäre er glatt rübergefahren. Egal, man hat ja hinterher auf der Straße nichts dergleichen gefunden.«

»Ein Hund vielleicht?«

»Fanshawe hätte nicht wegen eines Hundes einen Unfall gebaut. Und er hat auch keinen überfahren, weil man keinen Kadaver fand.«

»Dann hat er vielleicht das Mädchen gesehen«, meinte Burden tastend, »wie es vom Grünstreifen heruntertrat und winkte, damit er anhielt.«

»Aber wir unterstellen doch, das Mädchen sei *im* Wagen gewesen. Stimmen Sie mir jetzt zu, dass sie *nicht* drin gewesen sein kann?«

Burden ging ein Stückchen von ihm weg und hielt bei dem schwarzen Birkenstumpf. »Wenn das Mädchen hier vom Mittelstreifen runtergegangen ist«, sagte er und trat ein paar Schritte auf die Überholspur hinaus, »und Fanshawe fürchtete, sie zu überfahren, warum ist er dann nicht nach *links* ausgewichen auf die Normalspur, statt nach rechts? Die Straße muss völlig frei gewesen sein, denn Unfallzeugen gab es nicht. Er schlingerte nach rechts, geriet auf den Mittelstreifen und rammte den Baum.«

Wexford zuckte die Achseln. Ein Wagen raste auf der

Überholspur mit hoher Geschwindigkeit an ihnen vorüber. »Wollen Sie's nicht mal ausprobieren, Mike?«, meinte er grinsend. »Springen Sie doch mal einfach auf die Straße, wedeln mit den Armen und warten ab, was passiert.«

»Das können Sie selber machen, wenn Sie so scharf darauf sind«, sagte Burden und trat unwillkürlich ein paar Schritte zurück. »Ich möchte gern noch ein bisschen weiterleben.«

»Komisch, und das Mädchen, Mike? Das kann doch nicht glatter Selbstmord gewesen sein, oder?«

Burden meinte nachdenklich: »Könnte es schon. Nehmen wir mal an, sie hatte keinerlei Verbindung mit Fanshawe, sie ist mit einem anderen Freund an die Südküste runtergefahren, der lässt sie sitzen, sodass sie zurücktrampen muss, bis hierher. Der Fahrer, der sie mitgenommen hat, könnte sie auf ihren eigenen Wunsch hier abgesetzt haben. Sie geht auf den Mittelstreifen, wartet ab, bis ein schneller Wagen ankommt, und stellt sich ihm plötzlich mitten in den Weg. Aber das erklärt natürlich immer noch nicht, weshalb Fanshawe nach rechts auswich statt nach links.«

»Und es erklärt auch nicht, weshalb alles, wodurch man sie hätte identifizieren können, aus ihrer Handtasche entfernt wurde. Wenn es ein Selbstmord war, dann bestand kein Grund, weshalb sie es selbst hätte tun sollen. Aber egal, Sie vergessen den Hauptgrund, weshalb wir hergekommen sind. Der Unfall ereignete sich um zehn Minuten vor zehn, und Hatton fuhr um ungefähr zwanzig vor auf der anderen Fahrbahn in die entgegengesetzte Richtung. Der verarmte Hatton, darauf versessen, seine leeren Truhen aufzufüllen. Mal angenommen, er wäre ein bisschen später hier vorbeigekommen, hätte das Mädchen gesehen, wie es auf die Fahrbahn trat? Ja, wenn Fanshawe noch am Leben wäre, wenn er, sagen wir mal, das Mädchen überfahren hätte, ohne dabei seinen Wagen zu beschädigen, und einfach abgehauen wäre, dann hätte Hatton ihn erpressen können. Aber Fanshawe ist tot, Mike.«

Jetzt war Burden an der Reihe, die Achseln zu zucken und ratlos dreinzublicken. Er betrachtete die andere, nach Süden führende Fahrbahn, die Hecke, die daran entlangführte, die Wiesen hinter der Hecke. Etwa fünfzig Meter nördlich der Stelle, an der sie standen, erreichte die Straße ihren höchsten Punkt, und jenseits dieser Kuppe war nichts zu sehen als ein milchig blasser Himmel.

»An der Sache ist was faul«, überlegte er laut, »wenn zum Beispiel das Mädchen auf die Straße *gestoßen* worden wäre ... Oh, ich weiß, das klingt weit hergeholt, aber Sie spekulieren ja auch. Wenn sie gestoßen wurde, und Hatton, der da gerade über die Hügelkuppe fuhr, wäre Zeuge geworden – wieso hat dann derjenige, der sie gestoßen hat, ihn nicht zuerst gesehen? Sein Laster war ein außergewöhnlich hohes Fahrzeug, und jeder, der hier stand, hätte das Wagendach auftauchen sehen müssen, Sekunden, bevor der Lastwagenfahrer *ihn* sehen konnte. Sehen Sie mal, da kommt gerade ein Lastwagen.«

Wexford wandte seinen Blick zur Hügelkuppe hinüber. Das Dach des Lasters tauchte darüber auf, und es hatte den Anschein, als vergingen etliche Sekunden, ehe der ganze Wagen in Sicht kam.

»Es war damals dunkel«, sagte er.

»Jeder, der hier stand, konnte die Scheinwerfer genau im selben Moment sehen, wie der Fahrer ihn sah.«

Unabhängig voneinander kam den beiden der Gedanke, und sie gingen zur Kuppe hinauf. Unter ihnen lag halb Sussex ausgebreitet, Wiesen und Felder, Grün und Gold, die dichten bläulichen Schatten der Waldzonen und in den Falten dazwischen Bauerngehöfte und gelegentlich ein aufragender Kirchturm. Durch diese pastorale Landschaft wand die Straße ihr weißes Zwillingsband, hier über Hügel springend, dort talwärts abfallend und manchmal vollends verborgen von dem grünen, schwellenden Land.

Keine zwanzig Meter hinter der Kuppe erweiterte sich die nach Süden laufende Fahrbahn zu einem Bogen, und in dieser Parkbucht saßen die Insassen zweier Wagen und picknickten.

»Möglich, dass er hier eine Weile geparkt hat«, sagte Burden, »dass er hier den Weg raufgegangen ist, um – na ja, wegen eines natürlichen Bedürfnisses oder vielleicht bloß, weil er Luft schnappen wollte. Er war schließlich krank gewesen.«

Aber Wexford betrachtete die Aussicht und meinte gedankenvoll: »Wo rings beglückt die Aussicht, der Mensch allein ist bös.«

Neben dem riesigen amerikanischen Wagen mit den gespreizten Flossen wirkte jedes andere Auto auf dem Parkplatz des *Olive* winzig. Wexford, der mit Burden über den Vorplatz ging, bemerkte bei genauerem Hinsehen, dass er weder neu noch sonderlich gepflegt war. Einer der Scheinwerfer war kaputt, und der Rost an seinem Chromrand zeigte, dass er schon lange kaputt war. Kratzer verunzierten den blaugrünen Lack an den Kotflügeln. Hier auf dem winzigen Parkplatz in einer ländlichen Kleinstadt wirkte der Wagen wie ein Berg Schrott, dessen Benzinverbrauch im umgekehrten Verhältnis zur Leistung stand.

»Erinnert mich an ein prähistorisches Ungeheuer«, sagte Wexford, »alles Muskel, kein Hirn.«

»Trotzdem, der muss mal ganz imposant gewesen sein.«

»Das sagt man von den Dinosauriern auch.«

Sie setzten sich in die Hotelbar. An der gegenüberliegenden Seite saß Nora Fanshawe auf einem Ledersofa neben einem blonden Hünen mit einem kleinen Kopf. Sein Gesichtsausdruck war leer, seine Schultern hatten Catcherformat. Noch ein Dinosaurier, dachte Wexford, und plötzlich war ihm klar, dass dies der Besitzer des Wagens draußen sein musste.

»Na, unsere Wege kreuzen sich ja wohl dauernd, Miss Fanshawe?«

»Sie kreuzen *meinen* Weg dauernd«, sagte die junge Frau spitz. Sie trug wieder eins ihrer teuren Schneiderkostüme, diesmal marineblau und so untadelig und geschäftsmäßig wie eine Uniform. »Darf ich Ihnen Michael Jameson vorstellen. Vielleicht erinnern Sie sich, dass ich ihn Ihnen gegenüber erwähnt habe.«

Wexford drückte eine feuchte Hand. »Netter kleiner Ort hier, bloß bisschen weitab von der Landkarte.«

»Kommt drauf an, wo Sie Ihre Landkarte aufschlagen.«

»Bitte? – Oh, ich verstehe. Ha ha!«

»Wir wollten gerade gehen«, sagte Nora Fanshawe. Ihre kräftige, maskuline Stimme schwankte ein wenig, als sie fragte: »Fertig, Michael?« Auf einmal war sie verletzlich. Wexford kannte diesen verschämt flehenden Blick. Er hatte ihn so oft gesehen in den Augen unattraktiver Frauen, diese nackte Angst vorm Abblitzen, die sie nur noch hässlicher machte, weil sie ihr letztes bisschen Selbstvertrauen verloren.

Jameson räkelte sich zögernd in die Höhe. Er blinzelte Wexford zu, und dieses Blinzeln war beredter als Worte.

»Sie gehen Ihre Mutter besuchen, Miss Fanshawe?«

Das Mädchen nickte, und Jameson sagte: »Das alte Mädchen hält sie ganz schön auf Trab.«

»Komm, gehen wir, Michael.« Sie hakte sich bei ihm ein und hielt seinen Arm fest. Wexford sah ihnen nach, und er sagte sich, er sei ein Narr, wenn er sich über diese Szene erboste. Sie war eckig, schroff, unweiblich. Aber sie war auch außergewöhnlich ehrlich, und ihr fehlte jedes Talent zum

Selbstbetrug. Wexford zweifelte keinen Moment daran, sie wusste selbst sehr wohl, dass dieser Mann ihrer ganz und gar nicht würdig war, weder an Intelligenz noch an Redlichkeit, noch an Charakter. Aber er sah gut aus, und sie hatte Geld.

»Ziemlicher Flegel«, meinte Burden.

Wexford hob den Vorhang, und durch die Fuchsien hindurch sah er Jameson in den amerikanischen Schlitten einsteigen und den Motor anlassen. Nora Fanshawe gehörte nicht zu den Frauen, die Höflichkeit von Seiten eines Mannes als ihr gutes Recht betrachten. Der Wagen setzte sich schon in Bewegung, ehe sie auf den Beifahrersitz gerutscht war. Jameson hatte ihr nicht einmal von innen die Tür aufgemacht.

16

»Bitte denken Sie jetzt alle genau nach«, sagte Wexford. »Und erzählen Sie mir nicht, das sei zu lange her und Sie könnten sich nicht mehr erinnern. Es ist bloß sieben Wochen her, und Sie werden sich wundern, wie gut man sich erinnern kann, wenn man sich Mühe gibt.«

Sie saßen in Lilian Hattons Wohnung, Wexford den drei Leuten auf dem Sofa gegenüber. Mrs. Hatton trug ein schwarzes Baumwollkleid und sämtlichen Schmuck, den Hatton ihr je geschenkt hatte. Ihr Gesicht war weiß und angespannt und noch immer verschmiert von den Tränen, die sie vergossen hatte, als Wexford ihr enthüllt hatte, aus welcher Quelle die Einkünfte ihres Gatten stammten. War es eine Enthüllung gewesen, oder hatte sie es schon immer gewusst? Wexford war sich nicht sicher. Trotz ihrer Miniröcke, ihres Make-ups und ihrer modernen Küche war sie eine altmodische Ehefrau, hilflos, unselbstständig, die widerspruchslos sämtliche Machenschaften ihres Mannes gläubig hinnahm. Ob die Brosche, die sie trug, mit unehrlich erworbenem Geld gekauft war, das hatte sie ihren Mann ebenso wenig gefragt, wie eine Geschlechtsgenossin aus dem neunzehnten Jahrhundert ihren Herrn und Meister zu dem Geständnis bewogen hatte, dass seine Geschenke durch Falschspielerei am Kartentisch erworben wären. Sie fragte nicht nach Gründen, sie akzeptierte, lobte und bewunderte. Wexford fragte sich, wie diese anachronistische Frau sich allein in einer Welt durchschlagen sollte, die Charlie ein Schlachtfeld genannt hatte.

»Er hat immer davon geredet, man müsste kämpfen für das, was man haben wollte«, hatte sie fassungslos erzählt, »und dass man den andern immer um 'ne Nasenlänge voraus sein müsste. Und genau planen müsste man seine ... seine Stra ... seine Stra ...«

»Strategie?«

»Ja, das war's. So, als ob er ein General wär.«

Ein Soldat Fortunas, dachte Wexford, ein Söldner des Glücks.

Die anderen beiden, die jungen Pertwees, wussten sehr wohl Bescheid. Sie hatten das schließlich zugegeben, und jetzt murrte Marilyn finster: »Na und? Er hat sich nur an den fetten Geldsäcken schadlos gehalten. Was bedeutet es für die schon, mal eine Wagenladung einzubüßen? Sind doch sowieso allesamt Ausbeuter, die. Der Kapitalismus ist nichts als organisierte Ausbeuterei der Arbeiterklasse. Charlie hat sich bloß zurückgeholt, was ihm zustand.«

»Um sich an der Gesellschaft zu rächen, was, Mrs. Pertwee?«

»Jawohl, und warum auch nicht? Wenn wir in diesem Land erst eine wahre Volksregierung haben, dann kriegen Leute wie Charlie ihren gerechten Anteil, und dann gibt es keine Kriminalität mehr – oder was Sie Kriminalität nennen. Dann haben wir den wahren Sozialismus.«

»Charlie hat immer die Konservativen gewählt«, sagte Lilian Hatton hilflos, »ich weiß nicht recht, Marilyn, ich glaub nicht ...«

Wexford unterbrach sie. Es gab in diesem Trauerhaus keinen Grund zum Lachen, und doch hätte er am liebsten losgelacht. »Stellen wir die politische Diskussion vorerst zurück, ja? Mrs. Hatton, Sie haben jetzt Zeit zum Nachdenken gehabt, und ich bitte Sie, mir alles zu erzählen, was Sie noch wissen über die Abreise Ihres Mannes nach Leeds am

Sonntag, dem 19. Mai, und über seine Rückkehr am 20. Mai.«

Sie räusperte sich und blickte Jack Pertwee zaudernd an; vielleicht weil sie männliche Anweisung, männliche Unterstützung erwartete.

»Hab keine Angst, Lily«, sagte Marilyn, »ich bin ja hier.«

»Ja, ehrlich, ich wüsste nicht, was ich ohne euch machen sollte. – Also ... also Charlie war krank gewesen, und ich wollte nicht, dass er fährt, aber er hat stur drauf bestanden.«

»Hatte er Geldsorgen, Mrs. Hatton?«

»Mit solchen Sachen hat Charlie mich nie belästigt. Aber warten Sie mal ... Er hat gesagt, der Arzt müsste 'n bisschen warten auf die Bezahlung. Ich weiß noch, das hat er gesagt. Soll ich noch mehr erzählen von dem Sonntag?« Wexford nickte. »Jack und Marilyn sind abends gekommen, zum Kartenspielen.«

»Stimmt«, sagte Marilyn, »und Charlie hat dich von Leeds aus angerufen, während wir da waren.«

Mrs. Hatton sah sie bewundernd an. »Ja, das hat er getan.«

»Was hat er zu Ihnen gesagt?«

»Nicht viel. Es war meistens nur – na ja, wie es mir so geht und dass er mich vermisst.« Sie schluchzte und biss sich auf die Lippen. »Wir mochten das nicht – getrennt sein. Wir konnten immer nicht schlafen – so ohne den anderen.«

»Die beiden waren wie ein Liebespaar«, sagte Jack und legte den Arm um ihre Schultern.

»Hat er gesagt, dass er sich immer noch schlecht fühlte?«

»Na ja, nicht besonders gut. Sonst wär er denselben Abend noch zurückgefahren.«

»Klang er zufrieden? Aufgeregt?«

»Im Gegenteil, er war sehr niedergeschlagen.«

»Jetzt überlegen Sie bitte ganz scharf: Um welche Zeit genau ist Ihr Mann am nächsten Abend nach Hause gekommen, am Montagabend?«

»Punkt zehn«, sagte sie, ohne zu zögern. »Zehn Uhr, hatte er den Abend davor gesagt, und ich hab ihm ein Hühnerfrikassee gemacht. Charlie hatte mir nämlich im März eine Küchenuhr mit Zeitschaltuhr gekauft, aber die ging falsch, und ich musste sie noch mal ins Geschäft zurückbringen, und an dem Abend hab ich sie zum ersten Mal benutzt. Ich hab sie genau auf zehn Uhr eingestellt, und sie fing gerade an zu klingeln, als Charlie seinen Schlüssel ins Türschloss steckte.«

»Und wie war er, als er reinkam?«

»Sie meinen, wie's ihm ging? Er hat gesagt, die Übelkeit sei noch mal wieder gekommen und er musste ein paar Mal anhalten unterwegs. Er wär sonst früher gekommen, wenn er nicht angehalten hätte. Er wollte nämlich gern früher kommen, verstehen Sie, um mich zu überraschen.« Das Gefühl überwältigte sie, und sie atmete heftig, um die Tränen zurückzudrängen. »Ich ... er ... er hat gesagt, es war so stickig im Wagen und er hätte einfach mal Luft schnappen müssen, am Stowerton-Zubringer. Da ist er ein bisschen durch die Wiesen gegangen, wo es kühler war.«

»Denken Sie mal genau nach, Mrs. Hatton. Hat er gesagt, dass er was Interessantes gesehen hätte, während er dort in den Wiesen war?«

Sie blickte ihn verwirrt an. »Nein, er hat bloß gesagt, es hat ihm gut getan. Jetzt ginge es ihm wieder richtig gut, sagte er, und das sah ich ja auch. Der fühlte sich pudelwohl, war völlig verändert. Er hat tüchtig gegessen, und wir haben über Jacks Hochzeit geredet.« Ihre Stimme war heiser geworden, und sie lehnte sich schwer in Jacks Arm. »Charlie wollte mir dafür alles neu kaufen, Kleid, Mantel, Hut, einfach alles. Er sagte ... er sagte, schließlich wär ich seine Frau und müsste ihm alle Ehre machen.«

»Und das hast du auch immer, Liebling. Charlie war stolz auf dich.«

»Was geschah am nächsten Tag?«, fragte Wexford.

»Da sind wir ziemlich spät aufgestanden.« Sie biss sich auf die Lippe. »Charlie ist um neun aufgestanden, und dann hat er einen Typen angerufen, den er kannte, der seine Wohnung aufgeben wollte. Dem sagte Charlie, er würde mal vorbeikommen und sie sich ansehen, wenn er gefrühstückt hätte, und das tat er dann auch. Erzähl du das, Jack, jetzt bist du dran.«

Jack zog seinen Arm zurück und tätschelte ihr die Hand.

»Charlie kam zu meiner Arbeitsstelle, aber ich konnte nicht weg. Ich verlegte gerade die Leitungen in den neuen Häusern drüben in Pomfret. Er sagte, er hätte vielleicht 'ne Wohnung für uns gefunden, und ich sagte, nimm Marilyn mit. Ich seh ihn noch vor mir, den alten Charlie. Freute sich wie ein Schneekönig und grinste, wie er es immer tat, wenn er einem was Gutes antun wollte. Hüpfte richtig auf und ab wie 'n Affe auf dem Leierkasten.« Er seufzte und schüttelte den Kopf. »Alter Charlie«, brummelte er.

Ungeduldig wandte sich Wexford an die Frau. »Und Sie gingen mit ihm?«

»Klar. Er kam runter zu Moran.« Moran war Kingsmarkhams größtes Dekorationsgeschäft. »Die alte Zicke, die Geschäftsführerin, wollte mich zuerst nicht weglassen. Nicht dass am Montagmorgen besonders viel Betrieb wäre. Ich geh doch in einem Monat sowieso, hab ich gesagt, und wenn es Ihnen nicht passt, dann können Sie mir meine Papiere geben, und ich hau gleich ab. Das hab ich ihr glattweg gesagt. Hab sie richtig zusammengestaucht vor Charlie, und die sagte auch kein Wort mehr. Na ja, und dann gingen Charlie und ich hin und guckten uns die Wohnung an, und da war diese Knalltype, die sie aufgab, 'n richtiger Schwuler, wenn Sie mich fragen. Wollte zweihundert Pfund Abstand, ehe wir sie kriegten. Ich hätt ihm in die Fresse schlagen können. Im Morgenmantel war der. Für die Sorte gibt's eines schönen Tages Zwangsarbeit, und ich wollte dem das auch gerade klarmachen, da sagt doch Charlie, das wär in Ordnung und wir würden das Geld schon irgendwie aufbringen. Er sah ja, dass ich verrückt war nach der Wohnung.«

»Und er zahlte das Geld?«

»Sie haben wohl 'ne Meise. Er sagte so was von wegen mit Jack besprechen, obgleich, wenn ich die Wohnung wollte, dann wollte Jack sie natürlich auch, und dann sind wir gegangen. Ich kochte, kann ich Ihnen sagen. Und als wir draußen waren, sagte Charlie, wir könnten's ihm zurückzahlen, wenn wir finanziell erst mal flott wären. Na, wie finden Sie das?«

»Ja«, sagte Jack, »wie finden Sie das?«

»Hat Hatton Sie ins Geschäft zurückgebracht?«

»Natürlich nicht, er war doch nicht mein Kindermädchen. Wir gingen zusammen bis zum *Olive* runter, und da sagte er, er müsste mal telefonieren. Er ging in eine der Telefonzellen draußen vorm *Olive,* und danach hab ich ihn ein paar Tage lang nicht mehr gesehen.«

»Warum wollte er von einer Telefonzelle aus telefonieren, wo er doch zu Hause sein eigenes Telefon hatte?«

Das junge Ehepaar dachte, was er unter anderen Umständen vielleicht auch gedacht hätte. Ein verheirateter Mann mit einem eigenen Telefon ruft von einer Telefonzelle höchstens seine Freundin an. Mrs. Hatton blickte unschuldig drein, ergeben, gewappnet durch ihre Erinnerungen. Da lachte Marilyn schrill auf. »Ich weiß, was Sie denken! Charlie Hatton? Sie sind ja verrückt!«

»Was meinst du denn, Marilyn?«, fragte die Witwe.

»Ich denke überhaupt nichts«, sagte Wexford. »Ist Ihr Mann zum Mittagessen nach Hause gekommen?«

»Ja, gegen halb eins. Ich hab ihn gefragt, was er am Nachmittag vorhätte, und da rückte er dann damit raus, dass er sich mal um seine Zähne kümmern wollte. Er kriegte immer Essensreste unter seine Gaumenplatte, wissen Sie. Er hat sich immer furchtbar geschämt, dass er falsche Zähne hatte, wo er doch so jung war, und überhaupt. Und auch wegen mir … Er dachte, es macht mir was aus. *Mir* was ausmachen? Ach Gott! Mir hätte es nichts ausgemacht, wenn … Aber was soll's. Ich hab Ihnen ja schon erzählt, dass er sich seine Zähne hat machen lassen. Immer wieder hat er gesagt, er wollte doch mal sehen, dass er endlich seine Zähne in Ordnung gebracht kriegte. Wie oft hat er gesagt, er wollte mal sehen, dass er wirklich gute neue Zähne kriegte, wenn er es sich leisten könnte, und dann hat er gesagt, er dächte, er ginge damit zu Mr. Vigo.«

»Den hab sozusagen ich ihm empfohlen«, warf Jack ein.

»Sie?«, fragte Wexford beinahe höhnisch.

Jack hob den Kopf, und sein Gesicht lief dunkelrot an.

»Ich meine ja nicht, dass *ich* wegen meiner Zähne zu ihm ging«, stammelte er. »Ich bin ein-, zweimal in seinem Haus gewesen wegen Elektroarbeiten, und ich hab Charlie so 'n bisschen geschildert, wie es da aussieht. Diesen Garten da und all die alten Sachen, die er hat, und das Zimmer mit all dem chinesischen Kram drin.«

Mrs. Hatton weinte. Jetzt wischte sie sich die Augen und erinnerte sich, unter Tränen lächelnd: »Charlie und Jack haben sich dabei halb schiefgelacht. Und Charlie hat gesagt, das würde er gern mal sehen, bloß mal so 'n Blick reinwerfen. Und Jack sagte, Mr. Vigo, der schwämme im Geld und der müsste wohl ein guter Zahnarzt sein, wenn er so viel verdiente. Da dachte Charlie, das sei der richtige Mann für ihn, und hat ihn auf der Stelle angerufen. Du kriegst doch bestimmt keinen Termin mehr für heute, hab ich gesagt, aber er hat einen gekriegt. Mr. Vigo hatte gerade eine Absage und sagte, er solle um zwei kommen.«

»Und dann?«

»Charlie kam um vier zurück und sagte, Mr. Vigo würde ihm ein ganz neues Gebiss anpassen. Und Mr. Vigo sei ein Pfundskerl, gegen den sei nichts einzuwenden. Zu einem Drink hätte er ihn eingeladen, in diesem besagten chinesischen Zimmer, und Charlie hat gesagt, wenn er mal reich wäre, dann wollte er auch solch Zeugs haben, ganze Zimmer voll davon, und Vasen und Nippes und 'ne kleine Armee von Schachfiguren und ... O Gott, wo er jetzt ist, da kriegt er nie was von alledem!«

»Komm, Lily, nicht doch, Liebes.«

»Wann hat Mr. Hatton Ihnen die Abstandssumme für Ihre Wohnung geschenkt?«

»Die war bloß geliehen«, sagte Marilyn Pertwee beleidigt.

»Also gut, geliehen. Und wann?«

»Am Mittwoch ist er damit angekommen, im Haus von Jacks Vater.«

»Das war dann der 22., stimmt's?«

»Ich nehme an, ja. Und am nächsten Tag haben wir es diesem Typen, der die Wohnung hatte, ausgehändigt.« Jack Pertwee blickte Wexford starr an, die trüben Augen verhangen, das Gesicht bleich mit hektischen Flecken. Wexford unterdrückte mühsam ein Schaudern, gnade Gott dem Mann, der Charlie Hatton ermordet hatte, dachte er, wenn Pertwee ihn erwischt, ehe wir ihn gefasst haben.

»Wird es nicht langsam Zeit, dass wir den Köter wieder loswerden?«

Sheila scheuchte Klytämnestra vom Sessel ihres Vaters und betrachtete die Haarschicht, die der Hund auf dem Kissen hinterlassen hatte. »Ich hab sie schon selbst ein bisschen satt«, gab sie zu. »Sebastian kommt übrigens heute Abend her und holt sie wieder ab.«

»Na, Gott sei Dank.«

»Kann ich den Wagen haben, um ihn zum Bahnhof zu bringen?«

»Wieso, hat der etwa Angst, allein durch die Wiesen zu gehen?« Ach, liebste Mabel, hör mich an: Im Park, da lauert ein Räubersmann ... »Vielleicht brauch ich den Wagen selbst. Der ist doch jung und gesund, den lass mal ruhig laufen.«

»Er hat 'ne Warze«, sagte Sheila. »Und er musste schon beide Male die ganze Strecke laufen, als er sie vor vierzehn Tagen hergebracht hat. Ich würde ihn ja gerne abholen« – sie warf ihrem Vater einen tief gekränkten Blick zu – »aber immer hast du den Wagen.«

»Es ist *mein* Wagen«, erwiderte Wexford mit törichter Miene, und weil es ein Spiel mit verteilten Rollen war, das er mit Sheila spielte, fuhr er fort: »Mein Türkis war's, den Lea mir gegeben, da ich ein Jüngling war. Ich gäb ihn nicht um alle ...«

»... um alle Warzen auf der Welt! Oh, Paps, du bist ein richtiger Schatz. Ach, da ist ja Sebastian.«

Mrs. Wexford fing in aller Ruhe an, den Tisch zu decken. »Sag nichts über sein Haar«, instruierte sie ihren Mann. »Er hat ziemlich merkwürdiges Haar, und du weißt ja, wie du reagierst.«

Sebastians Haar glich dem von Klytämnestra, und es hing in krausen Locken bis auf seine Schultern.

»Ich hoffe, der Wuschelhund hat Sie nicht zu sehr gestört, Mr. Wexford.«

Wexford machte schon den Mund auf, um das höflich abzuleugnen, aber Klytämnestras Temperamentsausbruch beim Anblick ihres Herrn machte für eine Weile jegliches Gespräch unmöglich. Sie kringelte sich begeistert um seine langen Beine, warf ihren Körper mit voller Wucht gegen sein Jackett, ein Kleidungsstück, das Wexford ungläubig als einen Teil der Galauniform eines Kommandeurs der Königlich Norwegischen Marine identifizierte.

»Wollen Sie bleiben und mit uns essen?«, fragte Mrs. Wexford.

»Wenn es nicht zu viel Mühe macht.«

»Wie war es in der Schweiz?«

»Ganz schön. Und teuer.« In Wexford keimte der unfreundliche Gedanke auf, dass dieser Urlaub noch bei weitem teurer geworden wäre, wenn er für seinen Hund hätte Pension bezahlen müssen, da entwaffnete ihn Sebastian, indem er aus seinem Umhängebeutel einen großen Kasten Pralinen für Mrs. Wexford hervorkramte.

»Suchard«, sagte Mrs. Wexford. »Wie nett von Ihnen.«

Dergestalt ermutigt, machte Sebastian kurzen Prozess mit Roastbeef und Yorkshirepudding. Zwischendurch langte er gelegentlich unter den Tisch, um Klytämnestras Ohren zu kraulen.

»Ich fahr dich zum Bahnhof«, sagte Sheila und bedachte ihren Vater mit einem ermunternden Lächeln.

»Das wäre prima. Wir könnten Klytämnestra mitnehmen in dies *Olive*-Dingsda. Sie mag gern Bier, das wär eine tolle Abwechslung für sie.«

»Nicht in meinem Wagen, klar?«, sagte Wexford bestimmt.

»Ach, Pa!«

»Tut mir Leid, Liebling, aber wenn du trinkst, kommst du nicht ans Steuer.«

In Sebastians Ausdruck mischte sich die Bewunderung für die Tochter mit dem Wunsch, es aber auch dem Vater recht zu machen. »Wir gehen zu Fuß.« Er hob die Schultern. »Obwohl ... Ist ja 'n verdammter Weg bis zum Bahnhof.« Er betrachtete die Bananencreme. »Ja, danke, ich nehm gern noch was. Das Dumme ist bloß, dann müsste ich Sheila zurückbegleiten. Es sei denn, sie ginge auf der Straße nach Hause«, fügte er wenig kavaliersmäßig hinzu. »Wir haben sogar in der Schweiz von Ihrem Mord hier gehört. Da hinten in den Wiesen irgendwo war das, stimmt's?«

Wexford sprach zu Hause selten über berufliche Dinge. Sicherlich wollte dieser junge Mann ihn nicht aushorchen, aber dennoch … Er nickte nur kurz angebunden.

»Merkwürdig«, sagte Sebastian. »Ich bin vor vierzehn Tagen genau den Weg durch die Wiesen zum Bahnhof gegangen.«

Wexford fing den Blick seiner Frau auf, ignorierte ihn aber und sagte nichts. Dafür fragte Sheila:

»Um wie viel Uhr war das, Seb? Gegen zehn?«

»Bisschen später. Ich bin keiner Menschenseele begegnet, und ich muss sagen, ich war auch ganz froh darüber.« Er kraulte das struppige Fell des Hundes. »Aber wenn ich nicht gerade noch zur Seite gesprungen wär, Klytämnestra, dann hättst du deinen Papi womöglich nie wieder gesehen. So 'n dicker amerikanischer Wagen hat mich beinahe über den Haufen gefahren.«

»Die rasen immer so in die Bahnhofseinfahrt«, meinte Sheila.

»Von wegen Bahnhofseinfahrt! Mitten zwischen den Wiesen war das. Auf dem Fahrweg, der zu dieser Fußgängerschranke führt. So ein großer grüner Wagen, der kam da mit irrem Tempo angerast. Ich musste mich quasi mit einem Hechtsprung in die Hecke retten. Ich hab mir sogar die Nummer aufgeschrieben, aber bei all dem Heckmeck mit meinem Urlaub hab ich das Stück Papier verloren, auf das ich sie geschrieben hatte.«

»Ein Liebespärchen?«, fragte Wexford beiläufig.

»Könnte sein. Ich war zu beschäftigt, mir die Nummer zu

merken, um richtig hinzugucken. Und ich hatte auch Angst, meinen Zug zu versäumen.«

»Na gut, wir gehen diesmal nicht durch die Wiesen, und zurück geh ich brav die Straße entlang, wenn es dich glücklich macht, Pa.«

»Kannst den Wagen haben«, brummte Wexford. »Halt dich an Bitterlemon im *Olive,* ja?«

17

»Meine Theorie ist folgende«, sagte Burden, »auch wenn sie nicht hieb- und stichfest ist. Aber ich hab lange drüber nachgedacht, und es ist die einzig mögliche Lösung. Wir haben viel über gedungene Mörder geredet, aber der einzige gedungene Mörder in diesem Fall war Charlie Hatton, geheuert von Bridget Culross' Freund.«

»Klingt nicht schlecht«, meinte Wexford, »aber ich möchte es genauer erklärt haben.«

Burden rückte mit seinem Stuhl näher an Wexford und den Arzt heran. Wind und Sonne erfüllten das Büro mit einem Muster tanzender Blätter. »Dieser Jay ist ein reicher Mann. Das muss er schon sein, wenn er es sich leisten kann, drei Monate in dieser teuren Klinik zu bezahlen, bloß weil seine Frau eine schwierige Schwangerschaft hat.«

»Das Geld ist zum Fenster rausgeschmissen«, meinte Crocker, »das machen die allgemeinen Krankenhäuser genauso gut.«

»Er ist reich genug, um jemanden dafür zu bezahlen, dass er den Mord für ihn erledigt. Und ich möchte wetten, er gehört zu den ehemaligen Freunden von McCloy. Er macht also mit Hatton aus, dass der dort am Zubringer wartet, an dem Punkt, wo er auf dem Rückweg von seiner Konferenz das Mädchen absetzen wird.«

»Aber was für eine Konferenz, Mike? Haben wir Auskünfte über Konferenzen oder Kongresse in Brighton eingeholt, dieses bestimmte Wochenende betreffend?«

»Die Nationale Union der Journalisten, die Blake-Gesellschaft und die Gibboniten, sie alle haben dort getagt«, erwiderte Burden prompt.

»Was sind denn die letzten?«, fragte der Doktor dazwischen, »Affenliebhaber?«

»Keine Gibbons«, erklärte Burden, ohne zu lächeln. »Gibbon. Der Autor von ›*Niedergang und Fall des Römischen Reiches*‹, ein Historiker. Ich nehme an, auch irgend solche Versammlung von Spinnern.«

»Und Jay nimmt ein Mädchen mit nach Brighton und lässt sie den ganzen Tag allein, um über Gibbon zu quatschen?«, meinte Wexford zweifelnd. »Na ja, es hat schon merkwürdigere Dinge gegeben. Weiter.«

»Auf der Rückfahrt nach London bricht er im Wagen einen Streit vom Zaun und schmeißt sie wütend aus dem Wagen. Hatton wartet bereits auf sie, haut ihr eins über den Schädel, leert ihre Handtasche aus und rennt dann zu seinem Lastwagen zurück. Und am nächsten Tag zahlt Jay ihm seinen blutigen Lohn. Ihr könnt sicher sein, dieser Anruf, den Hatton von der Telefonzelle aus tätigte, galt Jay, um ihm zu melden, dass die Tat vollbracht sei. Und kein Mensch wäre je dahinter gekommen, aber Hatton konnte den Hals nicht voll genug kriegen und fing an, Jay zu erpressen.«

Der Doktor machte ein spöttisches Gesicht. »Vergebt einem armseligen Laien, aber das ist doch ein Haufen Quatsch. Ich bestreite ja nicht, dass das Mädchen bereits tot gewesen sein könnte, als der Wagen sie überfuhr. Wäre immerhin möglich. Aber warum sollte Hatton sie mitten auf die Straße gelegt haben? Er konnte doch nicht sicher sein, dass ein Wagen sie überrollen würde. Außerdem, wie leicht hätte er gesehen werden können. Und dann war er ein kleiner Mann. Er hätte kaum die Kraft gehabt, sie über die nach Süden gehende Fahrbahn zu schleppen. Und weshalb hätte er sich überhaupt die Mühe machen sollen? Wenn es so aussehen sollte, als sei sie das Opfer eines vagabundierenden Wahnsinnigen, warum bringt er sie dann nicht einfach hinter einer Hecke um und lässt sie dort liegen?«

»Was ist denn Ihre Theorie?«, fragte Burden gekränkt.

Crocker blickte hochnäsig drein. »Ich brauche keine Theorie aufzustellen. Für diese Art Diagnose werd ich ja nicht bezahlt.«

»Nun komm schon runter von deinem Podest, Paracelsus«, sagte Wexford, »und bleib mal einen Moment auf dem Teppich und streng deinen Grips an.«

»Das Schlimme bei euch ist, dass ihr alles glaubt, was man euch erzählt. Ich tue das nicht. Ich weiß aus Erfahrung, die Leute entstellen die Wahrheit, weil sie Angst haben oder weil sie einen psychologischen Block haben oder weil sie übereifrig sind. Sie lassen Dinge aus, weil sie keine Ahnung haben, und wenn man ihnen sagt, man will *alles* wissen, dann sortieren sie das aus, was *sie* für alles halten. Und das ist für den Fachmann, der fragt, eben nicht immer alles.«

»Das weiß ich doch selbst«, sagte Wexford ungeduldig.

»Weiter: Mrs. Fanshawe sagt, das Mädchen sei nicht im Wagen gewesen, und zwar nicht, weil sie sich schämt, es zuzugeben, sondern weil sie es buchstäblich vergessen hat. Natürlich ist das Mädchen im Wagen gewesen. Sie hat sich ein paar Kilometer vor der Unfallstelle von Fanshawe mitnehmen lassen, und dieser ganze Zeitabschnitt ist bei Mrs. Fanshawe eine Gedächtnislücke, ein Blackout. Und natürlich versucht sie auch gar nicht, sie aufzuhellen, denn allein das Wort ›Mädchen‹ ist für sie ein rotes Tuch. Ihr zerbrecht euch den Kopf, warum in dieser teuren Handtasche keine Schlüssel und keine Ausweispapiere waren. Die hatte sie in ihrem Koffer, und den Koffer hat sie in Jays Wagen zurückgelassen.«

»Und warum?«

»Damit Jay ihretwegen umkehren müsste. Der Koffer lag auf dem Rücksitz, und nach ein paar Kilometern würde er es merken und umkehren. Jedenfalls glaubte sie das. Und wenn er es nicht tat, dann hatte sie die Möglichkeit, ihn zu einem späteren Zeitpunkt zurückzukriegen. Vermutlich wusste sie doch, wo Jay wohnte. Und im äußersten Falle wäre es ein guter Vorwand gewesen, ihn auflaufen zu lassen, indem sie sich an seine Frau wandte.«

»Aber Jay kam nicht zurück, und sie kriegte das Warten satt und ließ sich von Fanshawe mitnehmen?«

»Das ist doch die einfachste und natürlichste Erklärung, oder etwa nicht?«

»Was du sagst, führt zu dem Schluss, Jay sei lediglich ein mehr oder weniger harmloser Schürzenjäger. Warum hat er sich dann nicht gemeldet, als wir das Mädchen gefunden haben?«

Der Arzt lachte anzüglich und meinte von oben herab: »Dank einer gewissen Fehlleistung von eurer Seite habt ihr der Presse mitgeteilt, das tote Mädchen sei Nora Fanshawe. Weshalb also sollte Jay in Erscheinung treten? Wenn er das Mädchen in den Außenbezirken von Stowerton absetzte, dann tat er das, weil er sie nie wieder sehen wollte. Wenig wahrscheinlich also, dass er auftaucht, um euch bei euren Ermittlungen zu helfen.«

Wexford fragte ruhig: »Und wie passt Charlie Hatton da hinein?«

»Wenn du nichts dagegen hast, möchte ich diese Frage mit einer Frage beantworten. Weshalb hältst du es für ausgeschlossen, dass Hatton seine Geldquellen ganz woanders hatte, ohne Verbindung zu McCloy oder Fanshawe oder Jay?«

Wexford blickte Burden an und sah, wie sich Unsicherheit auf dessen Gesicht breit machte. Derartige Zweifel durfte er nicht aufkommen lassen. Es war undenkbar. »Er war hinter der Hecke dort«, sagte er hartnäckig. »Er sah, wie das Mädchen auf die Straße gestoßen wurde.«

»Also weißt du …«

»Oh, nicht vom Mittelstreifen aus.« Wexford legte eine effektvolle Pause ein. Die zitternden Schatten der Blätter tanzten, spielten und erstarben, als die Sonne verschwand. »Von einem Wagen aus«, sagte er, »sie wurde aus einem Wagen gestoßen.«

Der Sonnenschein kam und ging. Wexford war wieder allein und sah zu, wie die Wolkenmassen über die Dächer der Hauptstraße zogen und ihre Schatten bald auf eine Hausfront, bald über die Straße warfen. Gelegentlich blitzte die Sonne grell auf, eingebettet in ein goldenes Nest. Er nahm den Zugfahrplan aus der Schreibtischschublade und suchte die Nachmittagszüge nach London heraus. Es gab einen Schnellzug um zwei Uhr fünfzehn.

Der Lift wartete förmlich auf ihn mit einladend geöffneter Tür. Inzwischen hatte Wexford seine Hemmungen bezüglich des Fahrstuhls überwunden. Er trat ein und drückte auf den Parterreknopf. Die Tür schloss sich mit einem Flüstern, und mit einem Seufzen sank er in die Tiefe.

Jemand musste im ersten Stock auf den Knopf gedrückt haben, denn die Kabine vibrierte, und ihr Boden schien sich eine Spur zu heben. Dann zitterte sie und blieb stehen. Wexford wartete, dass die Tür sich öffnete, aber nichts geschah.

Es war eine Stahltür ohne Glasscheiben oder Gitter. Ungeduldig tappte Wexford mit dem Fuß. Er blickte auf die Bedienungstafel und wunderte sich, dass die mit 1 markierte Lampe nicht aufleuchtete. Wahrscheinlich war es demjenigen, der den Lift gerufen hatte, langweilig geworden, und er war die Treppe hinuntergegangen. Aber warum ging in diesem Falle das Licht nicht trotzdem an? Er setzte seinen Daumen auf den Parterreknopf. Nichts geschah.

Vielmehr – und viel schlimmer –, es war genau das geschehen, was er immer gefürchtet hatte. Das verdammte Ding war kaputtgegangen! Es war stecken geblieben. Sehr wahrscheinlich hing er zwischen zwei Stockwerken. Ein Anflug von Panik berührte eine Ecke seines Hirns, und er verscheuchte ihn mit einem deftigen Fluch. Er klopfte verhalten an die Tür.

War das Ding schalldicht? Wexford hatte nie viel Zutrauen zu schalldämpfenden Methoden gehabt, nachdem er während der frühen Jahre seiner Karriere in etlichen Mietwohnungen gelebt hatte, die ihm von den Maklern angepriesen worden waren wegen der Seegrasmatten, die angeblich in Wände und Decken eingezogen waren. Sie hatten ihn nicht davor bewahrt, durch das Klavierspiel von oben und das unaufhörliche Trommeln von Kinderfüßen nahezu in den Wahnsinn getrieben zu werden. Ein Wohnhaus schalldicht zu machen, das schafften die nicht, dachte er wütend, aber es sähe ihnen ähnlich, mit einer so völlig überflüssigen Errungenschaft wie einem schalldichten Lift aufzuwarten! Wieder klopfte er gegen die Tür. Und dann drückte er das Notsignal. Wenn es überhaupt etwas bewirkte, so höchstens, dass der schwarzgoldene Kasten in noch tiefere Bewegungslosigkeit versank.

Es gab einen kleinen, in die Wand eingelassenen ledernen Klappsitz, ähnlich den zusätzlichen Sitzen in einem Taxi. Wexford klappte ihn herunter. Er knarrte, als er sich darauf setzte. Wexford blickte um sich, simulierte Gelassenheit und taxierte den Rauminhalt der Fahrstuhlkabine. Einsdreißig mal einsdreißig mal zweivierzig. Soweit er sehen konnte, gab es keine Vorrichtung, um Luft herein- oder Kohlendioxid hinauszulassen. Er lauschte. Er hätte stocktaub sein können, so tief war die Stille.

Wie lange konnte jemand, der so groß war wie er, in einem Raum von einsdreißig mal einsdreißig mal zweivierzig eingeschlossen bleiben? Er hatte keine Ahnung. Es war zehn Minuten vor zwei. Er stand auf, und der Sitz knallte zurück an die Wand. Das Geräusch ließ ihn zusammenfahren. Er hämmerte mit beiden Fäusten gegen die Wandverkleidung. Der Lift erzitterte, und das beunruhigte ihn. Nach allem, was er wusste, hing er an einem Faden.

Es war wohl besser zu schreien. Aber was schreien? »Hilfe! Lasst mich raus!«, war zu lächerlich und kam überhaupt nicht in Betracht.

»Ist da jemand?«, rief er. Und weil das klang wie ein Medium in einer Seance: »Heh, der Lift ist stecken geblieben!«

Unter den gegebenen Umständen war es wohl weiser, seinen Atem zu sparen. Es war gut möglich, dass zurzeit die meisten Räume verlassen waren. Burden, Martin und Loring waren alle unterwegs. Bloß Camb, der saß vielleicht unten (unten!) an seinem Schreibtisch. Irgendjemand saß dort sicher. Und ebenso sicher war es, dass seine Schreie nicht gehört wurden.

Mit wachsendem Unbehagen sah Wexford der Tatsache ins Auge, dass so bald niemand versuchen würde, den Lift zu benutzen, es sei denn, Burden käme zwei Stunden früher zurück, als er gesagt hatte. Camb war auf seinem Posten, Martin in Sewingbury. Und es war Wexfords Aufmerksamkeit nicht entgangen, dass die meisten Leute der uniformierten Abteilung die Treppe bevorzugten. Womöglich saß er hier bis zur Teezeit fest, und wenn – würde er zur Teezeit noch lebendig sein?

Zwei Uhr. Wenn er nicht innerhalb der nächsten fünf Minuten hier rauskäme, würde er den Zug verpassen. Das wäre nicht allzu schlimm. Auch ohne in der Princess Louise Clinic noch einmal nachzuhaken, war er fast sicher, dass er die richtige Antwort wusste. Nur Mutmaßungen vielleicht, aber geniale Mutmaßungen! Wenn er hier drinnen starb, würden sie sie nie erfahren …

Es reichte ihm jetzt mit den Hilferufen, deshalb klappte er den Sitz wieder herunter. Vermutlich war es bloß Einbildung, dass die Luft in dem winzigen Kasten anfing, stickig zu werden. Panik half nun überhaupt nichts und lag strikt jenseits der Zugeständnisse, die er sich machte. Strikt jenseits davon lag auch die Schlinge der Angst, die ihm sagte, er sei eine Ratte im Loch, ein Fuchs in der Falle. Flüchtig dachte er an Sheila. Nicht weiter so, das ist der Weg zum Wahnsinn …

Zwei Uhr fünfzehn. Wexford zog sein Notizbuch und einen Stift heraus. Er konnte ja alles aufschreiben, für alle Fälle.

»Ich weiß nicht, woher der seine verrückten Ideen nimmt«, sagte der Doktor taktlos. Burden lächelte unverbindlich. »Wenn ich an Ihrer Stelle wäre, dann würde es mich reizen, das auszuprobieren. Haben Sie heute Nachmittag irgendwas anderes zu tun?«

»Nichts, was Martin und Loring nicht auch ohne mich erledigen können.«

»Gut. Sollen wir meinen Wagen nehmen?«

»Haben Sie denn keine Sprechstunde?«, fragte Burden, der den Plan ein bisschen unorthodox fand.

»Dies ist mein freier Nachmittag. Macht mir Spaß, mich mal ein bisschen in forensischer Medizin zu üben.«

Burden machte es keinen Spaß. Er überlegte, was Crocker wohl sagen würde, wenn er vorschlüge, ihn an das Bett eines Patienten zu begleiten. »Also schön, aber um Gottes willen nicht auf der Fernstraße an der Unfallstelle.«

»Auf dem Cheriton Flugplatz«, beruhigte ihn der Doktor.

Der Flugplatz wurde seit Jahren nicht mehr benutzt. Er lag jenseits von Pomfret am Rande des Cheriton Forest und war Tummelplatz für Fahrschüler. Teenager beknieten ihre Eltern, bis sie mit ihnen zu den unbenutzten Rollbahnen hinausfuhren, wo sie in relativer Sicherheit ihre schlingernden Fahrversuche vollführen konnten.

Heute lag der Platz verlassen. Die Grünstreifen zwischen den Rollbahnen waren umgepflügt und mit Zuckerrüben bepflanzt worden. Jenseits der schnurgeraden Reihen Zuckerrüben kletterte der Wald sanft die welligen Hügel hinan.

»Sie können fahren«, sagte Crocker, »ich übernehme die Rolle des Opfers.«

»Besser Sie als ich«, brummte Burden, der seinen neuen Anzug trug.

Er schob sich auf den Fahrersitz. Die Start- und Landebahn war genauso breit wie die nach Norden führende Fahrbahn der Fernstraße bei Stowerton.

»Vermutlich war sie ein gesundes, kräftiges Mädchen«, sagte Crocker. »So jemanden kann man nicht einfach aus einem fahrenden Wagen stoßen, solange er im Vollbesitz seiner Kräfte ist. Er muss ihr zuerst eins auf den Kopf gegeben haben.«

»Damit unterstellen Sie, er hätte ein bewusstloses Mädchen neben sich gehabt?«

»Sie hatten Streit gehabt, und da machte er sie fertig«, erklärte der Doktor lakonisch. »Also ich bin jetzt sie, und ich bin bewusstlos. Die Straße ist frei. Aber man würde es doch nicht auf der Überholspur machen, oder? Da könnte jemand von hinten angerast kommen, und das wäre peinlich. Also auf die mittlere Fahrspur. Los, fahren Sie rüber.«

Burden schwenkte in die Mitte der Rollbahn. »Dieses Rübenbeet da rechts entspricht dem Mittelstreifen«, erklärte er.

»Fanshawe bog nach rechts aus, um dem Körper auszuweichen.«

»Das sagt *er.*«

»Was soll ich jetzt machen? Die Beifahrertür nur leicht einklinken?«

»Ich denke, ja. Jetzt fahren Sie langsam und stoßen mich raus!«

Crocker rollte sich zu einem Ball zusammen, die Arme um die Knie geschlungen. Burden wagte nicht schneller zu fahren als im Schneckentempo. Er fuhr keine zehn Stundenkilometer. Dann beugte er sich zur Beifahrerseite, schwang die Tür weit auf und gab dem Doktor einen leichten Stoß. Crocker fiel auf die Straße, rollte ein wenig, blieb liegen und stand leicht torkelnd wieder auf. Burden stoppte.

»Sehen Sie?« Crocker klopfte sich den Staub ab und schnitt eine Grimasse. »Ich hab's Ihnen ja gesagt, der ist verrückt. Haben Sie gesehen, wo ich gelandet bin? Mitten in der Normalspur. Und Sie sind im Schleichtempo gefahren. Unser geheimnisvoller Unbekannter aber hat einen ordentlichen Zahn draufgehabt, da hätte das Mädchen gewaltig nach links kullern müssen, fast bis auf den Grasstreifen.«

»Wollen Sie es auf der Überholspur noch mal versuchen, um sicherzugehen?«

»Einmal reicht«, sagte der Arzt bestimmt. »Man sieht ja auch so schon, was passieren würde. Möglich, dass das Mädchen nicht bis in die Normalspur geschleudert worden wäre, bestimmt aber wäre sie in der Mitte der Straße gelandet. Auf keinen Fall kann man jemanden aus einem fahrenden Wagen in die Überholspur selbst kippen.«

»Da haben Sie Recht. Ganz klar, wenn sie nach links rausgeworfen wurde, musste sie nach links rollen, und in diesem Falle wäre Fanshawe auf der Überholspur ohne weiteres rechts an ihr vorbeigekommen.«

»Falls aber unser Unbekannter doch auf der Überholspur gefahren ist und falls der Körper des Mädchens doch irgendwie in derselben Spur gelandet ist, dann wäre Fanshawe doch nach links ausgewichen, um sie nicht zu überfahren, und auf gar keinen Fall hätte er den Baum auf dem Mittelstreifen rammen können! Wir haben bewiesen, dass das nicht haltbar ist. Es gibt nur diese eine Möglichkeit.«

Burden hatte es satt, in seinem eigenen Fach belehrt zu werden. »Stimmt genau«, warf er hastig ein. »Nur, wenn das Mädchen nach rechts herausgestoßen wurde und wenn sie mit dem Kopf zur Normalspur und mit den Füßen zum Mittelstreifen gelegen hätte, dann könnte Fanshawe womöglich nach rechts ausgewichen sein, nämlich instinktiv, um nicht den Kopf zu erwischen.«

»Aber das ist, wie wir jetzt wissen, unmöglich. Wenn Sie einen Wagen steuern, dann können Sie nur jemanden vom Beifahrersitz aus rauswerfen, nicht von einem der Rücksitze aus, und das bedeutet, das Opfer muss immer zwangsläufig irgendwo auf der linken Seite landen.«

»Ich geh gleich zu ihm und sag's ihm«, meinte Burden nachdenklich, und er überließ dem Arzt das Steuer, um sie zwischen den grünen Rübenblättern über die Rollbahn zurückzufahren.

»Ist der Chief Inspector weggegangen?«, fragte Burden, als er aus Wexfords Büro kam und im Korridor auf Loring stieß.

»Weiß nicht, Sir. Ist er nicht in seinem Büro?«

»Glauben Sie vielleicht, er hat sich unter seinem Schreibtisch versteckt oder sich in seiner Aktenablage weggeheftet?«

»Verzeihung, Sir.« Loring hob die gelbe Sonnenblende. »Sein Wagen ist da.«

»Das weiß ich.« Burden war die Treppe heraufgekommen. Er ging zum Fahrstuhl und drückte auf den Knopf. Nachdem er eine Minute gewartet hatte und er nicht gekommen war, zuckte er die Achseln und ging zu Fuß ins Erdgeschoss hinunter. Sergeant Camb ließ die Frau, die eine Siamkatze verloren hatte, warten und verkündete: »Mr. Wexford? Weggegangen ist er nicht.«

»Ja, wo, zum Teufel, ist er dann?« Burden fluchte sonst nie, nicht einmal so gelinde wie jetzt. Camb runzelte die Stirn. »Er wollte doch nach London. Ich dachte, er würde den Zug um zwei Uhr fünfzehn nehmen.«

Es war halb vier.

»Möglich, dass er hinten rausgegangen ist.«

»Warum sollte er? Das macht er nie, außer wenn er ins Gericht geht.«

»Blaue Augen«, jammerte die Frau, »und einen kaffeebraunen Fleck am Hals.«

Der Sergeant seufzte. »Alle siamesischen Katzen haben blaue Augen und braune Flecken am Rücken, Madam.« Er nahm seinen Kugelschreiber wieder auf und sagte zu Burden: »Ich kann Ihnen bloß sagen, ich bin den ganzen Nachmittag damit beschäftigt gewesen, einen Mechaniker herzukriegen, damit er sich mal um den Fahrstuhl kümmert. Inspector Letts sagte, der sei nicht gekommen, als er auf den Knopf gedrückt hätte. Ich vermute, der steckt zwischen zwei Stockwerken fest.«

»Und *ich* vermute«, sagte Burden, »Mr. Wexford steckt mit ihm fest.«

»Mein Gott, das meinen Sie doch nicht im Ernst, Sir?«

»Geben Sie mir das Telefon. Ist Ihnen klar, dass er beinahe zwei Stunden da drinnen ist? Los, das Telefon!«

Es war nachmittägliche Besuchszeit im Krankenhaus Stowerton. Und außerdem war Ärztesprechtag. Das bedeutete, dass Hunderte von Wagen vom Gelände strömten, welche von der Verkehrspolizistin gewöhnlich sehr effizient dirigiert wurden. Heute aber blockierte ein riesiger blaugrüner Wagen mit verbeulten Flossen, der halb über den Fahrweg geparkt stand, die Ausfahrt. Er war abgeschlossen, kein Schlüssel steckte, absolut unbeweglich, und hinter ihm erstreckte sich, Stoßstange an Stoßstange, ein Autostau bis zum Parkplatz.

Vergeblich hatten sich vier Ambulanzmänner bemüht, ihn anzuheben und vor den Zugang zum Pförtnerhäuschen zu wuchten. Soeben stieg Vigo, der Zahnarzt, aus seinem Wagen, um mit zuzupacken. Er war größer und stärker als die Leute von der Ambulanz, aber auch ihre vereinten Anstrengungen brachten ihn nicht von der Stelle.

»Gehört bestimmt jemandem, der einen Privatpatienten besucht«, meinte Vigo zu dem konsultierenden Gynäkologen, dessen Wagen hinter seinem im Stau steckte.

»Dann soll mal ein Pförtner auf der Privatstation anrufen.«

»Und ein bisschen plötzlich«, sagte Vigo. »Solche Leute sollte man erschießen. Ich hab um vier einen Termin.«

Es war fünf Minuten vor vier, als Schwester Rose an Mrs. Fanshawes Tür klopfte. »Entschuldigen Sie, Mr. Jameson, aber Ihr Wagen blockiert die Ausfahrt. Könnten Sie ihn bitte wegfahren? Es sind nicht bloß Besucher, die rausmöchten.« Ihre Stimme nahm einen ehrfürchtigen Ton an. Ein Frevel war verübt worden. »Persönliche Aufforderung von Mr. Vigo und Mr. Delauney. Also bitte, wenn Sie so gut sein wollen ...«

Michael Jameson stand träge auf. »Ich kenne die Kerle zwar nicht«, er begutachtete Schwester Rose mit einem ausgiebigen, bewundernden Blick, »aber ich möchte ja nicht, dass Sie es sich mit denen verderben, Sweetheart. Ich geh schon.«

Nora Fanshawe berührte ihn am Ärmel. »Aber du kommst wieder und holst mich ab, ja, Michael?«

»Klar. Reg dich nicht auf.« Schwester Rose hielt ihm die Tür auf, und er ging vor ihr hinaus. »Todlangweilig, diese Krankenhausbesuche«, hörten die beiden Frauen im Zimmer ihn sagen.

Zum ersten Mal, seit sie wieder bei Bewusstsein war, hatte sich Mrs. Fanshawe das Gesicht geschminkt. Jetzt betupfte sie ihre dünnen Lippen mit Rot und wischte an dem Lidschatten herum, der sich in fettigen Strichen in den Runzeln ihrer Lider abgesetzt hatte. »Also?«, fragte sie.

»Was also, Mutter?«

»Ich nehme an, du wirst diesen Taugenichts heiraten?«

»Werd ich, Mutter, und du wirst dich dran gewöhnen müssen.«

»Dein Vater hätte das nie erlaubt, wenn er noch am Leben wäre«, sagte Mrs. Fanshawe und drehte an ihren Ringen herum.

»Wenn mein Vater noch lebte, dann würde Michael mich nicht heiraten wollen. Dann würde ich nämlich kein Geld haben, verstehst du? Ich bin völlig ehrlich mit dir, ich denke, das ist es doch, was Eltern immer wollen, völlige Offenheit ihrer Kinder.« Sie zuckte die Achseln und schnippte ein helles Haar von der Schulter ihres blauen Kostüms. Ihre Stimme war voller Verachtung und Hass. »Ich hab ihm geschrieben und ihm mitgeteilt, dass mein Vater tot ist.« Sie lachte. »Er kam an wie ein geölter Blitz. Ich hab ihn gekauft«, sagte sie, »ich habe das Produkt ausprobiert, es hat mir gefallen, und jetzt werde ich es behalten. Reines Geschäftsprinzip.«

Mrs. Fanshawe war nicht schockiert. Sie hatte weder die Augen abgewandt vom Gesicht ihrer Tochter noch mit der Wimper gezuckt. »Also gut«, sagte sie, »ich kann dich nicht daran hindern. Ich will keinen Streit mit dir, Nora.« Ihre Stimme schwankte nicht. »Du bist alles, was ich habe, alles, was ich je gehabt habe.«

»Dann gibt es ja keinen Grund, weshalb wir nicht eine glückliche kleine Familie sein sollten, oder?«

»Glückliche Familie! Aufrichtig bist du vielleicht, aber dich selbst betrügst du doch. Der hat doch jetzt schon ein Auge auf diese Krankenschwester geworfen.«

»Ich weiß.«

»Und du denkst, du hättest ihn gekauft!« Mrs. Fanshawes ganze Selbstdisziplin konnte nicht verhindern, dass ihre Bitterkeit hervorbrach. »Leute kaufen! Du weißt, von wem du das hast, ja? Von deinem Vater. Du bist durch und durch wie dein Vater, Nora. Weiß Gott, ich hab versucht, dich davor zu bewahren, aber er hat es dir beigebracht, er hat dir beigebracht, dass man Leute kaufen kann.«

»Oh, nein, Mutter«, erwiderte Nora Fanshawe gleichmütig, »das hast *du* mir beigebracht. Wollen wir noch ein bisschen Tee kommen lassen?« Und sie drückte auf die Klingel.

Um vier Uhr fünfzehn glitt der Fahrstuhl zum Erdgeschoss hinunter. Die Tür begann sich zu öffnen, und Burden wurde übel, seine Eingeweide revoltierten. Er konnte gar nicht hinsehen. Die beiden Mechaniker kamen die Treppe heruntergerannt.

Die Halle war voller Menschen. Grinswold, der Chief Constable, Inspector Lewis und Letts, Martin, Loring und Camb, und direkt am Lift Dr. Crocker.

Jetzt war die Tür offen. Burden musste hinsehen. Er trat vorwärts und schob die Leute zur Seite.

»Platz da!«, rief der Arzt.

Wexford kam heraus, grau im Gesicht, den Arm des Doktors um die Schultern. Schwerfällig machte er zwei Schritte vorwärts.

»Eingekerkert«, fluchte er, »wie eine sündige Nonne!«

»O Gott, Sir. Alles in Ordnung?«

»Es steht alles in dem Buch«, japste Wexford. »Ich hab alles aufgeschrieben, im Notizbuch. Nichts … nichts ist so günstig für Gehirnarbeit wie verdünnte Atmosphäre. Und viel billiger, als auf den Mount Everest zu fahren, dieser Lift.«

Und dann kollabierte er und sackte in die Arme von Crocker und Letts.

»Ich hab gerade Dienstschluss«, sagte Schwester Rose, »und die Nachtschwestern sind in der Küche. Macht's Ihnen was aus, wenn ich Sie allein gehen lasse?« Sie blickte ihn scharf an in dem dämmerigen Licht des Korridors. »Haben Sie nicht neulich Mrs. Fanshawe besucht? Ich glaube ja, stimmt's? Dann wissen Sie ja Bescheid, wie Sie gehen müssen. Er liegt in Nummer fünf, zwei Zimmer vor ihrem.«

Burden bedankte sich bei ihr. Als er um die Ecke bog, stieß er auf Mrs. Wexford und Sheila.

»Wie geht es ihm?«

»Gut geht's ihm. Keinerlei Nachwirkungen. Sie behalten ihn bloß zur Sicherheit über Nacht hier.«

»Gott sei Dank!«

»Sie machen sich echt Sorgen um den armen alten Paps, was?« Wenn sie lächelte, hätte er sie küssen mögen, so sehr sah sie ihrem Vater ähnlich. Idiotisch geradezu, dass dieses bezaubernde, perfekte Antlitz der Abklatsch und die Essenz jenes schweren, zerfurchten Gesichtes war, das ihn die ganze Zeit verfolgt hatte, seit er sein groteskes Gefängnis entdeckt hatte. Aber er wollte nicht sentimental erscheinen und brachte ein fröhliches Grinsen zu Stande. »Er brennt darauf, Sie zu sehen«, sagte sie. »Wir waren bloß Lückenbüßer.«

Wexfords Zimmer sah genauso aus wie Mrs. Fanshawes. Er hatte einen alten rot karierten Morgenmantel um die Schultern, und eine krause Matte grauer Haare guckte zwischen den Aufschlägen seiner Pyjamajacke hervor. Ein

Grinsen zog seine Mundwinkel nach oben, und seine Augen blitzten.

Auf Zehenspitzen trat Burden ans Bett. Im Krankenhaus ging jeder auf Zehenspitzen, abgesehen vom Personal, also tat auch er es, und er sah sich dabei nervös um.

Die Küchendünste und der Geruch nach Desinfektionsmitteln, die im Korridor vorgeherrscht hatten, waren hier drinnen übertönt vom Duft der Nelken, die Mrs. Wexford ihrem Mann gebracht hatte.

»Wie fühlen Sie sich?«

»Vollkommen okay natürlich«, erwiderte Wexford ungeduldig. »All diese blöden Blumen. Sieht ja aus hier wie eine Beerdigungskapelle. Ich könnte glatt raus hier, bloß der dämliche Crocker und seine Handlanger setzen mir dauernd zu; die können einen weich machen!« Er setzte sich mit einem Ruck auf und meinte grimmig: »Machen Sie das Bier auf, ja? Sheila hat mir die Dosen mitgebracht. Ist 'n gutes Mädchen – junger Span vom alten Stamm!«

Burden spülte das Glas von Wexfords Abendbrottablett ab und nahm vom Waschbecken ein Zahnputzglas für sich selbst mit. »Ein Privatzimmer, was? Sehr nobel.«

Wexford schmunzelte. »War nicht meine Idee, Mike. Sie wollten mich schon auf die allgemeine Station legen, da fiel Crocker ein, dass Monkey Matthews dort liegt, der kriegt seine Venen operiert. Wir kamen zu dem Schluss, es könnte ihm unangenehm sein, nachdem ich ihn vor ein paar Jahren wegen Diebstahls drangekriegt hab. Aber keine Angst, ich setz alles dran, dass er erfährt, was es mich gekostet hat, sein Gesicht zu wahren.« Er blickte sich selbstgefällig um. »Acht Pfund pro Tag, dies Zimmer. Gut, dass ich nicht länger in dem Lift gewesen bin.« Er trank sein Bier und wischte sich den Mund mit einem riesigen Papiertaschentuch. »Also – haben Sie die Tat vollbracht?«

»Um halb sechs.«

»Ein Jammer, dass ich nicht dabei war.« Plötzlich schauderte er. »Mit Heulen und Zähneklappern ...« Dann lachte er. »Zähne!«, sagte er. »Das ist gut.«

Draußen ertönten Schritte, die nicht auf Zehenspitzen daherkamen, und Crocker marschierte herein. »Wer hat dir erlaubt, dich zu besaufen?«

»Los, setz dich, aber nicht aufs Bett. Schwester Rose mag das nicht. Wir wollten gerade Manöverkritik halten. Interessiert dich das?«

Der Doktor holte sich einen Stuhl aus dem leeren Nebenzimmer und ließ sich darauf nieder. »Ich hab durch Flüsterpropaganda gehört, wer es war. Mann Gottes, du hättst mich mit dem kleinen Finger umschmeißen können!«

»Das überlasse ich anderen«, sagte Wexford. »Unbeherrschten Kerlen zum Beispiel, die sich nicht mit dem kleinen Finger zufrieden geben. Die benutzen dann Steine.« Er begegnete dem Blick des Doktors und sah darin das Erstaunen und vor allem jene Wissbegierde, die er so gerne sah. »Mörder unter dem Ärztestand sind ja nichts Unbekanntes«, meinte er. »Denk an Crippen, an Buck Ruxton. Diesmal war es nun zufällig ein Zahnarzt.«

18

»Das Problem ist immer, wo man anfangen soll«, meinte Wexford. »Wo ist der Anfang? Ich denke oft, Romanschriftsteller müssen dieselben Probleme haben. Das heißt, ich weiß sogar, dass sie sie haben. Ich kannte mal einen Burschen, der Bücher schrieb. Der sagte, das Ende sei einfach und die Mitte ergäbe sich von selbst, aber er wüsste nie, wie er anfangen solle. Wie weit muss man zurückgehen im Leben eines Menschen, um den Grund zu finden, weshalb er dies oder jenes tut? Bis zu seiner Kindheit, bis zu seinen Eltern, bis zu Adam?«

»Gehen Sie bitte nicht *so* weit zurück«, warf Burden ein, »dann sitzen wir hier die ganze Nacht.«

Wexford grinste ihn an. Er boxte seine Kissen zurecht und zog sich die Ecken um die Schultern. »Ich glaube, ich beginne mal vor zehn Jahren«, sagte er. »Aber keine Angst, ihr wisst ja, wie die Zeit rast.«

»Vor zehn Jahren war Vigo noch gar nicht hier.«

»Nein, da hat er geheiratet. Er heiratete ein reiches Mädchen, wahrscheinlich nicht bloß wegen des Geldes. Aber das Geld ermöglichte es ihm, hier eine Praxis zu eröffnen und sich ein Haus zu kaufen. Sie bekamen ein Kind.«

»Das war mongoloid«, ergänzte der Arzt. »Es lebt in einem Heim, seit es sechs Monate alt war. Das hat Vigo schwer getroffen.«

»Wen wohl nicht?«, meinte Wexford. »Seht euch Vigo doch an. Genau das, was Hitler einen perfekten arischen Menschentypus genannt hätte, und gescheit obendrein. Und wenn man schon Menschenzucht betriebe, würde man dann nicht Vigo als idealen Deckhengst auswählen?« Der Doktor nickte grimmig.

»Und wenn du Vigo wärst, würdest du dann nicht selbstverständlich erwarten, erstklassige Nachkommenschaft gezeugt zu haben?«

»Das tut doch jeder.«

»Vielleicht. Sagen wir, jeder hofft es. Und manchmal haben die unwahrscheinlichsten Leute dabei Glück.« Er lächelte in sich hinein und trank den letzten Tropfen von dem Bier, das Sheila ihm gebracht hatte. »Ich vermute, Vigo gab seiner Frau die Schuld. Dass das unfair war, braucht ihr mir nicht zu sagen. Das Leben ist unfair. Weitere Kinder bekamen sie nicht, acht Jahre lang.«

Der Doktor beugte sich vor. »Jetzt haben sie einen Sohn bekommen.« Er seufzte. »Armes Kerlchen.«

»Wenn er arm ist, dann ist es die Schuld seines Vaters«, fauchte Wexford, »komm mir bloß nicht mit solchen Sentimentalitäten. Und hier ist der genaue Anfang: Mrs. Vigos zweite Schwangerschaft. Sie hatte zu hohen Blutdruck und bekam Toxikämie.«

»Eine bösartige Toxikämie bestimmt«, verbesserte der Doktor ihn pedantisch.

»Egal was, jedenfalls wurde sie zwei Monate vor der Geburt des Kindes in die Princess Louise Clinic in der New Cavendish Street eingeliefert. Man kann sich Vigos Gefühle vorstellen: Würde es ein zweites Mal schief gehen?«

»Toxikämie führt nicht zu mongoloiden Kindern.«

»Oh, Mensch, halt die Klappe!«, fuhr Wexford ihn nervös an. »In solchen Fällen denken die Leute nicht logisch. Er hatte einfach Angst und war deprimiert, und er bändelte mit einer der Krankenschwestern an, die er kennen lernte, als er seine Frau besuchte. Vielleicht war er schon immer ein Schürzenjäger. Ich jedenfalls habe meine eigenen Gründe zu dieser Annahme.«

»In Ihren Notizen«, unterbrach ihn Burden, der das Notizbuch offen auf dem Schoß liegen hatte, »schreiben Sie, er hätte Bridget Culross fallen gelassen, nachdem das Kind normal und gesund geboren war.«

»Das ist eine Mutmaßung. Sagen wir, er war zu fixiert auf das Kind – er ist ganz verrückt mit diesem Kind –, um noch für irgendwelche außerhäuslichen Interessen etwas übrig zu haben. Haben Sie die Klinik überprüft?«

»Hab ich. Mrs. Vigo wurde im Oktober eingewiesen und blieb in der Klinik bis zwei Wochen nach der Entbindung Ende Dezember. Bridget Culross tat von November bis 1. Januar auf dieser Station Dienst.«

Wexford lehnte sich zurück. »Es musste jemand sein, dessen Vor- oder Nachname mit einem Jay beginnt. Jerome Fanshawe, dachten wir zuerst, aber das konnte nicht stimmen, weil Mrs. Fanshawe über das Alter des Kinderkriegens hinaus ist. Ich habe auch Michael Jameson ernsthaft in Betracht gezogen. Es würde mich nicht im Geringsten überraschen, wenn sich herausstellte, dass der irgendwo eine Ehefrau sitzen hat.« Er dämpfte seine Stimme. Mrs. Fanshawe war schließlich nur zwei Türen weiter den Korridor hinunter. »Ein Michael Jameson hätte sich aus diesen Gründen vielleicht lieber einfach Jay genannt statt Mike. Und einen einschlägigen Wagen hatte er auch. Aber dazu kommen wir später. Jedenfalls war es keiner von beiden. Es war Jolyon Vigo. Bei einem solchen Namen ist man wahrscheinlich mitunter ganz froh über eine passende Abkürzung.«

»Du sagst, er hat das Mädchen fallen gelassen. Warum hat er sich denn aber erneut mit ihr eingelassen?«

»Ein Mann bekommt einen Sohn«, erklärte Wexford.

»Wenn er in das Kind vernarrt ist, dann kann ihn das – für eine Weile – seiner Frau wieder näher bringen. Aber so was ist nicht von Dauer. Kann ein Leopard seine Flecken ändern? Das Mädchen dachte, sie hätte vielleicht eine Chance, könnte ihn zu einer Heirat bewegen. Bestimmt hätte er das sogar erwogen, solange er glauben musste, seine Frau würde ihm nie mehr ein Kind gebären. Jetzt wollte er bloß seinen kleinen Spaß nebenbei haben, aber er dachte nicht daran, dafür seinen Sohn zu verlieren. Nicht für sein Leben. Und das war der Haken.«

Der Doktor schlug die Beine übereinander und rückte seinen Stuhl ein bisschen näher. »Und was hat Charlie Hatton bei alledem zu suchen?«

Wexford antwortete ihm nicht direkt. Stattdessen fuhr er fort: »Vigos Verhältnis mit der Culross schleppte sich so hin. Wenn das keine regelmäßige Angelegenheit war, so lag es sicherlich daran, dass das Mädchen ihn mit ihren Heiratswünschen nervte und er das abblockte.«

»Das kann man doch alles nicht wissen«, wandte Burden ein.

»Ich kenne mich aus mit der menschlichen Natur«, meinte Wexford hintergründig. »Am 18. Mai hatte Bridget Culross ein langes Wochenende frei, und zufällig hielt auch die Blake-Gesellschaft an diesem Wochenende eine dreitägige Konferenz in Brighton ab. Vigo holte die Culross am Marble Arch ab und nahm sie in seinem Wagen – einer großen Plymouth-Limousine – mit nach Brighton.«

»Wieso wissen Sie, dass es die Blake-Gesellschaft war? Warum nicht die Gibboniten?«

»Vigo hat in seiner Diele die Wände voller Zeichnungen von Blake hängen. Haben Sie ihre Zimmerreservierung überprüft?«

»Sie haben im *Majestic* gewohnt, und zwar unter ihren eigenen Namen. Zwei nebeneinander liegende Zimmer. Am Montagnachmittag sind sie dort ausgezogen; Montag, den 20. Mai.«

Wexford nickte. »Vielleicht war es ihr erstes gemeinsames Wochenende. Vielleicht benutzte Bridget Culross es dazu, Vigo das Versprechen abzupressen, dass er sich von seiner Frau scheiden ließe, oder mindestens versuchte sie es. Ich weiß nicht, was passiert ist. Wie könnte ich auch? Ich will mal unterstellen, sie wusste, dass sie auf dem Rückweg nach London durch Kingsmarkham oder doch dicht daran vorbeikommen würden, und sie drängte Vigo, sie mit nach Hause in den Ploughman's Lane zu nehmen und mit seiner Frau zu konfrontieren.« Er räusperte sich. »Aber Männer mögen so was nicht«, sagte er. »Sie bekamen Streit. Wollt ihr wissen, wo? Ungefähr drei Meilen südlich der Stelle, wo ihre Leiche gefunden wurde. Zweifellos hielten sie an und stiegen aus, und meine Vermutung ist, dass das Mädchen drohte, sie werde dann eben allein in den Ploughman's Lane kommen, wenn er nicht mit ihr hinführe. Vigo ist ein großer, sehr kräftiger Mann. Sie kriegen sich also in die Wolle, kämpfen miteinander, sie fällt hin und schlägt mit dem Kopf auf. Er hat auf einmal ein bewusstloses, vielleicht sogar totes Mädchen auf dem Hals. Begreift ihr sein Dilemma?«

»Was immer er jetzt auch machte, seine Frau würde es herauskriegen, würde sich von ihm scheiden lassen und das Sorgerecht für das Kind bekommen«, erläuterte Burden.

»Genau. Also arbeitete sein Hirn auf Hochtouren. Als Erstes – alles, was zur Identifizierung ihrer Person führen konnte, raus aus der teuren Handtasche, die er ihr selbst geschenkt hatte. Bestimmt wussten ziemlich viele Leute, wohin sie gefahren war, aber sie hatte ihm beteuert, kein Mensch wisse seinen Namen. Vigo ist ein intelligenter Mann, ein Mediziner, der sich ein bisschen auskennt mit Polizeimethoden. Nach einem Mädchen mit dem Ruf einer Bridget Culross würde man nicht fahnden, und Verwandte, die sich darum scherten, gab es auch nicht. Angenommen also, man fände sie tot auf der Straße, überfahren von einem vorüberkommenden Wagen? Man würde mutmaßen, sie hätte Streit mit ihrem Freund bekommen, hätte als Anhalterin nach Stowerton fahren wollen und sei von einem Wagen erfasst worden, als sie die Fahrbahn überquerte oder bei dem Versuch, jemanden anzuhalten. Also verfrachtet er sie auf den Beifahrersitz, legt sie flach hin, mit dem Kopf auf seinen Schoß, damit er den Sitz nicht mit Blut beschmiert. Wahrscheinlich hatte er sich eine Zeitung oder einen alten Lappen über die Knie gelegt, irgendwas, das er verbrennen konnte, wenn er nach Hause kam. Er kommt in den Bereich des Stowerton-Zubringers, wo abends um diese Zeit, und noch dazu Anfang der Woche, wenig Verkehr herrscht. Aber er traut sich nicht, schnell zu fahren – kein Mensch kann bei zügigem Tempo eine Autotür öffnen und einen Körper hinauswerfen –, und hält sich deshalb ganz links auf der Fahrspur.«

»Und dann?«

»Alles klappt genau nach Plan. Er fährt mit dreißig oder auch vierzig Stundenkilometern die Straße entlang, und als keine anderen Wagen in Sicht sind, stößt er das Mädchen raus, und sie landet, genau wie er es erwartet hat, mit dem Kopf mitten in der Überholspur.«

»Moment mal«, fuhr der Doktor dazwischen, »das ist nicht möglich. Das geht auf keinen Fall. Wir haben das ausprobiert, und ...«

»Nun warte doch mal, Menschenskind«, sagte Wexford, und in holperigem Französisch setzte er hinzu: *»Pas devant les infirmières.«*

»Tee, Kaffee, Ovomaltine?«, fragte eine helle Stimme, deren Besitzerin an die Glasscheibe in der Tür geklopft hatte.

»Ovomaltine ist bestimmt sehr bekömmlich«, sagte Wexford abwesend, »besten Dank.«

»Ein heimlich Späher ist bei euch, der merket auf«, zitierte Wexford. »Mit anderen Worten – Charlie Hatton.« Er schlürfte seine Ovomaltine mit unergründlichem Gesichtsausdruck. »Der hatte seinen Laster in der Parkbucht gleich hinter der Kuppe geparkt und war zum Luftschnappen in das Feld auf der anderen Seite der Hecke gegangen.«

»Du meinst, der hat gesehen, wie Vigo das Mädchen aus dem Auto schmiss, und er hat nichts unternommen?«

»Kommt drauf an, was du unter nichts verstehst. Nach meiner Erfahrung sind die Charlie Hattons dieser Welt nicht sonderlich erpicht darauf, mit der Polizei in Berührung zu kommen, nicht mal als empörte Beobachter. Aber Hatton tat etwas. Er erpresste Vigo.«

»Kann ich ein paar von deinen Weintrauben haben?«, fragte Crocker. »Danke. Die einzigen Weintrauben, die ich esse, sind die, die ich bei meinen Patienten stibitze.« Er steckte sich eine in den Mund und kaute sie mitsamt den Kernen. »Kannte er Vigo?«

»Vom Sehen, würde ich sagen, oder vielleicht kannte er seinen Wagen. Du kriegst noch Blinddarmentzündung.«

»Blödsinn, Altweibergewäsch. Übrigens hatte ich die schon. Was passierte dann?«

Wexford griff nach einem neuen Papiertuch und wischte sich den Mund ab.

»Hatton fährt nach Hause zu seiner Frau. Fünf Minuten später kommt Jerome Fanshawe die Straße entlang, fährt wie eine gesengte Sau, sieht das Mädchen auf der Straße zu spät und schreit ›Mein Gott!‹. Denn erinnert euch, sie lag mit dem Körper und den Beinen auf der mittleren Fahrspur und mit dem Kopf in der Überholspur. Fanshawe reißt das Steuer herum. Und versucht man in solchen Momenten nicht instinktiv, unter allen Umständen den Kopf zu verschonen? Also schwenkt er nach rechts, gerät auf die Böschung des Mittelstreifens und kracht gegen einen Baum. Damit, glaube ich, erschöpft sich die Beteiligung der Fanshawes an diesem Fall. Dieses eine Mal war Fanshawe das unschuldige Opfer.«

Burden nickte zustimmend und spann die Geschichte weiter: »Am nächsten Morgen jedoch taucht Hatton auf. Er führt sein Telefongespräch wegen der Wohnung für Pertwee und geht dann mit Marilyn Pertwee hin, sie zu besichtigen. Und schon hat er plötzlich Geld nötig. Der Mieter der Wohnung verlangte doch zweihundert Pfund Abstand.«

»Und da hatte es bei ihm geklickt«, sagte Wexford. »Als er sich auf dem Rückweg beim *Olive and Dove* von Marilyn trennt, sieht sie ihn in eine Telefonzelle gehen. Wir können sicher sein, dass er Vigo anrief und eine Unterredung für den Nachmittag vereinbarte.«

»Ich dachte, du hättest gesagt, er hat die Verabredung später von seiner Wohnung aus getroffen?«, wandte der Doktor ein.

»Er rief noch einmal von seiner Wohnung aus an, um seine Frau zu täuschen. Du kannst überzeugt sein, der hatte Vigo bereits unmissverständlich klargemacht, was er wollte und dass er noch einmal anrufen und offiziell um einen Termin bitten werde. Und so geschah es dann auch. Wenn es sich nicht so abgespielt hätte, glaubst du vielleicht, Vigo hätte sich auf einen Termin noch am selben Tag eingelassen, gleich eine Stunde später? Der ist ein viel beschäftigter Mann, auf Wochen im Voraus ausgebucht. Und Charlie Hatton war noch nie bei ihm Patient gewesen. Nein, ich habe keinerlei Zweifel, dass Charlie ihm morgens gesagt hat, er wolle Schweigegeld von ihm und außerdem wolle er das beste künstliche Gebiss, das Vigo ihm verschaffen könne. Und natürlich umsonst.«

»Das muss ein ziemlicher Schock für Vigo gewesen sein«, meinte Crocker nachdenklich. »Am Abend zuvor war er das Risiko eingegangen, aus dem Moment heraus zu handeln, und die Gefahr, dass alles herauskommen würde, war groß, würde ich meinen. Aber Fanshawes Unfall war dann ein unverhofftes Glück für ihn. Und als er in der Morgenzeitung las, dass das Mädchen als Nora Fanshawe identifiziert worden war, da wähnte er sich praktisch in Sicherheit. Denn bis die richtige Nora auf der Bildfläche erschiene, würde alles so konfus und unübersichtlich geworden sein, dass die Wahrheit sehr wahrscheinlich nie an den Tag käme. Wer hätte denn auch gedacht, dass er bei seinen Machenschaften beobachtet worden war?«

»Und natürlich zahlte er«, fuhr Wexford fort. »Er zahlte und zahlte. Meine Vermutung ist, dass Hatton ihn beim ersten Telefonanruf aufforderte, unverzüglich tausend Pfund von seiner Bank abzuheben, eine Summe, die er Hatton aushändigen sollte, was er auch wirklich tat, nämlich während Hattons Besuch im Ploughman's Lane am Nachmittag, dem Nachmittag des 21. Mai. Muss ganz schön absurd gewesen sein, was, dieser Zahnarzttermin von Hatton? Da sträuben sich einem die Haare. Man muss sich das mal vorstellen – der Erpresser liegt zurückgelehnt mit offenem Mund im Behandlungsstuhl, und sein Opfer, verzweifelt, in die Enge getrieben, fummelt ihm im Mund herum, nimmt Maß für die neuen Zähne.

Am nächsten Tag, am 22 Mai, zahlte Hatton, wie wir wissen, fünfhundert Pfund auf sein eigenes Konto ein, behielt die zweihundert für Pertwees Abstandszahlung in bar und weitere dreihundert für alle möglichen Ausgaben, für Möbel, Kleidung und anderen Firlefanz. Außerdem setzten ja auch unverzüglich die wöchentlichen Zahlungen von jeweils fünfzig Pfund ein. Ich nehme an, Hatton zwang Vigo, das Geld jeden Freitagabend in einem ausgemachten Versteck unten am Fluss zu hinterlegen, irgendwo an der Route, die Hatton nahm, wenn er vom Darts-Club nach Hause ging. Und eines Freitagabends ...«

»Ja, aber warum gerade dieser spezielle Freitag?«

»Wer kann schon sagen, wann das Opfer einer Erpressung mit seinen Nerven am Ende ist?«

»Apropos, Mrs. Fanshawe«, warf Burden unvermittelt ein, »wissen Sie, es stimmt nicht, dass die Rolle der Fanshawes mit dem Unfall zu Ende war. Mrs. Fanshawe kam genau einen Tag, bevor Hatton ermordet wurde, wieder zu Bewusstsein. Und das stand in der Morgenzeitung. Als kurzer Hinweis zwar nur, aber es stand drin.«

»Sie haben vollkommen Recht, Mike. Nora war zwar noch nicht aufgetaucht, aber sobald Mrs. Fanshawe wieder reden konnte, musste Vigo fürchten, sie würde uns erzählen, dass die Leiche des Mädchens nicht die ihrer Tochter sein könne. Hatton war ein wichtiger Zeuge, und jetzt gab es noch jemanden, der seine Version hätte bekräftigen können. Und wenn er erst mal aus Vigo alles herausgepresst hatte, was er wollte ...«

Der Doktor stand auf, starrte eine Weile gedankenverloren Wexfords Blumen an und sagte dann: »Das ist eine gute Story, bloß sie stimmt nicht. Sie kann so nicht passiert sein.« Wexford lächelte ihn breit an, und Crocker schnaubte irritiert: »Was gibt's da zu grinsen? Ich sag dir, da steckt ein grundlegender Fehler drin. Wenn jemand eine Leiche aus einem Wagen schmeißt, selbst mit den Füßen voran, dann fliegt sie wohl oder übel nach links rüber. Vigo hätte ja regelrecht auf dem Grasstreifen am Rand fahren müssen, wenn der Kopf des Mädchens auf der Überholspur landen sollte. Und was deine Theorie betrifft, er hätte sich ihren Kopf auf den Schoß gelegt, damit der Beifahrersitz keine Blutflecken kriegte, so ist das blanker Unsinn. Auf die Weise wären nämlich ihre *Füße* auf der Überholspur gelandet, und Fanshawe wäre nach *links* ausgewichen, um nicht den Kopf zu erwischen.«

Er brach ab und schnaubte verächtlich, als die Nachtschwester mit einer Schlaftablette hereinkam.

»Ich will das Zeug nicht«, sagte Wexford. Er rutschte im Bett herunter und zog sich die Decke über. »Ich schlaf auch so, ich bin müde.« Und über den Rand der Decke hinweg meinte er:

»Nett von euch, dass ihr gekommen seid. Ach ja, und übrigens – es war ein ausländischer Wagen. Links gesteuert. Gute Nacht.«

19

»Der Elektriker«, sagte Jack Pertwee an der Haustür. »Sie haben einen Schalter, der repariert werden soll?«

»Ich nicht«, erwiderte das Mädchen, »ich arbeite hier bloß. Warten Sie mal …« Sie kramte auf dem Tisch unter dem Sprossenfenster zwischen losen Papierblättern herum, und ihr Gesicht wurde rot vor Ärger. »Sie sollten doch letzte Woche schon kommen.«

»Letzte Woche hatte ich frei. Heute ist mein erster Arbeitstag nach dem Urlaub. Regen Sie sich nicht auf. Ich bin hier schon öfter gewesen, ich kenn mich aus.«

Sein erster Tag. Sein erster Auftrag an seinem ersten Tag, erste Rückkehr zur normalen Routine nach der Katastrophe. Jack wusste selbst nicht, weshalb er ausgerechnet hierher kam – auf seiner Liste hatte noch ein Dutzend anderer Namen gestanden, die auf ihn warteten. Vielleicht, weil ihn ein unerkanntes, unergründliches Verlangen getrieben hatte? Vielleicht, weil dieser Ort mit seinen Kostbarkeiten einzig dastand in seiner Erinnerung, unbelastet, jenseits all der Plätze, an denen er mit Charlie gewesen war?

Aber wie immer, wenn er sich in dem Haus im Ploughman's Lane befand, kam er sich unbeholfen und töricht vor, und seine geübten Finger wurden zittrig und ungeschickt. Er war wie ein Barbar, der in eine verlassene römische Villa eingedrungen war und der nun tumb und überwältigt dastand. Er durchquerte die Halle, und indem er sich einredete, er wisse nicht genau, wo der kaputte Schalter sei – was gar nicht nötig gewesen wäre, denn er war jetzt allein –, öffnete er eine Tür nach der anderen und betrachtete verstohlen und voll stummer Ehrfurcht die dahinter liegenden Schätze. »Oh Verzeihung, Madam«, hätte er gestammelt, falls er jemanden im Zimmer angetroffen hätte, aber weit und breit war niemand, und Jack konnte sich ungestört satt sehen an Samt und Seide, an dunklen Tischen mit Elfenbeinintarsien, an Bildern in goldenen Rahmen, an geblümtem Porzellan, in dem echte Blumen standen, an einer Bronzebüste, einem Pomander, dessen würziger Orangenduft ihm mit dem warmen Sonnenlicht zugetragen wurde.

Hinterher hätte er nicht mehr sagen können, was ihm auf einmal Charlie so lebhaft ins Gedächtnis gerufen hatte, außer vielleicht, dass die Erinnerung an seinen toten Freund ihm immer zum Greifen nahe war. Vielleicht hatte sich dieser geballte Schmerz, heftiger und realer als alle Trauer, die er bislang verspürt hatte, in dem Augenblick eingestellt, als er die Tür zu dem chinesischen Zimmer öffnete. Hier drinnen, direkt neben der Tür, saß der Schalter, dem sein Auftrag galt. Einen Augenblick lang verharrte er auf der Schwelle, überwältigt von dem fremdartigen Farbenreichtum. Es war noch zu früh, die Sonne hatte die Rückseite des Hauses noch nicht erreicht, aber auch so im Schatten flammten die Rot- und Goldtöne, strahlte das unirdische Seegrün und das Zitrusgelb. Jack setzte seinen Werkzeugkasten ab und sah sich benommen um. Er war hier ja früher schon gewesen, und doch schien ihm, als habe er den Raum bis zu diesem Moment noch nie richtig gesehen. Es war, als lägen seine wund gescheuerten Nerven entblößt da, schutzlos preisgegeben der Wirkung dieser hinreißenden, fast unwirklichen Farben, einer Sequenz von Vibrationen wie Elektroschocks.

Halb in Trance trat er an die Schachfiguren heran, die Charlie eine Armee genannt hatte. Und er blickte in eines der Gesichter, in das des Reiters einer roten Springerfigur: ein perfektes Faksimile von seines toten Freundes Gesicht –

scharf, verschmitzt, listig und freundlich. Heftiges Verlangen, es zu besitzen, es zu behalten, packte ihn, aber er traute sich nicht einmal, die fein geschnitzte Jade zu berühren, und er hörte sich leise schluchzen.

Wahrscheinlich war es seine ehrfürchtige und womöglich kindische Schilderung dieses Hauses gewesen, die Charlie hergeführt hatte. So wie er, Jack, vielleicht in ein Lebensmittelgeschäft ging, um das Beste zu kaufen, so war Charlie Hatton hierher gekommen! Jacks Kummer löste sich auf in Bewunderung für solche Kühnheit. Auch sein Freund war in dieses Museum eingedrungen, und das nicht als ein Diener oder ein Arbeiter, sondern als Kunde! Vigo hatte ihn in dieses Zimmer eingeladen und mit ihm getrunken. Jack konnte sich Charlies hochnäsige Pose richtig vorstellen – wie seine harten, braunen Hände sich erdreisteten, einfach eine Tasse hochzuheben oder ein Seidengemälde zu befingern, während er mit unglaublicher Frechheit deren Qualität kommentierte oder sein Interesse bekundete. Hatte er sich selbst erkannt an der Spitze jener scharlachroten Armee? Und die Philister erschlugen Jonathan ... Die Mächtigen sind gefallen und des Krieges Waffen verdorben!

Jack wandte sich ab von den scharfen kleinen Gesichtern, die ihn durchdringend anzublicken schienen. Er öffnete seinen Werkzeugkasten und hockte sich davor nieder. Er fühlte sich total erschöpft, fix und fertig schon um zehn Uhr morgens, und die Stimme des Mädchens hinter ihm ließ ihn zusammenfahren.

»Ich dachte, Sie mögen vielleicht eine Tasse Tee?«

Er ahnte, was für ein Gesicht er machte, und um es sie nicht sehen zu lassen, fragte er abgewandten Kopfes: »Ist Mr. oder Mrs. Vigo da? Ich würde gern einen von ihnen sprechen.«

»Ja, haben Sie's denn nicht gehört? Sie ist weg und hat

den Jungen mitgenommen. Und ihn hat die Polizei gestern festgenommen, weil er diesen Lastwagenfahrer ermordet hat.«

In Jacks Augen hatten Tränen gestanden, und jetzt brannten seine Augen, wie sie es manchmal getan hatten nach einem Abend mit Charlie in der rauchgeschwängerten Bar des *Dragon.* Er starrte auf seinen Haufen Werkzeuge, ohne etwas zu sehen. Sein Hirn war zu einer leeren roten Hülse geworden. Er kam schwerfällig auf die Füße, in seiner Hand einen Hammer, obgleich er sich nicht erinnern konnte, ihn aus dem Haufen ausgewählt zu haben.

Der rote Schein vor seinen Augen spaltete sich zu einem Spektrum aus fiebrigem Rot und Gold und Seegrün, das aufheulte, während es sich um ihn drehte und kreiselte, so, als könne ein Kaleidoskop Töne von sich geben, genauso vielfältig und fantastisch wie seine wechselnden Bilder. Und hinter ihm das Echo eines schrilleren Tons. Das Mädchen schrie.

»Ein Elefant im Porzellanladen«, meinte Wexford.

Er bahnte sich seinen Weg durch die Bruchstücke, mit denen der Teppich übersät war, blieb gelegentlich stehen, um zwischen Daumen und Zeigefinger eine Scherbe durchschimmernden Porzellans aufzuheben. Sein Gesicht war ungerührt und kalt, aber eine leise Hitze überzog es, als er an den Tisch kam, auf dem die Schachfiguren gestanden hatten. Kein Stück war intakt geblieben, bloß hier und da zwischen den roten und weißen Splittern fand er einen zarten Speer mit einer amputierten Hand, die ihn noch immer umschlossen hielt, ein Fragment elfenbeinernen Spitzenwerks, den Huf eines Pferdes.

Burden hatte sich hingekniet und glättete die Reste der Seidenmalerei. Ein großer, klobiger Fußabdruck verunzierte die

Schuppen des gemalten Fisches, der Abdruck desselben Fußes, der zarte Reisweinschalen zu Staub zermahlen hatte.

»Zum Angstkriegen, was?«, meinte Wexford. »Vandalismus ist zum Fürchten. Ich bin bloß froh, dass ich nicht weiß …«

»Was all dies Zeugs wert war?«, ergänzte Burden aufs Geratewohl.

»Nicht mal so sehr das. Ich meine, ich bin froh, dass ich die wahre Qualität der Sachen nicht kenne, ihr Alter, ihre Unersetzbarkeit. So müssen Plünderungen sein, stelle ich mir vor, zügellos, voller Rachgier.«

»Sie haben mal gesagt, Charlie Hatton sei ein Soldat Fortunas gewesen.«

»Stimmt. Meinen Sie, es hat Sinn, wenn wir jetzt hingehen und uns mal mit seinem Waffenbruder unterhalten? Ich glaube, das sollten wir tun.«

Jack Pertwee war mit Sergeant Martin in der Küche. Er saß auf einem Stuhl, die ausgebreiteten Arme und den Oberkörper schlaff über den Tisch geworfen. Wexford schüttelte ihn derb und riss seinen Kopf in die Höhe. Ihre Augen begegneten sich, und Wexford ließ den Jackenkragen des Elektrikers nicht los, sondern schüttelte ihn weiter wie ein Mann, der einen unfolgsamen Hund zur Raison bringt. Jacks Kinnlade zitterte, und seine Zähne schlugen aufeinander.

»Sie sind ein Narr, Pertwee«, sagte Wexford wütend. »Sie verlieren doch Ihre Stellung durch so was. Und wofür? Für einen Freund, der tot ist und es Ihnen nicht danken kann?«

Mit kaum vernehmbarer Stimme sagte Jack: »Den besten … den besten Freund, den je einer hatte. Und *ich*, ich hab ihn hergeschickt!« Er ballte die Faust und schlug sie hart auf den Tisch.

»Oh, Mann, bringen Sie ihn weg, Sergeant.«

Jack stand schwerfällig auf. Seine Faust öffnete sich, und

etwas fiel auf den Boden, rollte ein Stück und blieb vor Wexfords Füßen liegen. Der Chief Inspector starrte darauf hinunter. Es war der abgeschlagene Kopf des roten Reiters. Das böse, scharfe Gesicht, spukhaft belebt durch einen Streifen Sonnenlichts, grinste breit und zeigte seine Zähne.

»Charlie«, flüsterte Jack. Er wollte den Namen wiederholen, aber ein übermächtiges Schluchzen erstickte das Wort.